武平客家

山歌选集

主　　编：**王民发**

执行主编：**林善珂**

福建省武平客家联谊会／编

社会科学文献出版社

SOCIAL SCIENCES ACADEMIC PRESS (CHINA)

《武平客家山歌选集》编委会：

主　　编：王民发

执行主编：林善珂

副 主 编：洪炳东　钟春林　郑启荣

特约编辑：钟春林　郑启荣

摄　　影：洪炳东　李国潮　张乃彬

序

王光明*

自两汉以来，在一次又一次肩挑手扶向南方丛莽之地迁徙、定居的历史中，有多少客家山歌散落在苍茫山水间？真的没有人能说得清楚。因为即兴的山歌是在民众"口里活着"的艺术，不着文字，无数动人的歌唱都像春花秋叶一样随风飘落。

唐人司空图论诗"不着一字，尽得风流"，说的是含蓄，并非真的"不着文字"。然而若从字面上谈论"无字的风流"，口耳相传的山歌才是极致，那是无脚的行走，或是没有翅膀的飞翔，全然摆脱了文字的人工羁绊。因此，我们的客家先贤、清末大诗人黄遵宪称有字的文人诗为"人籁"，而谓无字的山歌为"天籁"。他在《山歌题记》一文中感叹：

> 十五国风，妙绝古今，正以妇人女子矢口而成，使学士大夫操笔为之，反不能尔。以人籁易为，天籁难学也。余离家日久，乡音渐忘，辑录此歌谣，往往搜索枯肠，半日不成一字。因念彼冈头溪尾，肩挑一担，竟日往复，歌声不歇者，何其才之大也？

事实上因物起兴、脱口而出的山歌是客家民系最常见和最能体现性情、才华的民间表意形式。我现在还清晰记得 1993 年陪马来西亚拿督访问宁化客家祖地石壁时，几个人忘情谈论和哼唱客家山歌的情形；我自己

---

* 武平人，著名文艺理论家。现为首都师范大学中文系主任，教授，博士生导师。

也在主持的国家哲学社会科学"九五"规划重点课题成果的后记中，回忆过故乡的客家山歌对一个孩子的"启蒙"和对日后从事诗歌研究的影响：

> 那是一个时代和一种生活方式的尾声。小学三年级教室里常有一个座位空着，老师知道他有一个学生老是旷课，却不知道田野里的山歌是旷课的原因，更不知道这个孩子用山歌的形式记下了许多幼稚可笑的感受。许多人知道客家的土楼，那是一种举世闻名的建筑奇观。但是，有多少人在荒山野岭领略过客家山歌自然质朴的韵致？……以客途为家，千百年来跋涉在路上的客家民系是一个奇迹，一个历史之谜，而探求这个谜底的途径有两个，一是客家的米酒，另一个就是客家山歌。山歌，是汉民族那个历史上不断迁徙的民系最贴近心灵的表达方式。

然而在现代工商社会，许多美好的东西都在眼前身边消失。到如今，我们大多数人只能从数码产品中满足自己对客家山歌的怀念了。而且，离开了唱它与听它的环境，一切似乎都已变味。山歌，成了客家儿女的乡愁。

在这种背景下，《武平客家山歌选集》的出版，可以说是做了件功德无量的好事。因为自进入现代以来，虽然北京大学的歌谣学会、中山大学民俗研究会的专家们，为民间歌谣的保存和搜集做了许多工作，但他们的出发点是为民间文化研究积累资料，人员和条件非常有限，只能在点上作业而无法在面上铺开。

而这本《武平客家山歌选集》，仅在一个县的区域内，就收集到山歌2000多首，它生动说明：民间隐藏着多么丰富的非物质文化遗产！

武平是个纯客家县，地处闽粤赣三省交界，晋太康三年（282年）起，便陆续有汉人从中原迁入，其山歌既体现了中原文化的深厚底蕴，也体现了与当地畲族文化和周边三省民歌互动相生的特点。因此，这些山歌，不仅为当地百姓所喜爱，也能与周边市、县的客家人共享。

这本山歌选集的出版足以表明：只有地方有识之士的广泛参与，各地歌谣的丰富宝藏才能得到充分的开掘。但愿客家各地有更多的有识之士，一起来抢救和保护行将成为记忆的客家山歌。

2014 年 12 月 15 日于北京四季青

目
录

目 录

目
录

目录

目录

目
录

目
录

目
录

目
录

目　录

目录

目录

引　歌

引歌也称歌头，即山歌表达主要内容之前的前奏，有如一首歌的引子。

客家人在深山、田野、水溪间劳动，日出而作，日落而息，在恶劣艰苦的环境下，苦中寻乐，面向大山，亮开嗓门，用唱山歌的方式解除疲乏，驱除寂寞，抑或打情骂俏。同时，还可协调动作，鼓舞情绪，提高劳动效率，减轻精神负担。武平是个山区县，山高林密，峰峦叠嶂，一声"噢嗬……"，山鸣谷应，荡气回肠，既可以吓走野兽，又可以呼唤、鼓舞在山中劳作的人们。一方面试探对方，是否愿意接应；另一方面为自己壮胆，驱除寂寞。一旦对方接应，便可以山歌"对话"，以歌传情，以歌求爱，以歌对歌。"爱唱山歌就开声，莫来等到二三更，等到三更人睡静，咁好山歌嘛人听？""郎在上坑妹下坑，郎唱山歌妹接声，哥哥好比阳雀唱，老妹好比画眉声。"一唱一和，前面起了歌头，接下来便以实质内容对歌。

歌头山歌常常是歌手相互之间的逞歌。逞歌是客家山歌的独特形式之一。逞歌也称斗歌，歌词往往语气夸张，有较强的趣味性和娱乐效果。逞，有夸耀卖弄的意思，对歌双方为了显示自己比对方强，互不相让，试图在气势上压倒对方。逞歌不仅逞歌才，也逞见识，逞本领，等等，在两位歌手你来我往中把斗歌引向高潮，确实会把听众的情绪充分调动起来。

引 歌

山歌好比长流水

（9 段）

祖宗留下好山歌，

撒满九岭十八坡，

三百九箱山歌本，

还有零星用船拖。

高山顶上一株梅，

山歌越唱越开怀，

唱到鸡毛沉河底，

唱到石头浮起来。

讲唱山歌箩搭箩，

南京带转十八箩，

住了一夜歇客店，

老鼠偷走好几箩。

讲唱山歌大家来，

放大声音唱起来，

青山竹子漂到海，

溪里石头浮起来。

山歌紧唱心紧开，[①]

唱得云开日出来，

唱到云开日落山，

唱得老妹坐前来。

青山画眉头勾勾，

嘴里唱歌心里愁，

人家讲妹咁风流，[②]

自弹自唱解心愁。

山歌唱来唔系魈，[③]

句句唱来解心愁，

解到水落见石子，

解到云开见日头。

---

①紧：越。

②咁：很。

③唔系魈：不是卖弄风情。

春天的歌

咋晡冇米到如今,①
唱首山歌当点心,
旁人话偃敢快乐,②
自得其乐解开心。

早晨吃饭到如今,
唱支山歌当点心,
有人请妹唱两首,
救条人命值千金。

讲唱山歌难起头

(3段)

讲唱山歌难起头,
木匠难造天高楼,
石匠难刻石狮子,

铁匠难打钓鱼钩。

唔会唱歌唔抹来③
何不在家做草鞋,
一日做得三五双,
拿双偃家做招牌。

黄脚鸡子脚高长,
老妹唱歌名声扬,
东西南北唱一转,
皇帝娘娘不声张。

(以上山歌流传于武平等县,钟
春林搜集)

①咋晡:昨夜冇:没有。

②话:说;偃:我。

③唔抹:不要。

唱个情妹对情郎

（11 段）

爱唱山歌𠊎就唱，
唱个金鸡对凤凰。
唱个麒麟对狮子，
唱个情妹对情郎。

客家山歌特出名，
首首山歌有妹名，
首首山歌有妹份，
一首冇妹唱唔成。

山歌唔论好声音，
总爱唱得意义深，
连妹唔系论人貌，
总爱两人心连心。

唱歌唔论好歌喉，
支支唱出解忧愁，
三餐还要歌送饭，
睡目还要歌垫头。

叫𠊎唱歌就开声，
莫嫌山歌莫嫌声，

山歌唔须换米煮，
总爱合适就来听。

山歌莫作讲笑谈，
唱得粗鲁有人嫌，
唱得文雅又落韵，
大家听哩都欢迎。①

唱歌莫唱骂人歌，
骂人山歌嘛人冇？②
将心比心问自家，
姮给𠊎骂肯哩冇？③

山歌越唱音越高，
胡琴来和叶笛箫。
一首山歌一团火，
唱得满树火焰高。

众人厅下享快乐，
打开喉咙唱山歌。
姮唱完了𠊎来唱，
越唱越多笑呵呵。

---

①听哩：听了。

②嘛人：谁人，什么人，哪个人。

③姮：你，念 hén，下同。

姮有山歌唱出来，
等𠊎冇歌想到来。
蛤蟆拿来垫桌脚，①
硬起肚皮顶下台。

𠊎就紧唱你紧驳，②
姮系唔唱𠊎停声。
唱得歌多人疲倦，
何必唱到天五更。

（田心搜集）

山歌唔唱唔风流

（13 段）

山歌唔唱唔风流，
茶籽唔榨唔出油。
山歌解哥心头闷，
茶油送给妹梳头。

爱唱山歌两人来，
两人搭起山歌台。
哥哥爱唱梁山伯，
老妹爱唱祝英台。

日头落山渐渐低，
倒条黄竹做笛吹。

右边吹得金鸡叫，
左边吹得凤凰啼。

郎在上坑妹下坑，
郎唱山歌妹接声，
哥哥好比阳雀唱，
老妹好比画眉声。

山歌一唱乐悠悠，
句句唱来解心愁。
解得老妹心头结，
帮得阿哥找老婆。

哥穿白衣坐船头，
妹穿花衣坐彩楼。
想和心肝搭句话，
船要走来水要流。

姮爱山歌唱姮听，
唱得妹心有咁软，
唱得姮妹唔晓食，
日夜魂𠊎哥身边。

①蛤蟆：蟾蜍。

②更：念 gāng

心中有事想开来，
要把愁闷放一堆。
藤断自有篾子驳，
船到滩头水路开。

门前有只陌生鸡，
只晓食来唔晓啼。
𠊎今唱了十把首，
对门阿妹唔晓回。

雕子落在青草坪，①
借问心肝什么名，
借问心肝什么姓，
通名通姓好交谈。

山歌唔唱沤肚中，②
白银唔用沤生铜，
十七十八唔打扮，
老哩打扮浪人工。

莫说山歌唔值钱，
能当点心能当餐，
能医心中愁闷病，
能搭桥板把妹连。

讲唱山歌𠊎唔差，
树上雕子逗得下，
井中蛤蟆逗得起，
老实哥哥逗得花③。

（选自《武平歌谣集成》内部版）

客家山歌出了名

（19 段）

唱歌爱唱有情歌，
拉杂山歌莫唱多，
穿衣爱穿绫罗缎，
粗布裙衫嘛人冇。

讲唱山歌出哩名，
北区唱到瓜子坪；
寻乌唱下梅县过，
南京唱上北京城。

客家山歌出了名，
闽西唱上北京城；
华侨带转南洋去，
椰林传唱思根源。

---

①雕：鸟。
②沤：藏的意思，弃置。
③花：花心。

缸里冇米唔愁急，
唱首山歌来充饥；
唱首山歌当饭菜，
歌中自有肉和鱼。

唱起山歌乐悠悠，
句句解得心里愁；
句句解得心头闷，
不愁活到百岁头。

唱起山歌爱人和，
写字爱用墨来磨；
食酒就爱肉菜配，
挑担就爱伙伴多。

山歌唔论好声音，①
四句落板唱得清；②
只爱条条意义好，
句句唱来动人心。

会织绫罗梭对梭，
会唱山歌歌驳歌，
阿哥一首妹一首，
唱得三日三夜晡。

姮唱山歌𠊎紧听，
姮唱百来𠊎唱千，
姮个牛肉好下酒，③
𠊎个粉干好顶餐。

姮唱山歌吊价钱，
𠊎个山歌也冇便，④
半个毫子唱一首，
先缴银钱后来听。

讲唱山歌𠊎冇多，
肚里装有十把箩；
拿得一箩同姮唱，⑤
唱到明年割早禾。

山歌唔唱唔风流，
茶子唔榨唔出油，
山歌唔是𠊎兴唱，
先有老辈带哩头。

①唔论：不一定要求。

②落板：押韵好听。

③姮个：方言，你的。

④便：念 pián，便宜之意。

⑤同：与，和。

唱歌不是人发癫，
风流快乐代代传，
松口有个刘三妹，①
会唱山歌成了仙。

一头竹子叶垂垂，
姮有山歌紧唱来；②
一头竹子十八节，
节节唱来节节回。

打鱼唔怕下江河，
砍柴唔怕上山坡，
写字唔怕大张纸，
唱歌唔怕人咁多。

爱唱山歌总爱唱，
哪个老爷敢阻挡？
哪个老爷阻挡得，
铁打灶头会转向。

山歌爱唱大大声，
细细声音听唔真；
落雨爱落大雨来，
干旱禾苗好转青。

爱唱山歌大大声，

莫像梗喉鸭公声；
倕妹唔食鸭子肉，
老蟹有肉好名声。

日唱山歌当点心，
夜唱山歌当枕眠；
山歌飞入嫩人阵，③
心想请佢做媒人。

（选自《武平歌谣集成》内部版）

唱到云开见日头

（5段）

爱唱山歌莫怕羞，
眉开眼笑见朋友。
山歌唔是倕创造，
自古流传天下有。

唱歌唔是考秀才，
放开胆量唱出来
莫作考官来考试，
唔怕枉屈姮文才。

---

①松口：广东梅县，刘三妹在
　唐末时是著名山歌手。

②来：念 li（哩）。

③嫩人阵：年轻人群。

艄公摆渡歌一曲

爱唱山歌就开声，
莫来等到二三更，
等到三更人睡静，
咁好山歌嘛人听？①

山歌唔唱沤肚中，②
绸缎唔着沤穿窿。③
老酒唔食沤成醋，
足银唔使沤成铜。

唱歌唔是贪风流，
唱歌本来解忧愁。
唱得忧愁随水去，
唱到云开见日头。

（桃汛收集）

敢唱山歌放大声

（14 段）

一把芝麻撒上天，

肚里山歌万万千。
南京唱到北京城，
转来还唱两三年。

唱歌唔是考秀才，
好好歪歪唱出来。
人人都有忧愁事，
山歌一唱心就开。

敢做白鸽敢响铃，④
敢唱山歌放大声。
嘛人敢话唱唔得，
官司打到北京城。

———————————

① 咁：很。
② 沤：这里指藏的意思。
③ 沤：这里指藏很久，久置的
　 意思；窿：窟窿。
④ 铃：念 láng

山歌算来是正格，
祖公厅下都唱得。
大郎叔公佢敢话，①
同佢须菇掷呀毕。②

乾隆登基古怪多，
官府出来禁山歌。
佢个山歌禁得毕，
妲个皇帝台难坐。③

山上布荆开蓝花，④
唔怕家官当老爷。⑤
出门山歌总爱唱，
唔怕坐牢脑开花。

爱唱山歌就开声，
唔怕唱到打五更。
老蟹相打爱驳稳，
铁缆拖船绑得成。

讲唱山歌佢唔惊，
走过江湖闯州城。
裁尺量衫有分寸，
会使厘戥知重轻。⑥

天上星星万盏灯，

肚里山歌万万千，
唱日唱夜唱唔困，
唱年唱月唱唔完。

山歌唔唱沤肚里，
笛子唔吹挂壁企，⑦
笛子唔是银打个，
砍下深山绿竹尾。

久唔织布忘记梭，
久唔钓鱼忘记河，
久唔读书忘记字，⑧
久唔上山忘记歌。⑨

唱歌唔怕叔公来，
叔公做过后生来。
阿婆也是妹子变，
担竿做过竹笋来。⑩

---

①大郎：丈夫的兄长；佢：他。
②须菇：胡须；掷呀毕：拔掉。
③台：皇位；坐：念 cuō
④布荆：山中野生植物。
⑤家官：家公、家翁；老爷：官。
⑥厘戥：称中药的计量器。
⑦壁企：墙壁上立着。
⑧字：字谐事。
⑨歌：歌谐哥。
⑩担竿：扁担。

小亭悠悠，是唱山歌的好地方之一

姐要那排𠊎弄排，①
姐是凤凰𠊎雄鸡。
姐是凤凰唔开口，
叫𠊎雄鸡样般啼。②

松口行上甘露亭，③
敢唱山歌怕嘛人。
阿哥好比诸葛亮，
唔怕曹操百万兵。

（桃汛收集）

爱唱山歌讲过来

（8段）

爱唱山歌讲过来，

一首去哩一首来。④
一首去哩一首转，
园壁打顶打稳来。⑤

爱唱山歌讲过来，
一首去哩一首来。
三首去哩冇首转，
水涿戏棚会衰台。⑥

────────────

①弄：念 nǎng。
②样般：怎样、怎么。
③甘露亭：武平南门甘露亭。
④去哩：去了。
⑤园壁：篱笆；打顶：打桩。
⑥水涿：雨淋；衰台：戏台冷落，
意即丢脸。

爱唱山歌讲过来，
湖蜞相打驳稳来。
手捉蛤蟆莫遁走，
兜凳上棚莫用梯。①

爱唱山歌莫发呆，
出门先爱打啊嗨。②
鸡公相打冇退脚？
树排下滩溜起来。③

溜起来呀唱起来，
塘里无鱼浪无来。
手捡钓竿丢落水，
一时三刻望鱼来。④

爱弹爱唱好出声，
新买玉镯系冇靓。⑤
裁衫做裤有尺寸，
会用厘戥知重轻。

山歌唔唱忘记哩，
箫子唔吹挂壁尾。⑥
细茶跌落深古井，
等姖捞起淡毕哩。

山歌唔唱心唔开，
大路唔行生青苔。
画眉来寻鹦鹉聊，⑦
唱出心头快乐来。

（桃汛收集）

山歌紧唱紧有来

（16 段）

山歌紧唱紧有来，⑧
唱到人人心花开。
山歌好比凉开水，
井里打水紧有来。

唱首山歌逗姖来，
唱到两人心花开。
唱到鸡毛沉落水，
唱到石头浮起来。

①兜：拿；梯：念 tui。
②啊嗨：山歌号子。
③溜起来：唱山歌又叫溜山歌。
④望鱼来：鱼谐你。
⑤系：是；冇靓：指玉饰无裂纹，
　没光泽，不漂亮。
⑥尾：壁角。
⑦聊：音廖，即谈心，谈情说爱，
　休闲谈天。
⑧紧：越来越有之意。

敢唱山歌怕嘛个?①
天塌下来顶笠麻。
南蛇寻食破段过,
闪过几多狗麻蛇。②

敢唱山歌敢上台,
唔怕大声唱出来。
阿哥好比火龙船,
顶过几多风浪来。

正月一过二月天,
百般树木都长茵。③
百样雕子都开口,
样般阿妹唔开声?

满山竹子叶青青,
摘皮竹叶逗黄猄。④
满山黄猄逗得叫,
样般阿妹唔开声?

妹子山歌唔成歌,
屋檐滴水唔成河。
细妹还是目屎浪,⑤
唔敢同哥出大河。

跳出山门事务多,
唔曾学会唱山歌。
滚水来淋泥中鳅,⑥
爱𠯘开口唔奈何。

讲唱山歌𠯘就冇,
一日总能唱一条。
一年三百六十日,
总唱三百六十条。

山歌紧唱心紧开,
井水紧打紧有来。
唱到青山团团转,
唱得莲花朵朵开。

山歌紧唱紧开腔,
唱出日头对月光。
唱出麒麟对狮子,
唱出金鸡对凤凰。

---

①怕嘛个:怕什么。
②闪:躲避;狗麻蛇:四脚蛇。
③长茵:长嫩芽。
④皮:片;逗:引诱。
⑤目屎浪:小鱼。
⑥滚水:开水。

山歌越唱心越开，
好比井水紧有来。
前面载了五船去，
后面还有十船来。

讲唱山歌伤脑筋，
一时唔唱头就晕。
三日唔曾见粒饭，
山歌一唱就精神。

山歌又好声又软，①
好比粉寮面线干。
好比粉寮面线样，
绕绕韧韧掹唔断。②

山歌又好声又靓，
画眉难比妹歌声。
上岗过坳唱一首，
百斤担子也变轻。

讲唱山歌𠊎有名，
盖过汀州八县城。③
敢盖上杭汀江水，
敢盖紫金包叶坑。④

（桃汛搜集）

山歌堵塞九条河

（14 段）

讲唱山歌𠊎家多，
祖公留下七八箩。
拿出一箩同你唱，
唱到明年割番禾。⑤

讲唱山歌𠊎就多，
开口一唱千万箩。
只因那年涨大水，
山歌堵塞九条河。

姮有山歌𠊎唔愁，
𠊎是江中大石头。
见过几多暴雨水，
撞过几多新船头。

---

① 软：指声音温柔缠绵。
② 掹：拉扯。
③ 旧时汀州八县：长汀、连城、宁化、清流、归化、上杭、武平、永定。
④ 紫金：指上杭紫金山；叶坑：指武平十方叶坑。
⑤ 番禾：晚稻。

姇有山歌就唱来，
老雕唔怕新雕谋。①
偓今好比火船样，
狂风大浪顶过来。

姇莫称姇山歌靓，
偓今看姇冇一成。
姇今好比麻竹簕，②
样般耐得长拢镰。③

姇唱山歌唔成歌，
石岩滴水唔成河。
行路冇偓过桥远，
食米冇偓食盐多。

听姇山歌咁冇行，
星子样比月光般。
黄鳝同姇泥鳅比，
斩毕一截比姇长。

姇今莫逞山歌多，
问姇山歌有几箩？
箩浮高过千万丈，
冇偓梁山半截多。④

偓个山歌唔算多，
祖公留下十八箩。
一箩山歌唱百日，
等姇听完命都冇。

壁上挂榜偓头像，
姇今歌多偓唔惊。
豺狼虎豹满山走，
闻声狮吼唔敢行。

会唱山歌就算偓，
众人赏有大金牌。
凤凰飞在深山过，
满山鸟雀唔敢啼。

南操场里搭歌台，
八方歌手逞歌才。
山歌好比汀江水，
源远流长滚滚来。

---

①雕谋：用养驯的雄鹧鸪去引
　野鹧鸪，叫雕谋。
②麻竹簕：带刺的竹；簕，
　即刺。
③拢镰：带钩长柄镰刀。
④梁山：梁野山。

打鱼唱歌歌满河，
放牛唱歌歌满坡。
砍柴阿哥满山走，
满山满野都是歌。

山歌唔唱唔风流，
猪肉唔煎唔出油。
将把猪油检歌子。①
随口唱出都顺喉。

（流传于武平、上杭、永定、
蕉岭、平远、梅县等客家地区，桃
汛搜集）

山歌越唱心越开

（6段）

高山顶上吹口哨，
妹在屋里双脚跳。
爷娭问偅跳嘛斯？②
担心落雨冇柴烧。

偅唱山歌解闷愁，
阿哥听哩莫骂偅，
祖宗风水活龙口，
代代出得风流才。

隔山隔水隔个坡，
隔坡听见妲唱歌，
隔坡听到哥喊妹，
手做工夫心想哥。

山歌越唱心越开，
泉水紧装紧有来，
要想装毕山泉水，③
除非天旱来帮偅。

唱歌唔论好歌喉
条条唱出解忧愁。
一日三餐歌送饭，
夜夜睡目歌贴头。

阿哥唱歌好声音，
胜过笛子和胡琴，
胡琴也有公嬷线，
不知哪条合郎心？

（田心搜集）

---

① 检：蘸的意思。
② 嘛斯：什么。
③ 装毕：装完。

句句山歌解心愁

（2段）

唱起山歌唔抹魈，[①]
句句山歌解心愁。
山歌也是早有个，
还有老个带哩头。

山歌要唱琴要弹，
人冇两世在阳间。
人冇两世阳间在，
花冇百日在高山。

（以上两首由武东四维周阿婆、武东远明王阿婆、永平昭信郑阿婆、中山危阿婆等口述，林永芳记录整理）

客家山歌远传扬

（4段）

客家山歌远传扬，
条条唱出情意长。
句句唱出郎心事，
声声唱出妹心肠。

下坝山歌极出名，[②]
条条山歌有妹名。
条条山歌有妹份，

一条冇妹唱唔成。

山歌爱唱下坝墟，
倕唔唱来姐唔谛。[③]
自古以来咳大路，[④]
可下广东上江西。

（罗炳星搜集）

唱歌唔使好声音，
四句落板唱得真，
四句落板唱得着，
赛过下坝山歌音。

（练康豪搜集）

山歌冇本句句真

（3段）

哥一声来妹一声，
好比先生教学生，
先生教学还有本，[⑤]
山歌冇本句句真。

---

①魈：xiáo，臭美，浪，水性杨花。
②极：很。
③谛：知。
④咳：是。
⑤本：书本。

唔唱唔唱唱出来，

唱个灯盏落灯台。

灯盏落在灯台上，

郎心落在妹心怀。

同妹坐在路旁头，

妹唔开口哥开口，

妹唔先唱哥先唱，

唱起山歌好逍遥。

（蓝红英搜集）

山人山上唱山歌

（5段）

山中山谷起山坡，

山前山后山树多。

山间山田荫山水，

山人山上唱山歌。

山歌唔唱留来藏，

留得三年人会黄，

山歌只能随口出，

那有山歌里头藏。

深山大树好遮阴，

只听山歌不见人。

妹若有情应一句，

省得阿哥满山寻。

嘛个上山尾拖拖？

嘛个上山捉得有？①

嘛个上山溜溜走？

嘛个上山会唱歌？

狐狸上山尾拖拖，

鹧鸪上山捉得有，

南蛇上山溜溜走，

画眉上山会唱歌。

（蓝红英搜集）

一心唱了解心愁

（3段）

讲唱山歌唔算魃，

一心唱了解心愁；

戒嫖戒赌都戒得，

戒妹山歌当杀头。

姮爱山歌偃来教，

姮爱给偃挽皮包；

广东福建挽了转，

偃个山歌由姮挑。

---

① 捉：抓。

唱歌要唱段中心，
酒壶热酒锅中心；
老妹唱歌唱阿哥，
愁愁积积解开心。

（选自《武平歌谣集成》内部版）

𠊎有山歌紧唱来

（11 段）

𠊎有山歌紧唱来，
𠊎么山歌在后来，
山歌跌落深潭井，
留𠊎捞起晒干来。

山歌唱哩爱人和，
弦子拉起笛子和，
今日碰到唱歌妹，
唔谛那个起歌头。

松树根来杉树根，
唱些山歌大家听，
唔怪老妹么规矩，
怪𠊎爷娭么牙根。①

（李永秀）

阿哥好比阿牛哥，
人才好看歌又多。
声音好比凤凰叫，
就缺阿妹来对歌。

（李永秀、林红生搜集）

𠊎爱唱歌喊𠊎教，
帮𠊎撑伞𠊎来教。
东门撑到西门转，
一肚山歌自𠊎挑。

（钟永元口述，王日忠、钟才
文收集整理）

山歌唔论好声音，
只爱句句唱得清，
只爱句句唱得好，
句句唱来动人心。

家中无米笑微微，
唱首山歌来充饥，
唱首山歌当茶饭，
歌中有酒又有鱼。

---

①么牙根：说话没用，不严厉。

唱起山歌乐悠悠，

句句解得心里忧，

句句唱得心中欢，

不愁活到百岁头。

（林红生搜集）

山歌爱唱爱人和，

写字就爱墨来磨。

写字唔怕大张纸，

唱歌唔怕人咁多。

茶油煮菜一时香，

灯心点火一时光。

零星买酒食唔醉，

唔当自家蒸一缸。

（春浩搜集）

唱歌爱有大大声，

憋在肚里冇人听。

有心引得雉鸡叫，

有意招得凤凰声。

（罗炳星搜集）

小亭悠悠，是唱山歌的好地方之二

情　歌

在浩如烟海的客家山歌中，爱情山歌始终是最主要的表现内容，也是山歌中最常见，占篇幅最大的部分。"郎连妹，妹连郎"，这些情歌或温婉、痴情，或痛苦、酸涩，或大胆、浓烈。有表达对爱情的期待和憧憬，有对美满婚姻的渴望和追求，有表达对封建婚姻制度的愤怒和不满，有婉拒对方的追求，等等，不一而足，爱情的各种感受尽在其中。表露爱情或委婉曲折、缠绵动人，或粗糙自然、大胆直白，或诙谐幽默、插科打诨，不虚饰，不矫情。歌手充分运用"赋、比、兴"和夸张、对偶、排比、谐音、双关语、歇后语等艺术表现手法，即编即唱。其感情之真挚，爱情之鲜明，主题之突出，结构之严整，生动形象、淋漓尽致地展示歌者内心世界丰富复杂的爱情感受。寥寥四句，形随声现，情共声生。爱情山歌最能显示歌者的智慧和才能，也最具艺术价值。

作为男女传情和抒发个人情感的一种艺术表现形式，情歌可分为恋歌、怨歌、悲歌、劝歌、对歌和长歌共六个部分。

情歌/恋歌

初 恋

有心就会成一双

（8段）

食毕饭来门边企，①
拿把铳子打雉鸡。②
咁靓雉鸡打得到，
咁靓老妹讨唔归。

有鸡就会有笼装，
有谷就会有禾秧，
有衣就有竹篙晒，
有心就会成一双。

好花逢春花连连，
好山自有真山泉，
好田不用筒车水，
好哥连妹万万年。

油菜开花满丘黄，
桂花八月满山香，

桃树开花满树红，
老妹绣花送情郎。

有心作田爱养牛，
有心做屋就做楼，
有心交情托媒人，
有心连妹就前来。

荷树开花数几多，
阿哥莫信别人唆，
阿哥莫信别人哄，
挺直腰板站稳脚。

枫树落叶球还在，
山伯难舍祝英台，
阿哥难舍有情妹，
有情有义难分开。

---

①企：站立。
②铳：鸟枪；雉鸡：山中的一
　种美丽的野鸡。

竹篱尾上晒棉纱，

嘱咐情妹心莫邪，

只要 偃俩情义好，

唔怕别人一枝花。

　　　　（田心搜集）

春风引得花心动

（2段）

妹是好花在山中，

哥是春风暖融融。

春风引得花心动，

花心动来引春风。

莲花开在水中间，

有心采花莫怕难。

有心连妹莫胆小，

要想吃酒就开坛。

　　　　（王才秀搜集）

糯米搓糖软对软

（6段）

日头落山又一天，

郎打单身又一年，

郎打单身真难过，

妹打单身真可怜。

糯米搓糖软对软，

杨梅蘸醋酸对酸，

郎打单身妹守寡，

两人赛酸对赛酸。

你冇老公 偃冇妻，

你在东来 偃在西，

你冇老公唔好过，

偃冇老婆也孤凄。

妹子十七哥十八，

你 偃都是后生家，

哥是菜苗才出土，

妹是嫩笋才发芽。

十八老妹会梳妆，

头发理得亮荡荡，

蚊子上面打得滚，[①]

逗得 偃哥心头痒。

王母娘娘配玉皇，

龙宫彩女配龙王；

蛤蟆蛙子会做爱，

难怪情妹恋情郎。

（选自《武平歌谣集成》内部版）

---

① 滚：翻跟斗。

高山杜鹃引情思

桃红桃白郎都魂

（6段）

正月过了二月来，
处处花园有花开，
别树有花厓唔采，
此树无花等到开。

苏州扇子比阴阳，
一面妹子一面郎；
一面麒麟配狮子，
一面金鸡配凤凰。

单目盖来双目唇，

辫子梳得绺绺抻，
蝴蝶见了自嫌丑，
雕子飞过旋三圈。

天上有星天更蓝，
蜜糖搅水水清甜，
十八老妹人称好，
唔须打扮赛天仙。

妹子生得咁斯文，
花花围裙围在身，
苋菜拿来煮豆腐，
桃红桃白郎都魂。①

①魂：迷恋。

清清荷塘一朵莲，

十人看到九人缠，

十个哥哥九个想，

还有一个丢了魂。

（选自《武平歌谣集成》内部版）

老妹生得样咁靓

（14段）

心肝生得咁笑容，

行起路来有威风，

一身看来都随意，

难怪阿哥心头动。①

老妹生得样咁靓，

好像观音一般般，②

生人见到会糇死，③

死人见到会翻生。

老妹生得样咁靓，

好像观音一般般，

唔单阿哥讲你好，④

高山打鼓远传名。

阿妹生得笑连连，

阿哥一见开片天，

星子排排光闪闪，

月光咁亮又咁圆。

老妹生得真正靓，

汀州八县有名声，

有日井边照人影，⑤

虾公鱼子都紧争。

老妹生得咁"吊神"，⑥

眼拐打来割死人，⑦

凉帽肚里藏火屎，⑧

热死几多风流人。

阿哥面貌画眉形，

目角尖尖会割人，⑨

又像六月狗爪豆，⑩

唔曾漂净去魂人。⑪

────────────

①动：念 tōng。

②观音：指观音菩萨，民间把她
　当作美好的象征。

③糇：垂涎，迷恋，音 héi。

④唔单：不仅。

⑤有日：有一天。

⑥吊神：很有神，吊人胃口。

⑦眼拐：媚眼。

⑧火屎：火炭。

⑨目角：媚眼；割：刻割。

⑩狗爪豆：一种带毒素的食用豆，
　须用水漂尽毒素方可食用。

⑪魂：迷。

十八妹妹嫩娇莲，

人貌又好又斯文，

那日村头过一转，

摄去阿哥一身魂。

老妹长得身苗条，

一张嘴子像红桃。

有情哥哥看一眼，

日思夜想想成痨。

头发梳来溜溜光，

身上带有兰花香，

十字街头行三转，

人貌又好花又香。

老妹生得好人材

好比园中牡丹花，

苍蝇飞过跌断颈，

蚂蚁见到唔晓爬。

十七十八正相当，

老妹好像桂花香，

有日风大村头站，

香味迷住十里郎。

情妹生得象幅画，

画前阿哥看得呆，

手臂弯弯象莲藕，

十指尖尖像藕芽。

日头一出照高坡，

老妹出来晒绫罗；

绫罗好看花钱少，

老妹好看花钱多。

（选自《武平歌谣集成》内部版）

久闻老妹一枝花

（3段）

老妹有貌又有才，

阿哥样般配得来？

粗活嫩水样样会，

酬谢宾客巧安排。

讲香不过玉兰香，[①]

讲长不过水流长，

讲好不过情妹好，

脾气柔和貌又扬。

----

①不过：不如。

久闻老妹一枝花,

日织绫罗夜织纱,

一日织得三丈布,

哪个不想妹成家?

（春华搜集）

洋洋叶叶飞过来

(7段)

郎有情来妹有情,

俩人有情赛过人,

郎要赛过杨宗保,

妹呀赛过穆桂英。

新做茶亭四四方,

茶亭有人施茶缸,

阿哥食的嫩茶仔,

老妹食的阴凉汤。

高岭岽上做茶亭,

冇茶冇水渴死人,

渴死𠊎妹还较得,[①]

渴死𠊎哥读书人。

高岭岽上种苞粟,

又有红来又有绿。

红绿相杂冇要紧,

紧浇紧大紧够熟。[②]

对门墩上老大叔,

家有姊妹唔相熟,

唔相熟来冇要紧,

紧坐紧聊紧够熟。

高岭岽上种头茶,

风仔一吹叶耙耙,

哥妲好比洋翼子,[③]

洋洋叶叶飞过来。

高岭岽上一头葱,

风仔吹哩岸岸动。[④]

风吹门答当得郎拍门,

隔壁砻谷当得响雷公。[⑤]

（林永芳搜集）

---

①较得：可以。

②够：更加。

③洋翼子：蝴蝶。

④岸岸动：抖动。

⑤当得：比得上。

阿妹连郎赶少年

（2 段）

月光弯弯在半天，
竹排跃跃在河边，
阿哥撑排赶大水，
阿妹连郎赶少年。①

阿哥今日出远门，
三身褂子带两身。②
留件褂子壁上挂，
让𠊎老妹看开心。

（罗炳星搜集整理）

一条嫩藤缠到尾

（11 段）

妹子生得笑盈盈，
一讲一笑值千金。
妹子姻缘么郎份，
灯盏么油火烧心。

妹子生得笑眯眯，
颜容相似杨贵妃。
竹笋拿来做竿子，

一条嫩藤缠到尾。

阿哥好比蝴蝶形，
一时么花会脱神。③
阿妹好比狗爪豆，
唔曾养净会魂人。④

妹子好比百合花，
又香又白无叶遮。
阿哥好似露水样，
妹子吸到心开花。

蜜蜂采花因为蜜，
白羽扑灯因为光。
老虎下山因为肉，
妹行夜路因为郎。

阿妹好比盘墙花，
盘墙打花爱叶遮。
阿妹好比冷露豆，
五更落露妹身下。

①赶：趁。
②身：件。
③脱神：失魂落魄。
④魂人：晕迷人。

妹爱花边就花边，①
你话八百拿一千。
妹个姻缘有郎份，
手凿大过凉帽圈。②

日头一出须华华，③
妹子好比龙井茶。
冷水泡茶冇出味，
等妹日后好翻渣。

阿妹生得嫩菲菲，④
相似丘坑瓷器杯。
阿哥好比象牙筷，
三餐食饭真顾你。⑤

阿妹生来桃红面，
眼角丢来一条线。⑥
妹子姻缘有偓份，
身家畀妹都咁愿。⑦

瓜子好食难吃仁，⑧
阿妹咁好难近身。
郎今相似瓜藤样，
唔缠妹子缠那人。

（华佬搜集）

妹子生得容貌靓

（12段）

妹子生得容貌靓，
十人看到九人争。⑨
行到井边照水影，
虾公老蟹都着惊。

鸭子细细会下塘，
胡椒细细辣过姜。
鱼子细细会浮水，
妹子细细会连郎。

酒在壶中肉在台，
花开园中月月来。
好妹唔得一同聊，⑩
好花唔得共树开。

---

①花边：指银元。
②凉帽：用白布做的，头顶空
　的凉笠；凿：镯，指手镯或
　银打的戴手腕上的装饰品。
③须华华：光芒四射。
④嫩菲菲：嫩白。
⑤真顾你：看着你。
⑥丢来：看来。
⑦身家：家产；畀：给。
⑧仁：念 ying。
⑨争：念 zhāng，抢着爱。
⑩聊：戏弄、纠缠。

妹子相似红金鲤，
一河两岸人想你。
几多缯网打唔倒，
畀哥白手捉到哩。

月光肚里一枝花，
郎今爱采采唔下。
蝴蝶飞来采花树，
生死爱缠这枝花。

妹子生得白漂漂，
人材又好声又娇。
你个姻缘有㑸份，
好比洋琴和玉箫。

妹妹生得无点斑，
远看好像白牡丹。
牡丹生在高山上，
看花容易采花难。

妹子生得系端方，
好比天上大月光。
阿哥好比细星子，
唔敢同妹月争光。

妹子好比日头形，①
紧出紧高紧热人。
出到半天无云掩，②
阿妹唔怕热死人。

妹子生得笑嘻嘻，
相似嫩笋竹娇衣。
阿哥相似剪刀样，
今番开口就想你。

新摘豆叶皮皮青，
一心摘来郎腌生。
郎食豆叶贪妹嫩，
妹食牛肉贪郎靓。

牛骨乔子打白花，③
妹子生得唔会差。
干活做穑人才好，
会划会算会当家。

（昭荣搜集）

---

①日头形：太阳形。
②掩：遮。
③牛骨乔子：一种质地坚硬的
　乔木。

妹是嫦娥郎是仙

（8段）

连妹爱连二十三，
唔老唔嫩正后生。
日里谛得郎辛苦，
夜里谛得郎烧冷。①

冬至一过天就寒，
山头云烟结成团。
郎今好比炉火样，
一过身边就温暖。

交个人情确艰难，
好比鲤鱼上急滩。
阿妹好比月中桂，
看就容易砍就难。

妹是嫦娥郎是仙，
情郎住在月光边。
阿妹好比月中桂，
郎砍桂树也唔难。

阿妹生来棟劫鹊，②

好比味酥番豆荚。③
拿来送茶绑酒食，④
食哩一荚想两荚。

好酒一口醉昏昏，
酸酒一口就难吞。
有情心肝聊唔够，
么情聊都唔落魂。

赤竹烟筒单竹青，
贪妹身材贪妹靓。
贪妹人材好做种，
贪妹情义长久行。

妹子人才系相当，
头上飘出桂花香。
牙齿好比瓜仁样，
面貌好比观音娘。

（昭荣收集）

---

①烧冷：暖冷。
②棟劫鹊：很漂亮。
③番豆荚：花生。
④绑：配；食：吃。

隔夜煮茶茶咁凉

（16 段）

隔夜煮茶茶咁凉，
隔村连妹情咁长。
妹子好比桂花样，
一阵吹来一阵香。

妹子生来好颜容，
又咁白来又咁红。
行路行得极端正，
讲话讲来极从容。

画眉眼来铁尺腰，
人才又好声又娇。
上上下下斜眼看，
唔曾兼身心正焦。①

老妹生得样咁靓，
画眉眼来三弦声。
牙齿又白笑容好，
敢盖汀州八县城。

阿哥生得十分靓，

恰似园中萝卜青。
看你面貌白又嫩，
慢慢育大畀妹挷。②

河里无水起沙墩，
阿哥人才盖一村。
芋荷腌生送烧酒，③
妹虽老实也会魂。④

好酒唔使紧斟来，⑤
斟到一杯香满台。
好妹唔使郎搭信，
三日过哩𠊎会来。

新做花鞋绣海棠，
娇莲着紧过排场。⑥
远看相似嫦娥女，
近看相似新美娘。

①兼身：贴身。
②挷：拔。
③芋荷：芋头枝苗；烧酒：
米酒。
④会魂：着迷。
⑤唔使：无须，不必；斟：筛。
⑥娇莲：意中人；着紧：着急。

古意（谷答晒谷）之一

竹头尾上挂束青，
上看下看妹够靓。
上看下看妹够好，
朋友手上点头名。

阿妹生得高唔高，
又会梳头毛又多。①
又会绣花织带子，②
又会同㑎唱山歌。

月光肚里一朵云，
紧看阿妹紧斯文。
十回看了魂九次，③
除了睡目都会魂。

一群妹子同阵下，
先行那只嫩细茶。④
中心那只糖蘸糕，
背后那只香桂花。

妹子好比出水莲，
皮皮莲叶都向天。
阿哥好比五更露，
点点落在妹身边。

①毛：头发。
②带子：绳带。
③魂九次：迷九次。
④那只：那位。

妹子生得咁精灵,

生好一对眼珠仁。

看𠊎从头看到脚,

脚趾看到脚跟筋。①

细细笔杆写文章,

细细禾苗谷精壮。

妹子细细人才好,

芫荽细细满园香。②

妹子生得系端方,

样般你娘咁会养。

样般你娘咁会带,

带大同𠊎结鸳鸯。

(昭荣收集)

这个老妹样咁好

(12段)

好牛食草唔使牵,

好马赶路唔使鞭。

好石磨刀唔使水,

好妹连郎唔使钱。

这个老妹样咁好,

相似树梢挂红桃。

一心都想摘来食,

无勾无挽唔得到。③

新买纸伞臭桐油,

遮顶有水难得留。④

求神难得圣诰转,⑤

贤慧老妹难得求。

阿妹好比丁香花,

紧红美色在叶下。⑥

阿哥好比浓露水,

五更落在妹身下。

赌博因为贪赢输,

黄鳝过河贪沙溜。

蜜蜂入园贪花色,

妹贪阿哥力较有。

妹子生来咁苗条,

画眉目来铁尺腰。

肌骨生来又咁正,

眼拐割来像刀挑。⑦

---

①脚跟筋:脚跟。

②芫荽:菜名。

③挽:挂;唔得到:得不到。

④遮顶:伞又叫遮子,遮顶即
  伞顶。

⑤圣诰:求神问卜的一种阴阳诰。

⑥紧红:漂亮。

⑦眼拐割来:媚眼抛来。

阿妹生得咁苗条，

可惜渡船无竹篙。

阿哥有条空心竹，

借畀阿妹慢慢摇。

阿妹好比画眉形，

眼角尖尖会割人。

眼角尖尖利过剑，

婏菇岽岽惹死人。[①]

阿妹生来笑嘻嘻，

好比竹笋出泥皮。

阿哥好比蚝虫样，

翼子斜斜想蚝你。[②]

妹子生来样咁娇，

黄鳝目来铁尺腰。

牙齿好比象牙筷，

说话好比吹玉箫。

倕爱连妹随倕挑，

又爱眼细鼻公高，

又爱青丝碧子样，[③]

又爱黄蜂细扎腰。

妹子生得白漂漂，

河边洗菜用篮抛。

十指尖尖如姜笋，

害郎停桨又停摇。

（昭荣搜集）

前世同你有姻缘

（11段）

花盆肚里种株梅，

好花一枝生出来。

满山蝴蝶都想采，

蝶多花少分唔开。[④]

春天一到百花香，

香到心肝香到肠。

阿妹今年十七八，

十人看到九人想。

十分好来十分靓，

日转桃红夜转青。

日里转来桃红色，

夜里转来竹叶青。

---

①婏菇：奶头；岽岽：耸起；惹
　死人：迷死人。

②翼子斜斜：翅羽扑动。

③青丝碧：一种美丽的小鸟。

④分唔开：不够分。

过了一段又一段，
嘛人么你咁好看。①
虽然着个烂衫裤，
当过别人着绸缎。

上到山顶望山花，
看等妹子转妹家。
左手挽只花篮子，
右手拿顶洋布遮。②

妹子生得静悠悠，
低头含笑半含羞。
恰似鲜花娇又嫩，
样般怪得阿哥求？

好花开在对门山，
山又高来路又弯。
琵琶挂在云端上，
琴声虽好难得弹。

糖梨子来开白花，③
十八妹子会当家。
么油煮出有油菜，
白水泡出嫩细茶。

李子好吃粒粒圆，
咁靓阿妹多人连。

若系被 倕连呀到，
前世同你有姻缘。

好花一朵满园香，
好茶一杯透心凉，
好酒一吃醺醺醉，
好妹一个情义长。

标致妹子捉把梳，④
一边梳头一边摸。
一边照镜打眼拐，
下下都想激阿哥。⑤

(昭荣搜集)

要是有情结缘来

(14 段)

锣鼓不打不知音，
心想下河怕水深，
丢个石子试深浅，
唱首山歌探妹心。

---

①咁好看：这么好看。
②洋布遮：布伞。
③糖梨子：野生果，果皮像梨，
　　每颗只有拇指大。这里形容
　　妹子娇小、灵活。
④捉：抓。
⑤下下：次次；激：刺激。

唱首山歌老妹听，
看你知情不知情，
点灯还要双灯草，
唱歌还要妹接音。

落雨落哩两月零，^①
屈指算来冇日晴，
一心都想同妹聊，
水浸大门无路行。

新做大屋四四方，
做了上堂做下堂，
做了三间又二套，
问妹要廊不要廊？^②

撑船撑到河岸边，
唔晓老妹要搭船？
妹要搭船河岸口，
阿哥立刻就泊船。

你爱莲花快向前，
你爱连妹莫拖延，
世上只有船泊岸，
唔曾见过岸泊船。

日头咁炙炙死人，

有顶笠麻来遮阴；
阿妹生得咁俊俏，
有个情人来开心。

讲起连妹也还难，
新作田塍唔敢行，
灯芯搭桥唔敢过，
断节琴弦唔敢弹。

走路唔知路远近，
过河唔知水浅深，
哥爱交情难开口，
唔知妹子有么心？

柑子好食潮州来，
泉水好食石缝来，
哥像白糖妹像水，
要是有情结缘来。

两条杉树般般长，
唔晓哪条溜潮阳？^③
两个阿妹般般嫩，
唔晓哪个情较长？

（选自《武平歌谣集成》内部版）

①落雨：下雨。
②廊：廊谐郎。
③潮阳：指广东潮阳。

山歌唱得好开心，

句句唱得震天庭；

妹是画眉哥似鹰，

唱到大雨就来临。

上天落雨咁无情，

单单落湿𠊎两人；

淋湿𠊎妹还较得，

淋湿𠊎哥读书人。

大雨过后会天晴，

自由连爱好感情；

包办婚姻要抵制，

妇随夫唱赛赢人。

（邓文化搜集）

多情老妹望郎来

（5 段）

正月里来桃花开，

旧年过去新年来。

风吹桃花花落地，

桃花树下望郎来。

二月里来柑花开，

柑树开花燕归来。

多情柑树随风舞，

多情阿妹望郎来。

十二月来腊梅开，

枕上相思解唔开。

鸳鸯枕上无双对，

夜半三更望郎来。

因为想妹么时安，

蝴蝶采花尽命钻。

辘轴下田翻翻滚，①

总爱见妹正心宽。

因为想你想到狂，

早禾落到番禾秧。②

指望六月有禾割，

谁知九月都唔黄。

（星星搜集）

鸳鸯成对鱼成双

（14 段）

蝴蝶飞入百花园，

采得海棠采得莲，

百样鲜花都采过，

唔曾采过嫩娇莲。

---

①辘轴：溶田插秧的农具。
②早禾：早稻；番禾：晚稻。

客家妹子笑盈盈

半斤猪肉冇几多，

香菇木耳共下煲；

偓今心肝连着妹，

妹有心肝向偓么？

新做地田种苦瓜，

哪得瓜藤上篱笆？

哪得瓜藤来结果？

哪得老妹共一家？

画眉眼来黄蜂腰，

相貌又好声又娇，

上上下下斜眼看，

接身唔到心才焦。①

你着草鞋样咁靓，

偓着草鞋会擦蹭，②

别人连妹咁容易，

偓哥连妹样咁难。

山歌唔唱唔风流，

茶籽唔榨唔出油；

哪得茶油来点火？

同妹（哥）灯下嬲风流。③

---

①接身：贴身。

②蹭：念 cèng，指脚后跟。

③嬲：聊，玩。

讲起交情真艰辛，

去年想妹想到今，

灯芯拿来穿针眼，

亏哩阿妹过得心。

新打茶壶锡融铅，

𠊎话锡来你话铅，

𠊎话铅来你话锡，

只要有锡就有铅。①

妹要连郎赶紧连，

不要今年约明年，

莫学园中菜籽样，

大风吹到别只园。

山歌唱来声连声，

俩人相好难近身，

竹筒拿来打米煮，

唔谛哪日上得升？②

妹在这岗郎那岗，

妹是子鸭郎是姜，

哪得子鸭同姜炒？

两样舀起共盘装。

三月莳田丁丁企，③

哪得禾苗结谷穗？

哪得禾苗结谷子？

哪得同郎（妹）结夫妻？

杨柳青青清水塘，

鸳鸯成对鱼成双；

十八哥哥咁美貌，

何日才进𠊎绣房？

老妹生来笑嘻嘻，

好比潮州好毕基，④

哥哥好比剪刀样，

慢慢裁来会连你。

（选自《武平歌谣集成》内部版）

俩侪相伴正合章

（3段）

老妹生在竹头下，

竹子空心人实在；

哥若唔嫌竹子丑，

愿你门前做篱笆。

---

①锡与铅：铅在客家话中读 yián，
　与缘谐音；锡与惜谐音，惜有
　相互珍惜、爱慕之意。

②升：量米用的竹筒，升与身
　谐音。

③丁丁企：站立。

④毕基：潮州织的一种布料。

柑子好食树难栽，

棉布好剪衣难裁；

心想老妹难开口，

满脸红云辣麻麻。

清清泉水凉又凉，

妹子好比上白糖；

偓哥好像仙水冻，

俩侪相伴正合章。①

（星星搜集）

莫学杨梅暗开花

（13 段）

哥着白衫白龙王，

妹着红衫红凤凰；

龙王相配凤凰鸟，

百年好合俩相当。

大河浑水小河鲜，②

竹麻咁硬浸得软，

阿哥心肝唔是铁，

铁打心肝有妹软。

禾苗割尾尾又长，

月光落哩接星光，

贞节牌坊冇答刹，③

劝姐莫去守空房。

柑子落井水咁深，

一半浮来一半沉，

要沉你就沉到底，

半浮半沉馋郎心。

上驳崇子下驳岭，④

失脚踏着妹脚蹭；

妹子回头微微笑，

心中有意唔敢声。

斑鸠飞入画眉笼，

妹唔甘愿哥唔动，

硬捉鸳鸯唔成对，

强摘瓜果苦心中。

妹子生得真斯文，

出入唔得共片门；

食饭唔得共张桌，

洗面唔得共面盆。

---

①合章，适合的意思。

②鲜：清。

③冇答刹：没意思、没味道。

④驳：段。

书本入甑蒸诗文，

秧苗织毯盖一春；

碟子种葱园分浅，

檀香落炉暗中焚。①

郎也贤来妹也贤，

十五十六月团圆；

郎是金童妹玉女，

私下凡间结姻缘。

清明莳田等秧长，

六月割禾等禾黄；

老妹想郎早开口，

俩人唔讲会丢荒。

天上乌云堆打堆，

若冇北风吹唔开，

若冇糯米蒸冇酒，

若冇情妹（哥）心成灰。

过了一窝又一窝，

窝窝竹子尾拖拖，

竹子低头食露水，

妹子低头想情哥。

天上落雨落唔下，

落到半天起蒙纱；②

哥要连妹爱开口，

莫学杨梅暗开花。

（选自《武平歌谣集成》内部版）

咁靓老妹配郎君

（14段）

山歌紧唱紧风流，

茶子紧榨紧出油，

榨油靠的油匠榨，

唱歌还请哥（妹）起头。

心肝哥来心肝郎，

你要连妹好商量，

你要头发连根拢，

你要心肝剖胸膛。

塘里无水鱼唔生，

田里无粪禾唔靓，

老妹无哥来相配，

好像无叶孤牡丹。

---

①真与蒸，诗文与斯文，一村与
　一春，园与缘，焚与魂，谐音
　双关。

②蒙纱：雾蒙蒙。

三月莳田四月青，
四月莳田难转青，
妹爱连郎趁年嫩，
老秧莳田谷尾轻。

天上乌云配白云，
地下石子配泥尘，
园中花树配蜂蝶，
咁靓老妹配郎君。

黄竹咁高唔冲天，
老妹贞节唔成仙，
观音菩萨咁贞节，
还在南海守香烟。

贞节妹子唔连郎，
嘴上说出桂花香；
十七十八来守寡，
塘里无水鱼难养。

爱买猪肉趁新鲜，
爱连阿哥赶后生，
竹子拿来扶豆角，
年纪相当正好缠。

挖笋唔到顺竹根，
连妹唔到用心肝；
一日问妹十二道，^①
铁打心肝也会软。

上崇唔得崇头开，
蒸酒唔得酒娘来，
连妹唔得妹倒口，
妹一倒口心花开。

好花一枝在深山，
一日不见心就烦，
想变蜜蜂进山去，
又怕蜘蛛网来拦。

松树顶上一片星，
松树底下煎鱼腥，
咁酥鱼腥爱酒下，
咁靓妹子爱后生。

黄糖白糖都是糖，
靓靓丑丑都是郎，
山中树木有高低，
十个指头有短长。

———————————

①道：次。

讲唱山歌忘记哩，

六月禾花落了哩，

六月禾花都落了，

老妹少年过毕哩。①

（选自《武平歌谣集成》内部版）

阿哥中意妹也甜

（12 段）

桃子花来李子花，

夏至过哩叉打叉，

桃子拿来大家食，

李子拿来转屋家。

一碗青菜么放盐，

阿哥爱食唔莫嫌，

阿哥食出偓中意，

阿哥中意妹也甜。

风吹禾叶一掌坪，

请问花树冇个名？

请问花树姓嘛个？

先跟名姓后来行。

浑水过河唔知人，

唔知老妹那样心。

万丈深潭难打底，

锡打茶壶假镀金。

赤脚落田知浅深，

偓妹连郎有真心。

打破沙锅问到底，

老妹有情盖一村。

三月莳田秧冇长，

捏起裤脚下湖洋，

唔知湖洋深呀浅，

脚踏湖洋渺渺茫。

咁久唔曾出河边，

唔知河水浑呀鲜，

咁久唔曾出来了，

今日出来开片天。

咁久唔曾出河边，

河水咁大沙紧崩，

咁久唔曾同妹聊，

哥妹共鬮会上天。

———————

①过毕哩：过去了。

咁久唔曾搭船下，
唔知河底水推沙，
咁多阿哥妹唔晓，
莫怪𠊎妹么嘴码。①

好久唔曾到这窝，
这窝树子大咁多，
咁久唔曾见哥面，
唔知阿哥高大多。

三月莳田四月耘，
田子耘了好交情，
阿哥交情有几久，
𠊎妹交情一世人。

坎头有个三官堂，
三口井水般般凉，
三个阿哥般般大，
哪个阿哥情意长？

（李永秀、林红生、钟燕红搜集）

天上落雨溪里浑

（3 段）

天上落雨溪里浑，
拿条钓鞭游溪沿；
鱼子细细唔好钓，

妹子细细唔好连。

牛子细细角唔长，
老妹细细唔想郎，
过得几年十七八，
日想山歌夜想郎。

又白又嫩好娇娥，
连得妹到不用多，
连妹一个当十个，
半片月光照大河。

（选自《武平歌谣集成》内部版）

百样花树争开花

（11 段）

想唱山歌唱唔成，
一生好比苦瓜棚，
别人苦瓜爬上架，
自家苦瓜冇结成。

月光出世真奔波，
团圆较少缺较多，
十五十六光两夜，
二十七八打暗摸。

───────────────

① 嘴码：好话。

高山顶上一头梅，

歪命不该出世来，

百样花开有叶抵，①

亏哩梅花透雪开。

路上见妹路下坐，

二人见到笑呵呵，

又想同妹嬲一嬲，

壁上挂网斜眼多。

连妹实在是艰难，

好比鲤鱼上急滩，

水深恐怕鸬鹚打，

水浅又怕网来拦。

要想上天天咁高，

要想连妹人咁多，

铁打荷包难开口，

石上破鱼难开刀。

正月里来二月天，

百样树木嫩叶生，

百样花树争开花，

样般老妹冇开言。

门前花钵种石榴，

倕命山歌咁难求，

求得老妹山歌出，

门前柑子变石榴。

妹妹少年花正开，

人人看见心都爱，

好花生在高树上，

树高人矮摘不来。

日头落山凹里红，

郎是狮子妹是龙，

狮子上山龙下海，

唔晓几时来相逢？

青树顶上一团云，

雕子生在青树顶，

一对雕来配一双，

可怜老妹一个人。

（春浩搜集）

日头一出红啾啾

（13 段）

老妹生得真苗条，

可惜郎子冇钱交；

若妹情意分郎份，

即刻归去典青苗。

---

①抵：遮挡。

哥哥爱交紧来交，
唔须回家典青苗；
你又不是败家子，
𠊎也不是生钱痨。

日头一出红啾啾，
白鹤下田啄沙鳅。
白鹤爱食唔怕死，
妹爱连郎莫怕羞。

日头一出满天红，
看到老妹是冇双。
妹就冇双郎冇对，
竹头冇节二头空。

讲起连妹咁艰难，
先买裙子后做衫。
有床唔睡同妹睡，
还爱跪倒拜神般。

讲起连郎咁难艰，
一年见面冇二番。
次次都爱𠊎贴底，
还要畀你刨猪般。

见到老妹日夜魂，
唔得老妹来交情。
升筒打米落锅煮，
唔知几时上得身？

山歌对唱——郎坐田头妹坐崁

哥哥好比迟禾桃，
妹子爱食莫嫌毛。
哥哥又像柑子样，
妹妹遮盖郎一朝。

哥话老妹唔正经，
倕今好比观音身。
打开庙门看一看，
看真佛面看真神。

嘱妹心里爱想开，
莫来愁哥做一堆。
阿哥好比退冬树，
等到交春叶子来。

老妹生得笑盈盈，

可惜冇郎打单身。
老妹好比粘人草，
哥哥一动就上身。

心肝妹呀倕心肝，
哥哥爱走情莫断，
老妹好比湖洋泮，
十年么雨唔会旱。

老妹么郎唔威风，
人人都话妹么双。
老妹好比沙桐泮，
月月开花肚里空。

（蓝红英搜集）

热 恋

好在俩人共一家

（11 段）

又像落雨又像晴，
又想唱歌又想懒。
唱得唔好要跌古，[①]
唱得好哩怕出名。

细细布子驳肩头，
一阵欢喜一阵愁。

别人说倕咁乐斗，[②]
嘴里乐哩肚里愁。

黄竹麻子鸡竹心，
去年冇米饿到今。
别人说倕咁乐斗，
唱支歌子当点心。

---

① 跌古：丢脸。
② 乐斗：快乐。

月头落山心里慌，
攒钱哥哥在外忙。
杀猪割开精猪肉，
蒸酒蒸出好酒酿。

月头落山坳里藏，
家中嫂嫂摆灶场。
爱鱼爱肉哥会斫，①
唔要嫂嫂费心肠。

虾公落锅满身红，
一升虾公想半筒。
有心连郎想衫着，
哪知哥哥比偓穷？

月头一出等到今，
韭菜做粄郎点心。
哥哥唔食韭菜粄，
送界偓妹一点心。

吃饱饭子讲上岭，
竹框一行索又缠。
哥哥先行去探路，
老妹先行惹人馋。

石子压脚目呆呆，
搭信哥哥买草鞋。
一日搭了九个信，
冇个心肝来向偓。

哥哥挑担唔爱挑，
担干落脚拿还偓。②
早晨冇米问偓打，
夜晡冇油问偓赊。

天上落雨点点花，
点点落到妹檐下，
好在俩人住高楼，
好在俩人共一家。

（钟永元口述，王日忠、钟才文收集整理）

茶树头下俩人来

（3段）

风吹叶子叶哗哗，
哥啊想妹妹想偓。
妹啊想哥做衫作，
哥啊想妹做双鞋。

---

①斫：切，此处指买鱼买肉。
②担干落脚：扁担，挑担用的一种工具。

岭岗岽上一头茶，

茶树头下俩人来。

做得事哩狗又叫，

赶走狗哩做唔来。

荒田丘里一头禾，

野猪食毕唔奈何。

日里想哩冇禾割，

夜晡想哩冇老婆。

（谢明生搜集）

咁靓老妹在屋下

（4段）

别人作田杂草多，

𠊎个田里稻苗多。

别人连爱用银钱，

𠊎个连爱用山歌。

枫树叶子角叉叉，

咁靓锄头钩泥沙。

咁靓老妹花衫作，

咁靓老妹在屋下。

石壁流水响叮铛，

只有滴下冇滴上。

只有郎子想老妹，

也有老妹想过郎。

月光弯弯在天边，

船子摇摇在河边。

有人搭船顺水大，

老妹连郎趁少年。

（谢枋兴搜集）

花不向阳蜂不采

（8段）

写起字来爱墨磨，

唱起山歌妹来和，

食起酒来要肉绑，①

歌中冇妹唱不好。

太阳一天么打阴，

对门老妹是何人？

保佑月头阴一阵，

𠊎好看清咳倕人。

笠麻顶上绣石榴，

送给阿哥挡日头，

挡得日头又挡雨，

长把老妹记心头。

---

① 绑：配。

六月天光六月天，
身着褂子唔会冷；
一对乳子高高起，
阿哥看了会急癫。

对面窝里一丘田，
田中有朵嫩娇莲，
阿哥有心上前摘，
石板种花怕无缘。

时时相见时时欢，
一时唔见脱心肝，
三日不见情哥面，
肉头掉下好几斤。

妹是园中一枝花，
郎变蜜蜂前来采，
花不向阳蜂不采，
蜂不勤劳花不开。

食了早饭讲上山，
竹竿一条绳一圈，
老妹今日早点来，
还是昨晡那座山。

（钟水华、林红生搜集整理）

岭岗行哩变大路

（7段）

唔抹好柴妹唔挑，
唔抹好船妹唔摇，
唔抹好网妹唔撒，
唔抹好郎妹唔交。

对门阿哥唔抹"呵"，
老妹唔抹那种货，
哥也唔抹摇钱树，
千万铜钱妹见过。

高山顶上一枝梅，
紧望紧等哥唔来，
岭岗行哩变大路，①
石子踩哩变尘灰。

心肝慢人有敢靓，
有了心肝冇别人，
自同心肝上哩手，
唔曾斜眼看别人。

——————————

①行哩：走了。

太阳落山快下坡，

哥妹分手唔奈何，

很想打条链子锁，

拖住太阳锁住哥。

交情交到五更头，

点了灯芯点了油；

哥拔眉毛当灯芯，

妹流目汁作灯油。①

岭上一枝芙蓉花，

日子长久会跌下；

咁久么见妹个面，

心肝跌落手中拿。

（陈养秀口述，高天宝整理）

𠊎是蜜蜂妹是花

（3段）

𠊎是蜜蜂妹是花，

采花采到乡村下；

城里几多靓妹仔，

日里暗晡追稳𠊎。

山妹是个乡下娃，

一年到暗搞泥巴。

从细喜欢山和水，

暗连川哥乐开怀。

山妹好比山茶花，

红花绿叶报春来；

久经风霜和雨雪，

阿川从小喜欢她。

（钟国恭搜集）

好比月光配月华

（14段）

三两腊肉四两盐，

𠊎今问妹咸唔咸？②

石膏豆腐唔放味，

𠊎今问妹淡唔淡③。

塘里田鸡叫连天，

想讨老婆又冇钱。

拿张凳子同爷讲，

阿爸摇头又一年。

---

①目汁：泪水。

②咸：念 hán，与闲谐音。

③淡：与谈谐音。

老妹生得咁风流，
低头微笑半含羞，
新开花蕾鲜又嫩，
难怪阿哥日夜求。

老妹生得嫩微微，
好像萝卜削哩皮，
𠊎哥又想尝一口，
嘴流口水㸐死哩。①

老妹生得咁端庄，
好像天上月光光，
阿哥可比星子样，
夜夜陪妹到天光。

老妹生得咁端庄，
低头微笑话唔长，
塑像师傅塑唔出，
雕佛师傅雕唔成。

门前有钵君子兰，
紧看阿哥紧么嫌，
从头看到脚下转，
么个缺角妹来嫌。

门前有钵红牡丹，
远远看妹都冇嫌，

好像一只鸡奱肉，②
肉咁滑来汤咁甜。

门前桐树开白花，
决心决意爱哩𠊎，
两人坐起面对面，
好比月光配月华。

上岌唔得望崇头，
岌崇头上八角楼，
楼里有个十八妹，
十人见哩九人㸐。③

上岗唔得望崇头，
崇头有只八角楼，
楼里有个大细子，④
大家看哩开心头。

日头咁大风咁凉，
盘篮晒粉片阴阳，⑤
哥像月头好晒场，
妹象大风好吹凉。

①㸐死哩：馋死了。
②鸡奱：指未生蛋的小母鸡。
③㸐：馋，指想、爱的意思。
④大细子：小伙子。
⑤粉：念 xiá，指大米磨成或碓
　成的粉。

老妹歌好声又软，

好比城内线面团，

首首唱来线面样，

又长又韧掷唔断。①

桂树开花满村香，

菊花开在桂花旁，

哥是桂花妹是菊，

旁人紧讲也清香。

（李永秀口述，林红生、钟燕红
搜集整理）

茶籽摘毕茶花开

（5段）

高山顶上种头杉，

唔抹服侍都会生，②

总爱俩人心情愿，

唔抹媒人都会成。

挑担秧子来莳田，

半路碰到嫩娇莲。

手攀娇莲来去转，

能肯荒毕那段田。

姑娘生得一朵花，

可惜生在山寮下。

咁靓妹子想唔到，

枉费青春一朵花。

茶籽摘毕茶花开，

今年摘毕明年来。

年年都有霜降日，

隔前三日搭信来。

割芒爱割大叶芒，

连郎爱连读书郎，

等到状元高中转，

报答妻子爹和娘。

（钟春花口述，林红生、钟素
云搜集整理）

雨唔淋花花唔红

（5段）

上条路子下驳窝，

拗条树把妹贴坐，③

只有阿哥来相守，

哪有老妹来开头？

---

①掷：拔。

②唔抹：不要。

③树把：树枝树叶。

树下小憩，有时也会来上一首山歌

上条岽子转横排，

横排路上等郎来，

等昼等夜还唔来，

妹心寒来转归来。

妹似天上一条龙，

哥是地上一头松，

龙唔翻身唔落雨，

雨唔淋花花唔红。

一只公鸡发癫哩，

唔言天光呱呱啼，^①

打开大门送妹出，

脚踏胡尖片高低。^②

斜月三更门半开，

阿妹样般还唔来，

现时有来还过得，

今夜唔来想唔开。

（菊招口述，王星华收集）

①唔言：没有。

②胡尖：门坎。

老妹生得水灵灵

（12段）

食米爱食下季米，
连妹爱连门相对；
早晨妹见哥破柴，
傍晚哥见妹挑水。

食茶爱食清明茶，
连妹爱连上下家；
出出入入见得到，
落雨省得戴笠麻。

山歌一唱闹连连，
连妹爱连上下年；^①
阿哥二十妹十八，
簸箕上夹就团圆。

莳田爱莳八月粳，
唔抹塞粪会转青。
连妹爱连十七八，
唔抹打扮有咁靓。

老妹生得水灵灵，
靓就靓在目珠仁；

目角好比洋刀子，
唔曾接身先割人。

老妹靓得糇死人，
好比南海观世音；
阿哥日夜烧高香，
总想保佑来接身。

一口莲花笑盈盈，
看你老妹好交情；
不高不矮又咁靓，
句句言语合郎心。

桃花开来李花开，
阿妹唔贪哥钱财；
门前种有梧桐树，
乌鸦飞过凤凰来。

水往低流人往高，
烂扇么风哥唔摇；
笠麻么顶哥唔戴，
无情老妹哥唔交。

（王麟瑞搜集）

①上下年：指年龄差不多。

妹子天生好人才，
哪个风水管下来；
眼拐打来镰刀样，
割人心肝有血来。

妹子门前花唔开，
你也唔爱紧缠来；
等到来年花开日，
兜凳上棚倕么梯（推）。

急水撑船难上滩，
初学连郎蛮眼难；
心中好比擂战鼓，
脸上好比火烧山。

（选自《武平歌谣集成》内部版）

交情要像长流水

（25段）

妹是南山一枝梅，
蜜蜂寻梅满山飞，
蜜蜂落在梅树上，
两翅摇摇唔舍回。①

吃口蜜枣嘴留糖，
食碗鲜水心里凉，

喝杯美酒醉醺醺，
连个好妹情难忘。

好酒就爱好坛装，
好妹就爱配好郎；
好郎好妹成双对，
绿叶红花分外香。

不是燥柴妹不烧，
不是靓船妹不摇，
不是好花妹不绣，
不是好郎妹不交。

郎也花来妹也花，
俩侪相合结成家，②
郎是珍珠妹是宝，
珍珠对当是冇差。

深山画眉叫喳喳，
情妹爱倕倕爱她，
情妹爱倕会写字，
倕爱情妹会绣花。

---

①唔舍回：不想离开。
②俩侪：俩人。

一根竹子伸过墙，
情哥爱𠊎𠊎爱郎；
情哥爱𠊎勤俭好，
𠊎爱情哥劳动强。

白白胖胖𠊎唔贪，
乌乌赤赤𠊎唔嫌，
石灰咁白唔好食，
黄糖咁赤有咁甜。

蛇身唔长金凤毛，
花篮唔装臭艾苗，
靓鸡唔同丑鸭嬲，
画眉唔连屎缸雕。

好船唔靠歪河滩，
金鲤唔跳浑水潭，
好妹爱配好郎哥，
甜柑唔放酸橙盘。

吃菜爱吃白菜心，
嫁郎爱嫁忠实人，
踏实郎子哪点好？
不嫖不赌劳动勤。

连郎爱连老实郎，

老实郎子情较长，
唔争野花唔吃醋，
唔跟别人比短长。

割烧爱割芦萁芽，
泡茶爱泡嫩红茶，
挖笋爱挖嫩笋子，
连郎爱连后生侪。①

猪肉煮酒唔需汤，
粥汤洗衫唔需浆，
连妹爱连后生妹，
唔须打扮有咁香。

屋后种头向东莲，
连妹爱连二十龄，
白天晓得郎辛苦，
夜里体贴郎脚冷。

吃饱要吃餐餐饱，
连妹爱连一样高，
两人企着一起嬲，②
眉对眉来腰对腰。

――――――――――――――

①后生侪：年轻人，小伙子。
②企着：站立着。

山歌对唱——阿哥阿妹情意长

一丘大田四四方，　　　　　　　　郎子敢过妹敢连。

阿哥莳田妹送秧，

妹送秧苗株株嫩，　　　　　　　　鸡嫲生蛋一时烧，

嫩妹配郎正相当。　　　　　　　　杨梅开花一时娇；

　　　　　　　　　　　　　　　　交情要像长流水，

只爱郎子出得众，　　　　　　　　切莫交到半中腰。

唔怕茅草盖屋栋；

唔怕渥头么米煮，[①]　　　　　　　妹爱交情爱长交，

唔怕衣衫尽窟窿。　　　　　　　　切莫交到半中腰；

　　　　　　　　　　　　　　　　洗衫也要长流水，

郎在这边妹那边，　　　　　　　　晒衫也要长竹篙。

隔山隔水难近前；

灯草拿来搭桥过，　　　　　　　　────────────

　　　　　　　　　　　　　　　　①渥头：镬。

晒衫爱晒长竹篙，
晒得少来较快燥；
连妹爱连连到老，
唔敢连到半中腰。

做衫爱做石西蓝，
一件着得两件赢；
连妹爱连有情女，
一个顶得两个赢。

壁上打钉挂对联，
老妹唔靓郎唔嫌，
老妹好比柑子样，
剥脱皮子入背甜。①

蜜蜂采花望酿糖，
酒饼蒸酒望来"娘"，②
哥哥连妹望长久，
连到胡须百尺长。

（选自《武平歌谣集成》内部版）

藤缠树来树缠藤

（28段）

岭岗峎上做学堂，
石子砌路瓦盖墙；
哥哥读书望高中，

妹子连哥望情长。

割草要割长芦萁，
割到短草捆唔归；
连哥要连长情哥，
连到短情枉心机。

连郎爱连生意侪，③
又有糖果又有茶；
郎子出外采买货，
妹在家中掌柜台。

打鼓爱打鼓中心，
打到鼓边冇声音，
连妹爱连长情意，
半途分手枉费心。

落雨洗衫晒唔燥，
楼檐撑条长竹篙；
竹篙翘起心打结，④
生怕会断半中腰。

---

①入背：里面。
②酒娘：酿酒未加水的原汁。
③生意侪：做生意的人。
④心打结：纤弱竹篙因受物力负重两头弯起中间欲断的样子，故称"心打结"。

一树只开一种花，
一藤只结一种瓜；
一壶难装二样酒，
一郎二妹打冤家。

上段崽子过横排，
你要相交讲过来；
交情交到九十九，
行路唔得坐轿来。

藤缠树来树缠藤，
两人交情万万年，
七老八十脚麻木，
郎扶拐杖上妹门。

你爱交情讲过来，
爱学山伯祝英台；
还生两人共枕睡，
死哩两人共棺材。

要交交到百年来，
死哩两个共棺材，
共间厅房做道事，①
共张黄纸写灵牌。

揩盐爱揩六包头，②
揩到五包头背头，③

连妹爱连一个妹，
连到两个挂两头。

新打剪刀唔须磨，
有情哥哥唔须多；
有情哥哥连一个，
当得月光照大河。

撑船撑到柳树边，
柳树荫荫好泊船，
老妹好比柳树叶，
怕风吹落别人船。

早上葵花面向东，
一心连你做老公，
柳叶会被风吹落，
老妹冇人勾得动。

行也愁来坐也愁，
城隍庙里许猪头，
保佑阿哥连得到，
还愿送油送猪头。

①道事：道场。
②揩：挑。
③头背头：一头重一头轻。

哥哥过番去赚钱，
妹在家中等百年，
情愿等到头发白，
等哥回乡结姻缘。

哥妹交情爱心专，
切莫随便贱自身；
莫学黄蜂见花采，
爱学罗帕一条情。①

水车引水饮旱田，
爱钱不是好娇莲；
上等之人讲情义，
下等之人讲银元。

好柴烧火冇嘛烟，
好马过桥不用鞭，
好鼓不须重槌打，
好妹连哥不讲钱。

青菜开花黄似金，
白菜开花白如银，
黄金白银哥见过，
唔曾见过同妹情。

双双合意心花开，
讲钱交情妹唔爱，

再多钱财会用毕，
情意留得千年揣。②

新打茶壶嘴弯弯，
爱讲银钱莫相攀，
老妹不是贪财女，
哥也唔曾开银山。

金山银山𠊎唔贪，
唔抹铜钱来交关，
交情不是做买卖，
哥也唔曾开银山。

豆角上杆唔抹藤，
有心相交唔抹钱，
钱财难买情义好，
爱钱不是好娇莲。

正月里来去交情，
郎打戒指送情人，
郎个戒指唔值价，
妹个情义值千金。

①情与裙谐音，意双关。
②揣：在。

新做被子新枕头，

漂白蚊帐配银勾，

万贯家财妹唔想，

只想同哥来结交。

岭岗顶上一丘田，

无陂无圳水涟涟，

好田唔须高车水，[①]

好妹唔须讨郎钱。

石壁流水响叮当，

只有流下冇流上；

只有郎子遮盖妹，

难有妹子倒贴郎。

（选自《武平歌谣集成》内部版）

难逢难遇共路行

（12 段）

上了高岗过横排，

阿哥手里拿双鞋，

跌毕一只妹捡到，

日后寻双会寻偓。

上了高岗过横排，

跌毕扇子跌毕鞋，

跌毕鞋来还过河，

跌毕扇子热死偓。

高栋坪上矮栋坪，

难逢难遇共路行，

大树头下嬲一阵，

旱田见水禾就生。

阿哥同妹隔条岗，

手拿笠麻来拉郎，[②]

手拿笠麻抬三下，

魂魄飞到妹身旁。

妹在那排郎这排，

妹割芒杆郎砍柴，

芒杆丢来还过得，

眼拐丢来割死偓。

妹子住在半山排，

害偓行烂几双鞋，[③]

你系有心应一句，

你系冇心爱辞偓。

---

①高车水：水车车水。高车是
　一种抽水工具。

②笠麻：竹笠。

③烂：破。

过了一窝又一窝，
风吹竹子尾巴拖。①
竹子低头食露水，②
妹子低头等情哥。

敬神爱敬远方神，
一番烧香一番灵，
连妹爱连远方女，
一番相见一番亲。

剪刀落地口难开，
冇陂冇圳水难来，
妹子有信冇处搭，
哥系有心自家来。

蕉岭行上石灰岭，
心想上山到武平，
又想城里同妹嬲，
十分难舍妹人情。

上了高岗过横排，
肚饥肚渴脚又赖，③
只贪老妹情义好，
打轿请𠊎也唔来。

蜡烛点火溜落台，
金帖请哥哥唔来，
哥系有心来看妹，
三年老酒拿出来。

（王星华搜集）

榄树开花花揽花

（16段）

五月五日系端阳，
人山人海看龙船；
一河两岸望个遍，
样般唔见𠊎亲郎。

五月十三迎关爷，
郎戴草帽妹擎札；④
保佑上天落大雨，
一人擎伞两人遮。

岭岗顶上一株梅，
手攀梅树望郎来；
阿妈问𠊎望嘛个？
𠊎望梅花几时开。

---

①尾巴拖：竹尾垂。
②食：饮。
③赖：念 lái，脚软，无力气。
④札：雨伞，客家话又叫"札子"。

门前种有一株梅，
手攀梅树等郎来；
十朵梅花开九朵，
还有一朵等郎开。

岩前行下广福乡，
久闻广福好地方；
乡间一条桂花树，
大风吹来满树香。

桂花开放满园香，
菊花开在桂花旁；
哥系桂花妹系菊，
任人去摘也清香。

哥系绿叶妹系花，
哥系绫罗妹系纱；
哥系高山石崖水，
妹系山中嫩细茶。

妹子好比蜘蛛形，
蜘蛛牵丝会缠人；
阿哥好比蝴蝶样，
被你缠到难脱身。

三步行来两步企，
行前三步又想你；
今日同妹嬲一下，
落霜落雪唔盖被。

哥在外面唱山歌，
妹在房中织绫罗；
听到阿哥山歌好，
两手软软懒丢梭。

哥在窗外打飞鸟，
妹在房中把手招；
阿妈问𠊎招嘛个？
做完针线伸个腰。

妹子割草上山岗，
翻去翻转来看郎；
翻去翻转踢脚趾，
只骂石头不骂郎。

月光咁清风咁凉，
看见亲哥在开荒；
家里还有半缸水，
假作揩水会情郎。①

————————————

①揩：挑

一见妹子心就慌，
失脚踏到妹脚蹲；
妹子回头笑一下，
心想骂郎唔敢声。

妹子挑水井边企，
看到亲哥笑嘻嘻；
亲哥问偃笑嘛个？
昨晡发梦见到你。

榄树开花花榄花，
郎就榄上妹榄下；
掀起衫尾等郎揽，
等郎一揽就归家。

（王星华搜集）

真心连妹唔使桥

（6段）

地上石子配泥尘，
老妹怜哥读书人，
妹啊怜哥读书仔，
文化咁多咁聪明。

砍掉杉树还有头，
嫁掉老妹还有来，

初一十五来一转，
当得汀州考秀才。

（林永芳搜集）

哥在河边采桑葚，
隔河阿妹笑盈盈，
丢块石头试深浅，
唱首山歌试妹心。

郎在这边妹那边，
隔河两岸样得前，
对岸渡船撑妹过，
一人愿出俩人钱。

急水滩头难开篙，
妹系有心爱架桥，
架座金桥畀郎过，
永久记得你功劳。

山歌爱唱情爱交，
真心连妹唔使桥，
灯草搭排你敢过，
妹送金簪做桨摇。

（王星华搜集）

①心肝：指心爱的人。

莳田情歌

（3 段）

三月莳田乱忙忙，
又寻灰粪又寻秧，
又爱心头挂念妹，
又爱目前丢禾行。

你爱莳田紧莳田，
切莫起眼看娇莲，
看了娇莲心会乱，
错捏秧苗莳乱田。

新买秧盆圆叮当，
阿哥莳田妹分秧，
妹子分秧眼线好，
阿哥莳田打岔行。

（王星华搜集）

不怕风大树尾摇

（5 段）

竹篙头上晒手巾，
晒得高来招风声，
偃同阿哥情意好，
白头到老不散心。

鸳鸯成双下河边，

阿哥和偃一线连，
生同阿哥共河水，
死同阿哥共灶烟。

龙王牌水一段田，
丘丘种的冷水粘，
阿哥要学冷水白，
泉水再冷早粘田。

大风吹来起灰尘，
阿哥莫信旁边人
小心路上两头蛇，
咬过不少有情人。

乌鸦要叫随它叫，
风吹大树随它摇，
只要偃俩同心意，
不怕风大树尾摇。

（田心搜集）

难舍阿哥一片心

（8 段）

山上布棘开蓝花，
做完田事转外家，
听到阿哥有衫着，
三更半夜就纺纱。

新买担竿柔柔软，
切莫将佢揩呀断，
担竿揩断冇要紧，
只怕揩坏嫩心肝。①

妹子入山揩石灰，
嘛人搭信喊你来，
石灰窑下加二秤，
揩坏身子嘛人赔？

一条担竿柔柔软，
对面来个佢心肝，
身上衣衫佢做个，
纽扣系佢亲手安。

见妹揩担百二三，
阿哥心头着下惊，
心想同妹揩多点，
又见人多唔敢声。

新做褂子理大襟，
亲哥穿线妹钩针，
妹子好比葵花纽，
安在胸前挂在心。

新买扇子画条龙，
手摇扇子扇摇风，
妹子热郎郎热妹，
俩人有心讲到同。

哥送戒子一枚金，
失手跌落河中心，
戒子打走佢舍得，②
难舍阿哥一片心。

（王星华搜集）

只看阿哥一个人

（6段）

木勺打水面盆装，
问哥下府几时上，③
问哥下府几时转，
潮州丝线带几两。

手扶水勺拉拉横，
接了一担又一担，
头担接来郎洗面，
二担接来妹洗衫。

---

①心肝：指心爱的人。
②打走：水冲走。
③府：潮州府。

新打酒壶四面光，
好酒就爱好壶装，
亲哥斟个梅花酒，
妹子斟个桂花香。

新做眠床画横屏，
画了牡丹画麒麟，
咁好麒麟侄唔看，
只看亲哥一个人。

第一香蕉第二莲，
第三槟榔个个圆，
第四芙蓉五枣子，
送郎都爱得郎怜。

新买花鞋束束花，
送妹着紧好上下，
送妹着紧好行路，
看哥唔到看脚下。

（王星华搜集）

妹送毛衣软绵绵

（8段）

妹送毛衣软绵绵，
唔知毛线几多钱，

人工做毕几多日，①
过后好算手工钱。

阿哥讲话发嘛癫，
相好样般爱用钱，
俩人好比毛衣样，
步步钩针缝里缠。

新买笠麻画石榴，
送界阿哥遮日头，
遮得日头抵得雨，
免得阿哥顾两头。

五月五日系端阳，
送哥带子五尺长，
阿哥莫嫌带子短，
带子虽短情意长。

新打耳环胡椒花，
交了耳环交带纱，
问妹交情交几久，
交到河里冇水下。

----

①做毕：做完。

讲哩连妹就连妹，

唔怕叔公咁利害，

一年三百六十日，

老虎也有打瞌睡。

同县同村同乡里，

同出同入同赴圩，

同年同月同时日，

同心同肚同到尾。

食酒唔怕醉昏昏，

连妹唔怕有人闻，①

手拿大鼓村头打，

唔怕名声出外村。

（王星华搜集）

妹子好似一塘莲

（6 段）

妹子好似一塘莲，

莲叶生来面向天，

阿哥好比绵毛雨，

点点落在妹身边。

哪有松树冇松毛？

哪有鱼网唔落河？

哪有阿哥唔连妹？

哪有妹子唔连哥？

潮阳揭阳并海阳，

三阳唔当妹村庄，

蛟湖蝴蝶分外靓，

因为连妹到这乡。

香豆掰壳两重皮，

一重硬壳一重衣，②

当面开花暗结子，

俩人事情冇人谛。③

河水浑浑流得鲜，

石头大大锤得绵，④

唔怕人家唔答应，

总爱阿哥耐心缠。

这块田地𠊎想耕，

泥肉又好租又轻，

千两黄金𠊎敢出，

妹爱有心同𠊎行。

（王星华搜集）

① 闻：知道。

② 衣：这里指薄皮。

③ 谛：知。

④ 绵：软而粉末。

曾经是歌手

有情妹子有情郎

（16 段）

有情妹子有情郎，
好比天上月光光，
阿妹好比星子样，
同郎一夜到天光。

因送妹子到妹乡，
郎也慌来妹也慌，
两人假作唔相识，
妹子先行哥押帮。①

河边柳树叶拖拖，

妹掀衫尾郎贴坐，
哥今问妹连唔连，
低头掩笑肯较多。

脚踏草头两边开，
哥今转去几时来，
路上野花莫去采，
妹家有花等哥开。

因为冇水筑沙陂，
因为冇双方连你，
老妹如同大陂水，
你爱饮偃正情理。

———————————

① 押帮：压后。

送妹送到风雨亭，
七穿八漏风唔停，
虽然风大凉身子，
黏紧妹子就热人。

一山树木青粼粼，
只听声音不见人，
妹子出来见一下，
急得阿哥满山寻。

日头落山渐渐低，
手拿石子追落溪，
阿妹人才世间少，
讨畀𠊎妈做生娓。①

日头落山渐渐黄，
手捡石子丢落塘，
阿哥人才世间少，
寻畀𠊎妈做婿郎。②

双扇大门单扇开，
踏出踏入望郎来，
脚踏竹头望生笋，
手攀花树望花开。

隔岸看郎妹心焦，
又冇渡船又冇桥，
心想架桥畀郎过，
怕郎冇心空架桥。

天上乌云堆打堆，
若冇北风扫唔开，
阿妹好比细茶杆，
冇𠊎滚水泡唔开。

郎在武平妹上杭，
心想连妹难来往，
八仙下凡难得见，
露水泡茶难得尝。

哥在那边妹这边，
隔河两岸样得前，
丝线架桥浮水面，
你系敢过𠊎敢连。

一家女儿做新娘，
十家女儿看屋光，
街头铜鼓声声打，
打着心中只响啷。

---

① 生娓：儿媳妇。
② 婿郎：女婿。

哥在城里妹蛟湖，

俩人相好隔山河，

妹子姻缘有𠊎份，

俩人爬山敢填河。

（以上山歌流传于武平岩前、
蕉岭广福一带，王星华早年在民间
搜集整理。）

俩人恩爱成双对

（10 段）

茶亭妹子水灵灵，

坏就坏在目珠仁。

唔全接身割一下，

三日三夜还在魂。

（朱仰辉唱，练康豪录）

十八老妹爱嫁人，

嫁个老公爱有情。

日里三餐同桌食，

夜里抱紧共枕眠。

一树杨梅半树红，

郎想阿妹心要雄。

世上只有藤缠树，

唔见树来倒缠藤。

鸡肉好食妹冇钱，

阿哥咁好妹冇缘。

咁好姻缘别人个，

情愿上岭割葛藤。

邀妹上岭割芦萁，

半夜认为天光哩。

路边一条冷石凳，

坐热石凳等情人。

黄竹担干节节黄，

日日上岭想𠊎郎。

朝朝见郎日日好，

一朝唔见割心肠。

远看𠊎妹路上来，

唔高唔矮好身材。

两朵红云盖面颊，

赛过芙蓉出水来。

哥系天上一条龙，

妹系地上花一丛。

龙唔翻身冇落雨，

雨唔淋花花唔红。

妹唔嫌你耕田郎，

耕田阿哥情更长。

日同三餐夜同枕，

同甘共苦有商量。

妹唔嫌你耕田郎，

耕田阿哥身体强。

俩人恩爱成双对，

夫妻恩爱万年长。

（罗炳星搜集整理）

阿哥有情妹有情

（8 段）

老妹咁赤偃唔嫌，

别人咁白偃唔贪。

石灰咁白唔好食，

黄糖咁赤还较甜。

越乌越赤心越甜，

哥哥食哩爱来添。

山梨拿归屋下种，

妹有梨苗定好掇。①

老妹长得笑盈盈，

问妹家中几多人。

郎子今年十八九，

家中只有一个人。

哥哥家中一个人，

老妹听哩极同情。

若是阿哥看得起，

老妹同你结个亲。

有咁古怪么咁奇，

柑子树上打个梨。

老妹想偃梨子食，

偃想老妹一齐哩。②

世上命歪就系偃，③

自家砻谷自家筛。

再过二年讨一个，

一个砻里一个筛。

黄竹子里黄竹尾，

削节竹子老妹吹。

早晨吹郎早出门，

夜晡吹郎一下归。

---

①掇：拔起移栽。

②哩：这里意思指来。

③命歪：命不好。

食烟爱食水烟筒，

一翻一刷又一筒。

连妹爱连上下屋，

朝朝夜夜好相逢。

（杨加先口述，王大中搜集整理）

雉鸡落地尾拖拖

（5 段）

雉鸡落地尾拖拖，

竹鸡落地就唱歌。

画眉细细会唱曲，

妹子细细动郎哥。

（祥洲、天宝搜集）

松树尾上一品香，

松树头下劈松光。

松光当得灯盏光，

阿妹当得桂花香。

妹的山歌是本情，

哪有豆苗不缠藤？

泼水也有回头浪，

哪有阿妹不连人？

（赖梅升搜集）

树叶细细莫断芯，

留来大里好遮阴。

老妹还细莫打骂，

留倕大里开郎心。

老妹生得咁笑容，

眉毛弯弯一条龙。

牙齿好比高山雪，

嘴唇赛过石榴红。

（张继发口述，林寿文记录）

想爱风流赶少年

（16 段）

想爱风流赶少年，

人无两世在阳间。

六十花甲无几次，

风流一年就一年。

日头照眼看唔真，

对面阿妹是嘛人？

有情阿妹过来聊，

无情阿妹莫转身。

两岸山歌尾驳尾，

声声唱出妹心事。

句句唱出夫爱归，

夫难舍来妻难离。

上园韭菜下园葱，
老妹盲曾嫁老公。①
嫁哩老公𠊎也晓，
脚踭落地奶会通。②

上园韭菜下园茄，
𠊎看阿哥蛮曾讨老婆。
讨哩老婆𠊎也晓，
脚踭落地背会驼。

割芒爱割割一抓，
割哩两抓唔好拿。
连妹爱连𠊎一个，
连哩两个结冤家。

挖笋唔到腾竹根，③
连妹唔到靠紧跟。
一日跟佢二三转，
铁打心肝也会软。

挖笋唔到腾竹根，
连妹唔到出各村。
各村老妹情更好，
三日唔到会来跟。

老妹生得咁斯文，
人又靓来嘴又甜。

如果阿哥有缘分，
九斤猪头许得成。

羊角花开满山红，
有情老妹较唔同。
有情老妹看得出，
眼拐打来带笑容。

响连连来闹连连，
连妹爱连真同年。
大𠊎一岁𠊎唔要，
细𠊎一岁𠊎唔连。

老妹生得咁精明，
会划会算又有情。
如果阿哥连得到，
累生累死也甘心。

高山流水响哗哗，
对门老妹甲哩𠊎。④
九冬十月生个子，
圆面圆目全像𠊎。

①盲曾：没有。
②通：动。
③腾：顺着，跟着。
④甲哩：同了房。

好酒就爱好坛装，

好妹就爱配好郎。

好郎好妹两相配，

好比糍粑稳白糖。①

打张快刀唔须磨，

连个好妹唔须多。

十工半月来一转，

好比蜂糖甜心窝。

响连连来闹连连，

阿哥读书妹赚钱。

两个毫子买管笔，

笔笔写来中状元。

（以上情歌流传在于武平武东、
中堡、十方一带。王麟瑞采录整理）

老妹好比芙蓉花

（18段）

老妹爱来自家来，

唔使喊到别人来。

阿哥只有人一个，

人多样般分得开。

郎是泥肉妹是田，

郎是苎子妹是棉。

苎籽棉籽一下种，

哥同老妹共丘田。

老妹好比日头形，

一出山门热死人。

妹子又像榕树样，

一树遮盖几多人。

老妹好比禾头形，

禾苗细细谷子精。

妹今好比迟禾样，

唔晓哪久有尝新？②

老妹好比芙蓉花，

芙蓉花好爱叶遮。

亲哥好比露水样，

点点落在妹身下。

老妹生得好人才，

好比莲花朵朵开。

半夜开花食露水，

花开结子妹心开。

―――――――――――――――

①稳：蘸。
②哪久：什么时候。

老妹生得像枝花，
嘴唇红过石榴花。
奶姑好比算盘子，
脚臂白过绿豆牙。

白嫩妹子真可怜，
脚臂雪白来下田。
老妹姻缘有郎份，
你请人工催出钱。

猪肉煮酒唔需汤，
饭汤洗衫唔需浆。
连妹爱连十七八，
身上无花也有香。

十七十八正开花，
唔晓风流害自家。
蚁蚣草蜢有双对，
鸭公也晓食蛋渣。

老蟹抓来石山坐，
莫嫌阿哥手脚多。
街市场上卖鸭子，
未讲价钱手先摸。

莫话食烟唔带烟，
莫话连妹唔带钱。
好田唔需高车水，
好妹唔使哥哥钱。

船灯表演对山歌

妹话天光天未光，
打开窗门看月光。
双手抱妹尽心睡，
天大事情郎担当。

新买裙子簌簌新，
一心买妹底面裙。
妹子背手系裙带，
眼拐一打魂死人。

新打磨石圆叮当，
一心打来磨豆浆。
阿哥好比黄豆子，
老妹一磨就出浆。

生蛋鸡嫲锯过红，①
风流老妹奶崇崇。
有情老妹看得出，
眼拐一打笑容容。

井水咁清生溜苔，
神桌咁净起尘灰。
老妹讲得咁贞节，
十月怀胎哪里来？

哥哥问妹妹唔声，
冇咁贞节装到成。
哪有鸭子怕落水？
哪有猫公唔食腥？

（蓝红英搜集）

十月怀胎哪里来

（7段）

老妹么郎断心肠，
唔得早夜到天光，
搅倒枕头中心放，
紧抱紧捏紧咯爽。

老妹么郎日夜呆，
三餐有饭食唔下，
有花开哩么子结，
十月怀胎哪里来？

老妹么郎真可怜，
睡目唔知哪头眠，
半夜想起风流事，
坐唔坐来眠唔眠。

———————————

①锯：鸡冠。

老妹么郎真孤凄，

几多辛苦么人知，

夜晡想起介（那）个事，

苦法难熬啜衫尾。

凹上伯公爱有灵，

因为连妹日夜魂，

保护老妹连得到，

同你做个伯公亭。

一头竹子伶伶光，

十七十八妹爱长，

肯畀哥哥亲一下，

当得牛肉炒仔姜。

葵扇好拨合唔揪，①

大家话 佢同妹有，

一篮柑子冇个柿，②

冤枉拗 佢爱人摸。③

（蓝红英搜集）

千金难买少年时

（11 段）

写封信子寄 佢夫，

门前埔地生草菇，

佢郎接信回音转，

拿畀邻舍种番薯。

月光冇光样咁光，

井水冇风样咁凉。

心肝今年十八九，

身上冇花实在香。

十七十八头发多，

又会梳来又会摸，

又会绣花又做鞋，

又会斜眼看哥哥。

日头出来球打球，

老妹梳头冇抹油，

总要人才生的好，

唔须打扮也风流。

一朵红花路边生，

阿哥唔知妹名姓。

阿哥唔知妹名字，

手攀花树问花名。

---

①合唔揪：合不起来。

②冇个柿：柿与事谐音，冇个

　柿，即没有的事。

③拗：没有说成有，冤枉人。

日头落山又一天，
妹妹冇哥又一年。
日头下山天光起，①
妹妹冇哥枉少年。

日头落山又一天，
郎打单身又一年，
郎打单身还过得，
妹打单身真可怜。

月月十五月圆时，
如今不连待何时？
绿竹生笋节节老，
千金难买少年时。

新出豆叶皮皮青，
妹要连郎赶后生，
行今年将十七八，
唔比青草会返青。

天上乌云配白云，
地下石子配泥尘，
田里禾苗配百草，
最靓妹妹也配人。

天上乌云堆打堆，
若冇北风吹唔开；

妹妹好比茶叶样，
冇郎滚水泡唔开。②

（春浩搜集）

郎有情来妹有情

（22段）

送郎送到天井边，
一阵乌云盖青天，
保佑今朝落大雨，
留我情哥住夜添。③

送郎送到伯公坛，
归者容易来者难，
左手拿衫拭目汁，④
右手叶郎慢慢行。⑤

哥哩出门要来归，
不厌岭高路又崎，
不厌岭高路又远，
有钱冇钱要来归。

---

①天光：明天。
②滚水：开水。
③住夜添：再住一夜。
④目汁：眼泪。
⑤叶：挥手告别。

吃起白菜想到园，
吃起白米想到田，
三餐吃饭想到妹，
行到床前想娇莲。

黄竹担竿节节黄，
朝朝上山见催郎，
朝朝见郎朝朝好，
一朝不见割心肠。

高山顶上种钵兰，
种花容易浇花难，
隔山照月难讲话，
见郎容易近身难。

心肝命，心肝心，
你今归哩难舍情，
十日半月聊一下，
隔河种竹难遮阴。

心肝命，心肝郎，
日想心肝夜想郎，
日想心肝还过得，
夜想唔得到天光。

日思量来夜思量，
思量催命情恁长，^①

思量催命天般远，
拨烂心肝拨烂肠。

想妹一年又一年，
古井烧香暗上烟，
魂魄五更同妹聊，
醒哩才知隔重天。

因为心来因为肝，
因为心肝日夜串，
因为心肝情意好，
因为心肝想心肝。

郎咁魂来妹咁魂，^②
溪里石头当作银，
清明当作五月节，
风吹门搭郎拍门。

因为连妹迷魂愁，
夜晡作为日里头，
石灰当作糯米粉，
月光当作大日头。

①恁：如此，这样。
②魂：迷。

生爱你来死爱你，

生生死死总爱你，

手拿镜子全身照，

一身落肉都为你。

郎在这岗妹那岗，

山歌唱来情恁长，

老妹可比过云雨，

阿哥淋得眼时凉。①

五月里来是端阳，

手拿带子五尺长，

情哥讲倕带子短，

带子虽短情意长。

作田唔作路边田，

过了几多嫩娇莲，

丢了犁耙跟妹走，

荒了田地噉多年。

新买凉笠四块绸，②

买给老妹遮日头，

遮得日头遮得雨，

省得情哥挂心头。

月光弯弯在半天，

有心交情莫讲钱，

云遮日头冒几久，

同妹交情万万年。

郎有情来妹有情，

二人有情赛赢人，

泥鳅生鳞马生角，

铁树开花不丢情。

郎有情来妹有情，

二人有情真有情，

二人好到九十九，

麻衣挂壁不丢情。③

燕子南来成双对，

两人要连好情意，

妹子有心来连哥，

海誓山盟不忘记。

（春浩收集）

---

① 眼时：目前。

② 凉笠：妇女戴的一种笠帽，
　没有顶，帽沿有四块白布绸。

③ 麻衣挂壁：身死之后。

永古千秋莫断情

（14 段）

新打戒子黄金金，
戒子肚里㑊两人，
戒子肚里七个字，
"永古千秋莫断情"。

乌鸦衔丫入松林，
松林树下好交情，
松林千年生松籽，
俩人百岁莫断情。

一山过了又一山，
二人交情要喜欢，
二人交情要到老，
久后日子一般般。①

新打金子腊黄金，
黄金跌落海中心，
千两黄金㑊舍得，
难舍连妹这条情。

急水滩头洗担竿，
担竿打走情莫断，②

有心交情要到老，
石板盘桥行唔断。③

妹妹讲话哥心开，
好比风吹云又开，
别树有花哥不摘，
此树无花等到开。

野火来烧石桅杆，
旺火紧烧总会断，
心肝不是铁打个，
铁打心肝也会软。

心肝老妹心肝心
你要连妹放大心，
一年三百六十日，
唔愁两人冇接身。

冇火唔食这筒烟，
冇秧唔莳这丘田，
冇味唔行这条路，
冇妹唔看这重天。

---

①一般般：都一样。
②打走：被急流漂走。
③盘：架的意思。

新做茶亭两头空，

不怕大雨和大风，

不怕坏人做暗鬼，

不怕名声到广东。

郎是有心妹有心，

铁棒磨成绣花针，

总要两人情意好，

哪怕名声上北京？

你敢做来偓敢当，

青草唔怕六月霜，

勺麻专打深潭水，①

笊捞专打滚饭汤。②

生要连来死爱连，

唔怕官司到衙门，

杀头好比风吹帽，

坐牢好比逛花园。

米筛筛米漂上漂，

有本连郎有本包，③

总要俩人情义好，

郎带铁尺妹带刀。

（春浩收集）

哥妹相交情意厚

（22 段）

讲唱山歌忘记哩，

六月采花落了哩，

六月采花都落了，

老妹少年过了哩。

风吹竹叶满天飞，

唔得竹叶转竹尾，

老妹约郎二十外，

唔得月头到月尾。

口渴又把咸汤尝，

睡目唔着手捶床，④

越食咸汤口越渴，

越想心肝夜越长。

哥哥想妹妹想哥，

两人相思差唔多，

想妹瘦哩三斤九，

想哥轻了四斤多。

---

①勺麻：松木挖的舀水器。

②笊捞：竹制的捞饭器。

③本：本事。

④睡目唔着：睡不着。

尝遍百药看遍医，

想思得病无药医，

情妹讲句知心话，

病冇对时就好哩。①

因为心来因为肝，

因为心肝想心肝，

因为心肝心肝想，

为想心肝脱心肝。

茶枯洗衫榜榜花，

咁久唔见郎上下，

今朝见到哥的面，

碗中有饭唔晓扒。

哥妹相交情义厚，

麻丝缠手难解开，

铁打秤钩吞落肚，

时刻挂念在心头。

因为相思昏沉沉，

风吹门搭当拍门，

石灰当作糯米粉，

水上漂叶当只盆。

（邱凤英搜集）

三日唔食饿九餐，

时刻想念偪心肝，

今日见到心肝妹，

再饿一七冇相干。②

上驳崇子下驳窝，③

提只鸡娈看情哥，

别问情哥嘛个病，

一见妹子好得多。

三皮青菜摘一皮，

三日唔摘黄了哩，

三日唔见情哥面，

一身颜色落了哩。

山歌唔唱心唔开，

大路唔去生青苔，

三日唔曾见妹面，

头晕肚痛病就来。

一钵兰花开九枝，

心中想郎无人知，

一月想郎三十日，

一日想郎十二时，

---

① 对时：民间称 24 小时为一
  对时。

② 一七：指七天。

③ 窝：山窝。

坐着唔当床上眠，

床上眠哩想世情，

百样世情都想尽，

总想老妹来交情。

莳田莳到四月边，

脚踏浑水唔得鲜，

睡到半夜嚇啪醒，

魂魄还在郎身边。

因为冇烧拆园篱，

因为无双才连你，

染布坊里放靛子，

全副心肝念着你。①

连你唔到𠊎忧愁，

好比天上冇日头，

食茶好比吞药水，

食饭好比吞石头。

连哥唔到心唔开，

手拿香烛入庙下，

保佑哥哥连得到，

千斤猪头许得下。

高高山上高巅巅，

望到高山出青烟，

哪日和哥一起住，

苦菜煮粥也清甜。

新买白扇十八行，

左边拨来右边凉，

妹个姻缘无郎份，

拨昼拨夜心唔凉。

猪肉咁靓又冇钱，

阿哥咁靓又冇缘，

老妹生得咁丑陋，

三想三退行唔前。

（选自《武平歌谣集成》内部版）

金钩挂在银钩上

（5段）

月亮出来月亮钩，

打把金钩挂银钩。

金钩挂在银钩上，

郎心挂在妹心头。

---

①念：念谐染。

村口古树下是对歌的好场所

收到情郎一封信，
又喜又急在心中。
请人读信怕人看，
颠来倒去看不通。

一树李子半树酸，
望断青山秋水寒。
日日摆好酒和肉，
至今不见郎君还。

一步行来一步香，
二步行来求吉祥。
三步行来生贵子，
四步行来福寿长。

青蛙喜坐莲叶上，
鲤鱼喜游莲叶下。
蜜蜂喜欢花芯蕊，
后生喜连嫩妹花。

（昭华提供）

恩爱俩人有心连

（11段）

情歌又好声又软，
好比下坝河水面；
好比下坝长流水，
绕绕韧韧掷唔断。

高岭岽上一棵松，
唔怕雨来唔怕风；
恩爱两人有心连，
唔怕名声下广东。

橄榄好食核唔圆，
相思唔敢乱开言；
哑子食着单只筷，
心想成双口难言。

恩爱恋情永唔丢，
除非柑橘结石榴；
除非日头西边出，
除非水倒江西流。

老妹出来等情郎，
朝晨等到月头黄；
月头落哩月光起，
月光落哩天大光。

阿哥下坝下潮州
唔晓近日到哩么？
妹子在家担心大，
一时三刻愁儿多。

妹子生得好人材，
哪里风水管下来？
眼拐打来镰刀样，
割人心肝无血来。

急水撑船难上滩，
初学连郎甚艰难，
心头好比擂战鼓，
面上好比火烧山。

做个后生眼咁歪，
翻来翻去来看𠊎，
放个大方畀你看，
过后相思莫怪𠊎。

催人出门鸡乱啼，
送哥离别下坝墟，
挽水西流想冇法，
从今不养五更鸡。

真稀奇来确稀奇，
看等鸡公打狐狸，
看等鸡嫲养狗牯，
嘛个古怪出尽哩。

（刘永泰搜集）

哥妹情义重如山

（14 段）

有米煮粥唔怕鲜,[1]
只怕冇米断火烟,
有心连郎唔怕苦,
雨过终有艳阳天。

七月里来转秋风,
有心连郎唔怕穷,
树叶糠粄当鱼肉,
苦菜煮粥甜溶溶。

有心连郎唔怕穷,
唔怕衣衫补千重,
总爱两人情意好,
块块补丁开芙蓉。

有心连郎唔怕穷,
总爱两人有商同,[2]
大人爷娓侍奉好,
勤耕苦作日子红。

高山顶上种仙桃,
根深不怕大风摇,
只要俩侪情意好,

哪怕旁人两面刀。

点火想烧石桅杆,
再多柴火烧唔断,
唔怕旁人做暗鬼,
只要哥妹共心肝。

有刀割草唔怕生,
总怕冇刀用手揶,
有情唔怕旁人讲,
总怕冇情假名声。

同年同月结同庚,[3]
哥妹情义重如山,
乌云做伞遮得远,
月亮做灯照得宽。

郎心甘来妹心甘,
情愿两人睡秆棚,[4]
情愿两人喝粥汤,
情愿两人食糠粄。

---

①鲜：这里指稀。
②商同：商量。
③同庚：同年。
④秆棚：稻草铺的床。

哥为妹妹妹为哥，

鸟为青山鱼为河，

鸟连青山山上缘，

鱼连河水荡清波。

哥哥爱连紧来连，

有情有义莫讲钱，

毫子拿哥打酒喝，

大洋拿哥买田园。

郎子武平妹梅县，

有情唔怕千里远，

情丝牵来当路过，①

银簪贴哥当盘钱。

蕉岭下去嘉应州，

大街小巷闹啾啾，

丝线打起同心结，

结头难解情难丢。

喜连连来笑连连，

唔曾同哥过过年，

同哥过个五月节，

豆腐当过牛肉圆。

（选《武平歌谣集成》内部版）

郎也仙来妹也仙

（13段）

桥上撑伞桥下荫，

手拿银元试妹心，

手拿银元妹唔接，

白手连哥较长情。

白衫白裤白手巾，

白手相交较长情，

白手相交较长久，

白纸写信较分明。

油菜开花一片金，

哪有连妹唔真心？

灯草浸油来点火，

亮在沿边热在心。

割烧爱割黄草头，

爱做厅心走马楼，

楼上留郎来喝酒，

楼下留来妹梳头。

———————————

①丝：双关语，思。

郎也仙来妹也仙，^①

两人成仙乐无边，

唔愿天上空守寡，

甘下凡间结婚姻。

吃鱼爱吃大头鲢，

头颅好吃价钱便，

作田爱作妹门田，

看水顺带看娇莲。

清早起来雾茫茫，

鸳鸯飞到浅水圹，

蚂蟥缠住鸳鸯脚，

老妹缠住有情郎。

竹杠咁长岭咁岖，

嬲起风流唔肯归，

倘或风流人捉到，

郎会走来妹会飞。

四月连妹夜唔长，

正好风流到天光，

鸡啼声声催死鬼，

拆散床上巧鸳鸯。

装好糖果包好茶，

情妹半夜等郎来，

七寸枕头留四寸，

留开四过蝶连花。^②

潮州柑子上杭梨，^③

郎食梨子妹削皮，

郎食柑子妹开股，

俩人食哩笑眯眯。

割烧爱割芦萁芽，

喝茶爱喝交心茶，

俩人泉边喝口水，

当得洋参蒸鸭嫲。

郎有心来妹有心，

酒壶上桌镀哩金，

灯草拿来两头点，

过后才知共条心。

（选自《武平歌谣集成》内部版）

---

①仙：神气、幽默，一语双关。

②四过：四行。

③柑子、梨：旧时武平的时尚
水果。

五月五日过端阳

（10 段）

五月五日过端阳，
绣个香包送佢郎；
愿郎香包时时带，
时时想念妹心肠。

笠麻顶上绣石榴，
送给阿哥遮日头；
遮得日头遮得雨，
遮得情意水长流。

心肝妹来心肝心，
哪有连妹（哥）唔挂心？
八月十五中秋夜，
星在边沿月在心。

数九隆冬天气寒，
地上露水凝成团；
阿哥好比炉火样，
一近身边就温暖。

荷塘鸳鸯双搭双，
同郎行路赛轿扛；

讲话甜过食枣子，
聊耍赛过喝参汤。

初一朝来十五朝，
手拿香烛当天烧；
郎若断情雷公打，
妹若断情天火烧。

新编草帽靓又靓，
送给情哥上门岭；①
门岭圩上行三转，
佢妹有个好名声。

五月五日过端阳，
三角粽子滚白糖；
郎子一口妹一口，
食哩甜心又香肠。

手拿柑子圆楠楠，
郎子剥皮妹开股；
一股柑子两人食，
郎咬一口妹一口。

---

① 门岭：即江西会昌县筠门岭
　镇，武平交界处。

阿妹好比月月红，

情哥好比火萤虫；

三更飞来一起嬲，

五更飞走影无踪。

（选自《武平歌谣集成》内部版）

只要两人情意好

（13 段）

六月十五割早禾，

郎驮斛斗妹挑箩；①

只要两人情意好，

阿哥好比讨老婆。

八月十五割大冬，

郎驮斛斗妹挑笼；

只要两人情意好，

老妹当得嫁老公。

割烧爱割八月烧，

上午割来下午挑；

阿哥好像芦萁把，

任妹揽来任妹摇。

当初阿哥种冬瓜，

只因冇妹不开花；

如今同妹共园种，

朝放淋水瓜满架。

食果要数潮州柑，

柑子唔当郎口濑；②

一点口濑吞落肚，

好比蜜糖一般般。

松树顶上挂月光，

松树底下来烧香；

保佑月光云遮住，

情哥带妹出外乡。

猪肉好食猪油渣，

嬲场莫比哥屋下；

屋下好像金銮殿，

老妹嬲哩唔想家。

蜜蜂采花为酿糖，

酒饼落缸来酒娘；

老虎下山为食肉，

妹子上山为连郎。

———————————

①斛斗：木制方形或长方形打
　谷农具。

②口濑：口水。

落雨洗衫檐下晾，
踏出踏入等亲郎；
听到亲郎脚步响，
手拿鸡蛋蒸酒娘。

早晨冇米催唔声，^①
昼边冇盐汤盐盎；^②
夜晡冇席睡木板，
唔给阿哥败名声。

竹篙晒衫拉拉横，
郎吃官司妹先行；
句句口供帮郎转，
十场官司九场赢。

郎心甘来妹心甘，
死同死来生同生；
还生两人共枕睡，
死哩两人共金盎。^③

枇杷树上牵牛花，
牵牛缠树往上爬，
牵牛缠树死不放，
偃今缠妹要成家。

（选自《武平歌谣集成》内部版）

一对恩爱好名声

（5段）

石径岭背东留墟，
一出一入六十里，
保佑偃哥有钱赚，
先做蚊帐后做被。

二头（棵）杉树般般长，
哪头拿来凿花床？
花床面上睡老妹，
老妹面上睡偃郎。

讲起连妹好恰（吃）亏，
上夜出门下夜归，
坐哩几多冷石板，
受哩几多夜风吹。

（王永有口述，王大中搜集整理）

松树顶上一品香，
松树底下出月光。
保护月光快快落，
老妹连郎回屋堂。

① 唔声：不讲出来。
② 昼边：中午；盐盎：盛盐的坛子。
③ 盎：客家话读 āng。

斫肉爱斫胛心靓，[①]

骨头较少汤又靓，

连妹爱连人家女，

一对恩爱好名声。

（石顺生口述，戴林华整理）

同妹前生今世缘

（12 段）

雾子蒙蒙大暗天，

芒秆点火入妹间，

大风吹瞎芒秆火，

同妹前生今世缘。

九月一过十月朝，

霜打禾苗夜夜燥。

燕子无娘喳喳叫，

偓哥冇妹心真焦。

割芒爱割大叶芒，

手指割毕血洋洋；

有情同妹包手指，

冇情行开目珠光。

蜜蜂采花因为糖，

妹子贪花因为郎；

蜜蜂采花不怕远，

妹也不怕路头长。

郎今出门到南京，

壁上打钉会挂心，

郎今好比油灯盏，

嘱咐添油莫换芯。

大阿哥，细阿哥，

两个毫子妹唔收，[②]

照得先前老规矩，

两个花边唔算多。

大嫂嫂，细嫂嫂，

两个毫子唔会少，

再过几年老呀毕，

四两盐钱唔得到。

天上落雨当当托，

脚下么妹睡唔着；

四个床角摸呀转，

摸到老妹就睡着。

---

① 斫肉：买肉。

② 毫子、花边：银毫、银元。

中山河中浣衣女

岭上杉树敢伸长，
倒一头来凿花床；^①
今年同妹睡一下，
明年捡个读书郎。^②

枫树叶子叶灵灵，
老婆唔亲亲嘛人；
借人老婆唔过夜，
自家老婆日夜亲。

山歌紧唱紧风流，
茶籽紧榨紧出油；

头碗送给妹煮菜，
二碗送给妹梳头。

心肝命来心肝肠，
日想心肝夜想郎；
日想三餐唔晓食，
夜想目汁流满床。

（王麟瑞搜集）

①倒一头：砍一棵。
②捡个：生一个。

五句板情歌

（6 段）

郎和妹子同过河，

郎骑白马妹骑骡，

郎骑白马叽叽笑，

妹骑骡子笑呵呵，

心想贪花人又多。

郎和妹子同过河，

抛官树上挂铜锣，

好郎唔须铜钹打，

好妹唔须话言多，

只爱两人有情歌。

郎和妹子同过桥，

行到桥中摇一摇，

摇得高来天平上，

摇得低来落龙桥，

摇得老妹怔心头。

郎和妹子同过田，

问妹爱钱唔爱钱，

上等之人讲情义，

下等之人讲郎钱，

爱钱不是好娇莲。

郎和妹子同过坵，

同妹情义那时丢，

蚯蚓生鳞马生角，

铁树开花水倒流，

阎王扣板情冇休。①

郎和妹子同过排，

郎送戒子妹送鞋，

郎送戒子爱钱买，

妹个花鞋手中来，

送给偃郎整草鞋。②

（兰礼永搜集整理）

郎咁魂来妹咁魂

（22 段）

讲起连妹想唔开，

人冇见面话冇来，

柑子橘子二条树，

唔得团圆做一堆。

---

① 阎王扣板：死了的意思。

② 整：当作。

冇银冇钱冇人知，
冇双冇对正孤凄，
郎今好比溃尾竹，
几多十橡妹唔谛。①

阿哥讲话讲差哩，
年纪多少莫管佢，②
人面咁靓唔好食，③
有心挂念就好哩。

妹子见哥笑盈盈，
火烧棉梅是热情，
老妹好比狗爪豆，
唔全漂净会魂人。

阿哥心头真唔真，
旧年想妹想到今，④
妹妹好比柑子树，
样得结果来尝心。

蚊帐肚里打子牌，
打来打去妹输哩，
哥哥卒子执落去，
老妹就话将来哩。

心肝妹子的的亲，
一时唔见唔安心，
日里上岭同妹瞓，
夜晡喊妹莫关门。

上岭唔得半岭企，
嘴又燥来肚又饥，
半岭碰到有情妹，
目珠嗝嗝充得饥。⑤

讲唱山歌我在行，
郎就答妹妹答郎，
一句唱来一句驳，
驳来驳去瞓一场。

哥哥实话讲行谛，⑥
妹冇丈夫郎么妻，
妹冇丈夫暗中苦，
哥冇妻子正想你。

---

①橡：竹节，一橡为一节。
②佢：他。
③咁靓：面容姣美。
④旧年：去年。
⑤嗝嗝：指眨眼睛，抛媚眼。
⑥谛：听的意思。

过月鸡蛋散蛋黄，
鸭子走出冇爷娘，
一心都想唔连妹，
夜夜么妹苦难当。

好久唔见妹妹来，
时时刻刻挂心头，
总怕老妹人连走，
又怕老妹冇闲来。

檀香烧哩变成灰，
一心约郎郎唔来，
手扶栏杆啄目睡，
梦中见郎心花开。

冬至到来天就寒，
又风又雨雪成团。
一心约郎同妹睡，
有郎同睡心就暖。

日思量来夜思量，
思量老妹路头长，
思量老妹情意好，
拨烂心肝拨烂肠。

高岭顶上一棵松，
半夜鹞婆打鸡公，^①
鸡公打去么要紧，
害哩鸡嫲无老公。

三叉路上遇到妹，
遇到老妹冇问郎，
三日唔前见妹面，
嘛人教坏妹心肠？

一心拿枪打鹞婆，
鹞婆飞得天般高，
一心想妹成双对，
妹唔答应样奈何？

有本连郎有本当，
唔怕有刀又有枪，
唔怕刀枪架落颈，
老妹总爱恋情郎。

八月秋雨唔过坪，
东片落雨西片晴，
老妹一心打二意，
又想断情又想行。

---

①鹞婆：雄鹰。

桥下石板起青苔，

桥下鲤鱼打浮头，

阿哥放哩长网钓，

终有一日会上钩。

郎咁魂来妹咁魂，

铜皮拿来当金盆，

三月清明当做五月节，

风吹门搭当得郎拍门。

（蓝红英搜集）

好妹好郎成双对

（5段）

满岭芦其路难寻，

只有声音唔见人。

总望阿妹应一句，

免偃情哥满岭寻。

想你一番又一番，

一日唔得一日满。

上昼唔得下昼过，①

下昼唔得日落山。

秋风阵阵吹偃郎，

又冇凳子又冇床。

妹脱围裙当凳子，

凳子承妹妹承郎。

唔唱山歌唔谛情，

唱哩山歌好交情。

旧年唱歌单打一，

今年唱歌妹在身。

好酒就爱好盎装，②

好妹就爱连好郎。

好妹好郎成双对，

绿叶红花分外香。

（罗炳星搜集整理）

岭岗崇上一棵松

（5段）

雕子唱歌歌歌歌，

大家话偃冇老婆，

再过两年风水转，

港港各各讨老婆。③

---

①上昼、下昼：上午、下午。

②盎：酒坛。

③港港各各：热热闹闹，风风

　火火的意思。

对门老妹对门窝，

倕请老妹转来坐，

又有烟筒又有火，

还有膝头枕凳坐。①

老妹生得咳还靓，②

着件粗布赛新衫，

十人见哩十人爱，

阿哥喜欢唔敢声。③

五月初四偷裹粽，

只爱郎子厅人众，④

但愿两人情意好，

唔怕蔬茅盖屋崇。

岭岗崇上一棵松，

风子一吹漾漾通，

阿哥出门半个月，

老妹哭哩十五工。

（王大中搜集整理）

惹起哥心滟滟动

（6段）

新打磨镰割芦萁，

三餐唔食肚唔饥。

三餐空肚心欢喜，

还会同郎割芦萁。

新打菜刀斫菜头，

指望怜哥来出头。

指望怜哥带妹走，

羊仔食草不回头。

新做担竿滑溜溜，

做给哥哥揩洋油。

揩到千里万里外，

羊仔食草不回头。

衫烂裤烂膝头酸，

嫁哩老公冇相干。

指望怜哥带妹走，

霎目唔望这角天。⑤

山坑浑水洗青衫，

手拿榔锤石上攀⑥。

烂衫洗起新衫色，

年年见你一般般。

---

①枕：当作。

②咳：确实。

③唔敢声：不敢讲。

④厅：配得上人众评价的意思。

⑤此句意思是即使眼角余光都
不愿再朝这个方向看一眼。

⑥攀：捶打。

绑担樵子三角弓，

竹杠细细迓起风。①

迓起芒花飘飘过，

迓起哥心滟滟动。②

（林永芳根据周、王、郑、危

阿婆口述搜集）

野花唔当正花香

（7段）

讲起连妹无出头，

一场欢喜一场愁，

手拿银洋丢落井，

只得沉底无浮头。

讲起连妹有出头，

只有欢喜不见愁，

手抓砻糠丢落井，

不见沉底见浮头。

腊月连郎腊月边，

妹子送郎猪胆肝，

哥啊猪胆虽有苦，

苦味过后才心甘。

腊月连郎腊月边，

妹子送郎猪胆肝，

哥像猪肝妹像胆，

肝胆相恋情唔断。

腊月连郎腊月边，

妹子送郎猪胆肝，

妹出胆肝哥出酒，

两侪相饮情倍甘。

谷场堆谷箩对箩，

公婆打架不记仇，

日里三餐同凳坐，

夜晡睡目共枕头。

野花唔当正花香，

野情唔当家中郎，

家中郎子夜夜在，

夜夜同妹喝蜜糖。

（选自《武平歌谣集成》内部版）

交情越久情越深

（4段）

你话交情就交情，

交情爱交一生人，

哥咳天心明月样，

妹咳星星伴月明。

---

①迓起：惹起。

②滟滟动：波澜起伏。

俩人相好心接心，

千年铁树万年青，

命有咁长情咁久，

交情越久情越深。

河里挖井舀唔干，

接心交情唔会断，

湖洋田里种绿竹，

咁久冇雨唔怕旱。

新买团扇画麒麟，

俩人讲过千年情，

牵手河边照水影，

河里冇水才断情。

（星星搜集）

生爱缠来死爱缠

（9 段）

半山腰上种头松，

松树下面种芙蓉，

芙蓉底下种生葛，

生死缠紧嫩娇容。

麻花手镯扭丝缠，

缠了一层又一层，

妹子好比雪豆样，

叶黄根死死也缠。

十方镇里三角坪，

俩人相好出哩名，

有钱难买甘愿事，

生死同哥共路行。

你爱交情讲过来，

爱学山伯祝英台，

还生两人共触眼，

死后两人共坟堆。

新做书桌钉铜钉，

死同死来生同生，

还生两人共枕眠，

死后两人共金盎。

生爱缠来死爱缠，

生死都爱同郎谈，

哥咳死了变大树，

妹变葛藤又来缠。

生爱连来死爱连，

生死都在妹面前，

阿妹死了变绸缎，

哥变针线又来连。

生爱连来死爱连，

两人相好一百年，

爱人九十九岁死，

奈河桥下等三年。①

还生同您共枕眠，

死后两人共墓坟，

同年忌日共酒碗，

香烛纸钱唔使分。

（星星搜集）

铁打担竿妹会担

（11段）

妹子连郎唔怕难，

鲤鱼唔怕网来拦，

水深偓会石上站，

水浅连跳两三滩。

伏虎行下南安岩，

正讲交情就出名，

十五造桥月半过，

唔曾想到就有行。

烧窑唔怕火烧天，

连妹唔怕人闲言，

旁人爱讲由他讲，

讲得多来懒得言。

唔怕别人讲短长，

越讲两人情越长，

好比门前桂花树，

大风越吹花越香。

高山顶上种头蕉，

根深唔怕大风摇，

阿哥有情妹有义，

唔怕旁人两面刀。

田头地尾传名声，

真心相好唔使惊，

交情唔怕旁人讲，

旁人越讲事越成。

新做大屋白莹莹，

一对金鸡瓦上行，

瓦片割断金鸡脚，

血水淋淋也爱行。

---

①奈河桥：迷信传说人死后要
　过奈河桥。

俩人相好分唔开,

唔怕爷来唔怕嬭,①

唔怕家法敢严厉,

总爱同郎做一堆。

连郎唔怕揩铁枷,

唔怕门前拦路蛇,

除了阎王冇大鬼,

天塌下来笠麻花。

砖结墙头层搭层,②

唔怕祖公家法狠,

十枚钻子九枚顶,

钻死也系郎姻缘。③

哥莫怕来哥莫惊,

灯草做鞋放心行,

天大事情妹敢顶,

铁打担竿妹会担。

(星星收集)

梅花专斗腊月霜

(20段)

偏偏洗来偏偏浆,

偏偏浆洗郎衣裳,

火钳专夹红火屎,④

笊捞专打滚饭汤。

妹子敢做也敢当,

唔怕利刀白过霜,

刀子架颈刀下过,

一朝有命总爱郎。

风流桌上放神牌,

风流和尚来做斋,

风流心肝来挂孝,

风流死了风流埋。⑤

花钵肚里种海棠,

唔怕雪来唔怕霜,

唔怕两家人管束,

只怕俩人冇来往。

拳打脚踢一身伤,

打生打死因为郎,

前门赶到后门转,

目汁盲敛又想郎。⑥

---

① 嬭:母亲。
② 层搭层,客家方言,一层又一层;搭:叠也。
③ 钻死:旧社会妇女私自谈情说爱要受的家规族法的一种刑罚。
④ 红火屎:烧红的火炭。
⑤ 这首属叠字山歌。
⑥ 目汁盲敛:眼泪未干。

听知阿妹打得凶，
惨过利刀刺心中，
因为催事畀人打，
万代食斋也冇功。

打也唔怕骂唔羞，
前门打来后面溜，
皮肉打烂筋还在，
唔行到老心唔休。

铲到草皮来遮灰，
大风大雨吹唔开，
大风大雨打唔散，
打生打死做一堆。

俩人相好出了名，
天大事情唔使惊，
吊颈就爱共条树，
生埋也爱共条坑。

赤脚过河唔怕沙，
敢连老妹怕那啥，
唔怕恶蛇来拦路，
唔怕老虎来开牙。

敢连阿妹胆就雄，
阿哥好比赵子龙，
百万军中救阿斗，
万人头上逞英雄。

郎带铁尺妹带刀，
咁多人马同佢敲，
头颅杀了还有颈，
颈筋斩了还有腰。

敢连妹子催唔愁，
阿哥好比铁钻头，
碎过几多松光节，
顶过几多硬骨头。

笨捞唔怕滚饭汤，
大船唔怕水满江，
钢刀专斩硬竹节，
梅花专斗腊月霜。

阿哥心里唔使慌，
天大事情妹抵当，
去到官厅妹会讲，
花了银钱妹会帮。

生爱连来死爱连，
官司打到衙门前，
杀头好比风吹帽，
坐牢好比聊花园。

哥莫惊来哥莫愁，
哥被送官妹出头，
只有杀人犯杀罪，
哪有连妹会杀头？

敢食杨梅唔怕酸，
你话见官就见官，
敢连阿妹敢出面，
大刀架颈刀下钻。

阿哥敢食三斤姜，
阿妹敢顶三下枪，
妹咳坐牢郎送饭，
郎咳杀头妹抵挡。

十方行上葛头坪，
郎打官司妹出名，
只要妹子罩郎转，①
十场官司九场赢。

（星星搜集）

朝晨同出夜同归

（9段）

番豆好吃泥里生，
泥里生根泥里引，
上面开花暗结子，
云遮月光暗中行。

郎咳鲫鱼妹咳鲤，
水底来往冇人谛，
水里行往冇脚迹，
冇人敢话𠊎同你。

约郎约到月上岗，
杨柳树下会情郎，
保佑月光云遮盖，
免得旁人问短长。

茶树叶子绿莹莹，
茶树头下好交情，
倘若路上有人过，
两人假作拣茶仁。

①罩：护着，担当。

同妹上山割芦萁，
讲讲笑笑冇人谛，
倘若路上人看到，
佢会转口喊阿姨。

送郎送到五里坡，
五里坡前人又多，
别人问佢送哪个，
佢话表妹送表哥。

郎在坑头妹坑尾，
两人有事唔得谛，
嘱郎爱买千里镜，
朝看出门夜看归。

天上落雨不离风，
庵里打鼓不离钟，
阿哥有情妹有义，
园中种菜不离葱。

一对鸳鸯塘边企，
一对落塘双双飞，
有情爱学鸳鸯样，
朝晨同出夜同归。

（星星收集）

因为冇双来连你

（10段）

郎咳入庵妹出家，
郎咳和尚妹斋嬷，
郎咳打钟妹打鼓，
郎咳念经妹泡茶。

因为冇烧拆园篱，
因为冇米剪谷穗，
因为冇粮正蘸味，
因为冇双才连你。

石壁做屋岖对岖，
因为冇瓦盖芦萁，
因为冇床眠凳板，
因为冇双来连你。

火烟上天云对云，
毫子花边银对银，
甘蔗同竹橡对橡，
后土对墓茔对茔。①

---

①茔对茔：谐音晕对晕，意即相思。

妹子相似海棠花，

海棠开在石岩下，

阿哥好比石岩水，

长年日久荫妹花。

阿哥全岗妹一岗，

哥咳日头妹月光，

哥咳日头好晒谷，

妹咳月光好聊凉。

打鱼打到塘中心，

鱼又多来水又深，

打鱼唔到唔收网，

连妹唔到唔收心。

一壳番豆两个仁，

夹心夹胆𠊎两人，

夹心夹胆𠊎两个，

除𠊎两个冇别人。

洗衫洗在清水河，

郎就揩水妹就挪，

人人都话样咁好，

心肝生夹唔奈何！

城里行上三角塘，

哥咳糯米妹就糖，

年夜暗晡蒸甜粄，

正好两人共一床。

（星星搜集）

永远记得妹恋情
（12 段）

四两猪肉蒸碗汤，

妹咳唔食郎唔尝，

妹咳唔眠郎唔睡，

俩人醒眼到天光。

一树柑子半树黄，

妹咳爱食任你尝，

柑子好食共条树，

阿哥同妹共心肠。

新做蓝衫乌托肩，

阿哥开剪妹来连，

阿哥就有好花样，

妹子就有巧手连。

送郎一条白手巾，

同哥白手讲交情，

唔贪钱财打扮妹，

思量阿哥打单身。

三皮韭菜七皮葱，
粗茶淡饭待娇容，
谛得阿哥手头紧，
转去莫讲偓哥穷。

桔子好食皮鲜红，
结成相好唔怕穷，
年三十日冇米煮，
俩人牵手笑融融。

有路唔行爬山岗，
有肉唔食食白汤，
软床毛毯偓唔睡，
情愿同郎硬板床。

郎心甘来妹心甘，
情愿同郎食粥汤，
情愿同郎睡秆棚，^①
情愿同郎食糖羹。

落得雨多总会晴，
吹哩北风会转南，
水打石头会转侧，
阿哥总有好运行。

食哩妹茶领妹情，
茶杯照影影照人，
连茶并渣吞落肚，
永久记得妹恋情。

新打茶壶鎏锡铅，
妹话锡来哥话铅，
妹话铅来哥话锡，
总爱明锡正有铅。^②

新打茶壶铜耳安，
连到妹子心就安，
连到妹子心欢喜，
情愿三日食两餐。

（星星搜集）

今番别后几时来

（8段）

亲哥盲醒鸡乱啼，^③
送郎出屋月斜西，
可恨金鸡啼得早，
拆散鸳鸯两分离。

———————

①秆棚：稻草棚。
②锡谐惜，铅谐缘，双关语。
③盲：没。

五更一过天大光，
情妹邀郎出间房，
手牵衫尾拭目汁，
郎割心肝妹割肠。

天井肚里拌沙灰，
难逢难遇做一堆，
难逢难遇做堆嬲，
今番别后几时来？

大船靠岸几时开？
阿哥转去几时来？
妹也难得再搭信，
分手时节讲定来。

冇曾嬲够又喊归，
郎就难舍妹难离，
虽然藕断丝连在，
下番见面在何时？

妹子爱走紧揪揪，
阿哥心里千担愁，
水打河堤断两节，
唔谛几时粘得揪。①

新买葵扇圆叮当，
买来送哥偃亲郎；
嘱咐亲郎莫遗失，
俩人坐嬲好拨凉。

妹爱走来郎爱拦，
拦转行来嬲下添，
冇盐腌菜心唔死，
嬲到一时心唔甘。

（星星搜集）

高山出水望长流

（12 段）

有情阿妹有情郎，
俩人相好热难当，
半斤羚角食唔省，
三把葵扇拨唔凉。

燕子含泥半壁企，
俩人甘愿结夫妻，
莫像苦瓜心里苦，
爱像甘蔗甜到尾。

---

①粘得揪：粘在一起。

山歌紧唱紧精神，
妹子紧大紧逗人，
好比探春鸡娈子，
哥哥咯咯冇时停。

彩云一出天就光，
好花一开满园香，
六月天时热过火，
阿妹一来心就凉。

阿哥姓梁妹姓张，
虽然各姓共祠堂，
哥系西风妹系雪，
西风透雪凉对凉。

大麦出穗一包针，
松树种菌一条心，
柑子剥皮一团肉，
阿哥爱妹一团金。

黄鳝落田贪沙涌，
纸鸽上天望风流，
韭菜割叶望长久，
高山出水望长流。

生爱交来死爱交，
唔怕叔公咁精叼，
狐狸打鸡石上走，
再好猎狗难跟膜。

生爱你来死爱你，
江山能改情难移，
阿哥若系寅时死，
妹死唔等到卯时。

妹子约郎榕树下，
日出㓥到日西斜，
夜静三更露水大，
有情你爱脱衫遮。

朋友六亲爱紧行，
食过茶烟爱散场，
一个夜心冇几久，
鸡啼三次会天光。

城头更鼓打五更，
听到更鼓心就惊，
闰年闰月都有闰，
样般冇来闰五更。

（星星搜集）

郎系葛藤妹系花

（13 段）

竹篱打水两边开，
妹子归哩几时来？
有人来往搭个信，
冇人来往托梦来。

松树倒了头还在，
妹子转去会回来，
来来往往月头尾，
阿哥心头像花开。

妹子爱转慢慢行，
风吹芒草你莫惊，
深山虎叫你莫怕，
阿哥魂魄伴你行。

妹子爱归慢慢归，
来有日子转有期，
脚步送你唔到屋，
心肝送你百千里。

你爱转来转到家，
心爱正来眼莫野，
爱原燕子转老巢，
莫为黄蜂采野花。

千思量来万思量，
思量妹子路头长，
思量妹子路头远，
行断脚骨饿断肠。

七星紧高月紧低，
露水茫茫鸡乱啼，
双手开门送郎出，
嘱郎细看路高低。

月出聊到月斜西，
三更半夜唔分离，
阿哥牵紧妹衫角，
妹子扎紧郎衫尾。

毫子落地花边声，
金鸡开口正五更，
打开间门送妹出，
心肝偄肉慢久行。

食尽蒜头唔当葱，
打尽铜锣唔当钟，
讲着情义唔当妹，
同妹紧聊紧威风。

一街花灯一街歌

黄竹担竿节节黄，

朝朝上山见 偓郎，

朝朝见郎朝朝好，

一朝唔见割心肠。

别人虽好偓唔连，

只有妹子最值钱，

金银再多也死宝，

唔当妹子在身边。

郎咳葛藤妹咳花，[①]

葛藤种在花树下，

葛藤缠花花缠树，

缠生缠死 偓两侪。

（以上山歌流传于岩前、广福

等地，星星早年在民间搜集整理）

夜里爱来共头眠

（5 段）

日头咁热看唔真，

唔谛对面咳嘛人。[②]

保护上天云遮住，

等 偓再来看分明。

---

①咳：是，音 hèi。
②咳嘛人：是什么人。

爱唱山歌俩人来，

一条去哩一条来。

左边坐个梁山伯，

右边坐个祝英台。

咁高茅屋在河唇，

阿妹同哥两对门。

朝晨看妹来挑水，

暗晡看妹来关门。

风吹禾花行势行，

越打越骂越连郎。

杀毕头颅还有颈，

挖别心肝还有肠。

荷花叶子尖淋淋，

老婆唔爱爱嘛人？

日里爱来煮饭吃，

夜里爱来共头眠。

（张秋招唱，练康豪录）

阿哥出门到南洋

（3 段）

阿哥出门到南洋，

紧行紧远紧思量，

日里思量吃冷饭，

夜里思量睡冷床。

阿哥出门唔会差，

本本留妹在屋下，[①]

阿妹好比梅花树，

霜雪打来紧开花。

阿哥出门请放心，

家中有妹样样勤，

赚到铜钱回家转，

夫妻恩爱建家园。

（兰盛田收集整理）

嫁郎爱嫁耕田郎

（4 段）

嫁郎爱嫁耕田郎，

耕田阿哥身体强，

唔怕天热日头晒，

唔怕寒天下雪霜。

嫁郎爱嫁耕田郎，

一出一入有商量，

互敬互爱感情好，

日同三餐夜同床。

---

①本本：一样，本来。

嫁郎爱嫁耕田郎，

耕田阿哥情义长，

朝出夜归同劳动，

好比池中好鸳鸯。

嫁郎爱嫁耕田郎，

耕田阿哥劳动强，

精耕细作勤生产，

有食有着又有藏。①

（杨加先口述，王大中搜集整理）

一心出哩寻情郎

（2段）

月头落山凹背黄，

手拿水钩搬桶梁，

老妹唔咪挑水吃，

一心出哩寻情郎。

天上乌云甲白云，②

地下石子甲泥尘，

咁靓禾苗甲稗草，

咁靓老妹甲嘛人？

（陶金连口述，林寿文记录）

永久千秋唔断情

（8段）

一树柿子半树黄，

阿妹爱食摘你尝，

柿子红黄共头树，

哥妹总想共铺床。

斧头利刀分唔开，

生死两人做一堆，

还生两人同枕睡，

死哩两人共棺材。

月光圆圆在半天，

阿妹做鞋在窗边，

心想托人来牵线，

可惜兜里又冇钱。

高上顶上做茶亭，

茶亭里面等情人。

阿哥连妹心莫急，

婚期到哩自然成。

①藏：积蓄。
②甲：和、混、交合。

送妹一条白手巾，
礼轻情深表偓心。
手巾里面七个字：
"永久千秋唔断情"。

雨子落多总会晴，
叫花也有好运行。
水打石头会转侧，
真心能把土变金。

八月十五好月光，
看见阿哥在井旁。
家里还有满缸水，
假做揩水会情郎。

生爱你来死爱你，
江山易改情难移，
今世偓俩冇缘分，
后世还爱成夫妻。

（罗炳星收集）

春风引得花蕊动

（5段）

妹是花瓶郎是花，
咁好花瓶爱有花，

咁靓花瓶冇花插，
花瓶再靓也嗒牙。①

正月过哩二月来，
屋前屋后有花开，
蜜蜂飞来又飞去，
可惜中间冇头梅。②

葡萄结子一球球，
青山多处有水流，
多处青山有水转，
阿妹样般咁难求。

八月十五看月光，
看到鲤鱼腾水上。
鲤鱼唔怕长江水，
连妹唔怕路头长。

妹是好花在山中，
哥是春风暖融融。
春风引得花蕊动，
花蕊动来惹春风。

（罗炳星收集）

---

①嗒牙：白搭。
②梅：谐音"媒"。

总爱两人情义好

（7段）

蜜糖甜甜蜂酿来，
泉水清清山中来。
妹是蜜糖哥是水，
蜜糖泉水合起来。

哥是泉水清如镜，
妹是蜜糖甜入心。
蜜糖入水水如蜜，
哥妹今世不离分。

十八阿妹嫩兮兮，
好比冬瓜剥了皮。
一身冇个乌蝇屎，
阿哥样般舍得你。

阿妹揩水井边企，
见了阿哥笑盈盈。
问 佢阿妹笑嘛个？①
妹讲夜里梦见你。

天上乌云堆打堆，
若冇北风吹唔开。
阿哥好比石灰样，

冇妹清水化唔开。

赤米煮粥满锅红，
一心嫁郎唔怕穷。
总爱俩人情义好，
郎去讨饭妹挽筒。

收到情哥信一封，
又喜又急在心中。
喊人读信人会笑，
自家睁眼看唔懂。

（罗炳星搜集整理）

俩人有命总爱行

（14段）

老妹好像一块金，
到哩哥手好欢欣；
金子久存不变值，
阿哥百年不变心。

生爱郎来死爱郎，
唔怕刀枪架颈上；
杀掉头颅还有颈，
挖掉心肝还有肠。

①嘛个：什么。

有胆连郎有胆当，

唔怕门前架刀枪，

唔怕刀枪架颈上，

阎王殿里要成双。

妹莫愁来妹莫惊，

放大胆量放心行；

刀上刀下一齐过，

俩人有命总爱行。

（春华搜集）

瞎眼狗子嘴咁多，

贼古唔吠吠𠊎哥；

𠊎哥不是过路客，

情意赛过小丈夫。

锡打戒指镀哩金，

戴在𠊎妹手中心；

人人都话金戒指，

日久才知锡在心。①

日头咁炙风咁凉，

半夜停风会落霜；

半夜停风会落雪，

天大事情妹担当。

脚踏板凳手攀墙，

两眼睁睁望情郎；

因为连郎挨了打，

情愿挨打唔丢郎。

有本连郎有本当，

笊篱唔怕滚粥汤，

轮船唔怕大海水，

芋子唔怕煮辣姜。

高山顶上种早禾，

水足全靠雨调和，

𠊎俩路远难相见，

良心好坏全靠哥。

哥哥死哩慢点埋，

等𠊎老妹到哩来，

灵牌面前跪三拜，

有冇魂魄返回来。

四季花开又一年，

哥死老妹孝三年；②

笠麻顶上缝白布，

围裙里面系麻巾。

---

① 锡：惜也。

② 孝三年：戴孝三年。

买根当归信里藏，

赚到钱财早归乡，

园中芹菜夹一片，

望哥同妹情爱长。

妹子要断郎唔断，

妹子食硬郎食软；

妹子虽然硬过铁，

唔奈阿哥水般软。

（选自《武平歌谣集成》内部版）

妹有情来郎有意

（12段）

耘田耙子丢一丢，

哥在上丘妹下丘，

保佑上天落大雨，

冲掉田埂共一丘。

哥有情来妹有情，

俩人有情赛过人，

俩人有情爱到老，

唔敢半路来断情。

做衫爱做士林洋，

连哥爱连作田郎，

唔食烟来唔赌博，

耕田郎子情义长。

桐子开花球打球，

唔得桐子来打油，

唔得桐油来点火，

唔得同妹结风流。

咁烧咁热拿郎挡，

手中有扇拨冇凉，

老妹好比井中水，

拿哥一食透心凉。

杜鹃花开满山红，

俩人同意结成双，

俩人情深唔怕苦，

郎打夹板妹挽筒。

十七十八奶崇崇，

一双奶子起威风，

一双奶子威风起，

昏得阿哥唔会动。

连郎爱连读书郎，

读书郎子情义长，

白衫白裤着唉起，

冇钱当得有钱郎。

冬食萝卜夏食姜，
不求医生开药方，
老妹若有听郎话，
保你子孙福满堂。

妹似木头来做桥，
郎是水中牛一头，
妹牵水牛桥上过，
双双对对来碰头。

韭菜香味当过葱，
两人相思在心中，
风流结在妹身上，
开花结子在肚中。

妹有情来郎有意，
两人情意心相印，
月圆花香等时机，
何时何日在一起？

（王星华收集整理）

送郎送到上船边

（8 段）

新做门楼两面窗，
西门楼挑绣花窗；

西方门楼妹个屋，
郎子上下歇一工。

郎子犁田紧犁田，^①
唔眯目珠看娇莲；
边上犁田壁下转，
犁到中间入团圆。

呕嗬一打妹唔哩，
老妹在家洗衫衣：
洗得衫衣客又到，
烧得茶来又昼哩。

送郎送到上船边，
口问搭船几多钱？
男人搭船三分半，
女人唔要一文钱。

艄公话事咁气人，
你船唔值一文钱；
上滩好比爬沙狗，
下滩更像狗犁田。

---

① 紧：只管。

送郎送到泉水窝，
陪郎食水陪郎坐；
洗手揾水郎子食，①
唔敢嫌妹手屙糟。②

上驳岭子下驳窝，
手挽茶树摘茶果；
靓个摘来郎子食，
鬼个莫摘接阿哥。③

心肝老妹𠊎个娇，
食水念个水源头；
万丈高楼从底起，
讨到娇莲共白头。

（李有连口述，邓文化整理）

门对门来朝对朝

（9段）

做衫要做月兰衫，
三年两年一般般；
只有亲郎丢毕妹，
老妹丢郎难上难。

做衫要做锁口杨，
只有洗白没洗黄；

亲郎唔会丢毕妹，
老妹唔敢丢毕郎。

采花要采蕊心黄，
搭郎要搭少年郎；
少年情郎劲头大，
风流快活到天光。

吹打师父鼓手郎，
鼓手师父命有长；
坐了几多厅堂角，
看了几多靓姑娘。

火烤心肝日晒背，
砻谷碓米脚踏碓；
上岭斫柴割芦萁，
辛苦挣钱畀老妹。

门对门来朝对朝，
莫话老妹𠊎咁俏；
妹靓还是人家女，
出门撒娇逗郎聊。

———————————

①揾水：双手并拢舀水。
②屙糟：肮脏。
③鬼个：丑的。

门对门来朝对朝，

咁靓老妹郎会聊；

𠊎郎本是烧炭客，

行行大树栋入窑。

割芒爱割大叶芒，

一皮当得二皮长；

劝郎爱连人家女，

贪望伶俐情较长。

上花花，闹花花，

情妹咁靓像枝花；

目珠刀刀割郎心，

郎在妹面整被遮。①

（邓文化搜集）

铁打荷包口难开

（3 段）

你讲唔闲又极闲，②

想寻郎聊极艰难。

老虎下村想打狗，

又怕伯公唔开言。

一篓湖鳅无条鳗，

田塍种菜妹无缘。

绿竹烧炭郎暗想，

灯草织布枉心缠。

铁打荷包口难开，

洋石打火爱有煤。

碗公食饭妹唔敢，③

冷水宰鸡样得来。

（星星搜集）

阿哥阿妹心相连

（2 段）

鸭嘴就冇鸡嘴尖，

郎嘴就冇妹嘴甜。

前年同妹亲个嘴，

至今还像蜜糖甜。

竹子撑笋连竹鞭，④

阿哥阿妹心相连。

任你雷鸣暴雨打，

烧唔掉来冲唔断。

（王才秀搜集）

---

①整：当。

②极闲：很闲。

③碗公：大碗。

④撑：客家方言，生长的意思；
　　鞭：指竹根。

石榴开花一条心

（14段）

石榴开花一条心，
嘱哥连妹爱真心；
莫学米筛千只眼，
要学蜡烛一条心。

粉起壁来爱石磨，①
吹起箫来爱笛和，
只要两人心甘愿，
甘愿唔需媒人婆。

番薯种在田塍下，
落霜落雪冇得遮，
郎子嘱妹爱遮掩，
关门莫用筛米筛。

梅树开花唔怕冬，
两人相好莫露风；
燕子衔泥口要紧，
蚕虫吐丝在肚中。

吃饭莫把筷子敲，
连妹莫把手来招，
招手旁人若看见，

羊肉冇吃惹身臊。

新做茶亭两头空，
郎子福建妹广东；
只要两人情意好，
咁远路头约得同。

盆中花香蜂也艳，
山涧树绿泉也鲜；
不用肉食不用酒，
情妹有意水也甜。

青菜好吃菜头心，
听歌爱听妹歌音，
妹歌逗得画眉唱，
逗得偃哥好欢欣。

你看天上那朵云，
又想落雨又想晴；
你看路上那个妹，
又想连哥又怕人。

未打冬瓜先搭棚，
未曾连妹先出名，
保佑旁人圣旨口，
先出名声后来行。

---

①粉：粉刷。

杉树剥皮就剥皮，
讲哩同你就同你，
阿哥好像金戒指，
戴在手上永不离。

新买花钵种头松，
心想搭信唤娇容，
嘛人搭得㑔信到，
五更落雾正多蒙。

一头柑子摘九箩，
自从唔曾摘咁多，
砍掉柑树种灯草，
有哩心肝你话无。

新买葵扇圆叮当，
边上绣起彩线香，
妹子好比葵扇样，
到哩㑔手心就凉。

（选自《武平歌谣集成》内部版）

若是有情结缘来

（14段）

白糖咁甜潮州来，
泉水咁清石缝来，
哥是白糖妹是水，

若是有情结缘来。

蜡烛点火心里红，
有情妹子较唔同；
有情妹子看得出，
眼拐打来带笑容。

上茮唔得茮头开，
蒸酒唔得酒娘来；
酒娘来哩好放水，
花妹来哩心花开。

（东进搜集）

郎在高山装鸟叫，
妹在园中把手招；
爷娘问妹招嘛个？
风吹头发随手撩。

三月莳田真正忙，
腰驼背屈苦难当，
老妹眼拐丢个情，
一身舒服一身香。

郎有意来妹有心，
眼拐一打一身轻，
半升筒子打米煮，
俩侪一打就上升（身）。

客家爬篮

日头落山西片黄，　　　　　　　　妹吃月饼甜落肚，
手拿水钩勾桶梁；　　　　　　　　哥渴清茶香满怀。
缸里还有满缸水，
假装挑水望情郎。

八月十五赏月华，　　　　　　　　三叉路上遇到哥，
阿哥出饼妹出茶，　　　　　　　　心想喊哥人又多，
阿哥好比深山水，　　　　　　　　蜘蛛结网在心里，
老妹好比嫩绿茶。　　　　　　　　眼刮丢来郎谛骚（数）。

八月十五赏月华，　　　　　　　　天晴能测落雨天，
阿哥出饼妹出茶；　　　　　　　　郎子能测有冇缘，
　　　　　　　　　　　　　　　　妹有郎份看得出，
　　　　　　　　　　　　　　　　隔远见到笑连连。

桅杆顶上挂铜锣，

哥哥爱妹妹爱哥，

好锣唔须重锤打，

好妹唔须话言多。

心肝阿哥咁爱排，①

唔曾交情先讲鞋，

哥哥要鞋妹会做，

日后唔敢忽毕㑚。②

星子生来配月光，

金鸡生来配凤凰；

麒麟狮子两相好，

荷花爱养清水塘。

（选自《武平歌谣集成》内部版）

手攀花树等哥来

（6段）

阿哥连妹莫咁慌，

日头落山有月光；

月光落哩有星子，

星子落哩又天光。

半壁开窗眼爱光，

哥爱连妹心莫慌；

脱桌食饭莫凑紧，

老鼠游梁慢慢上。

（以上招荣搜集）

高高山上石崖崖，

石崖顶上一棵槐，

风不吹来槐不动，

郎不约妹妹不来。

新买花钵圆叮当，

好种葱蒜好种姜；

交情莫学姜辣味，

要学葱蒜馥馥香。③

新做围裙白带安，

挑担水桶到井边；

爷娘话㑚咁难转，

鲤鱼翻白水难鲜。

高山顶上一头梅，

手攀梅树等哥来；

别人问㑚做嘛斯？④

㑚讲等看梅花开。

（选自《武平歌谣集成》内部版）

---

①爱排：方言，爱漂亮的意思。
②忽毕：丢掉，抛弃。
③馥馥：指香气扑鼻。
④嘛斯：什么。

上华华来闹华华

（12段）

上华华来闹华华，
妹子约郎碓房下；
旁人问偓做嘛斯？
碓白糯米打糍粑。

上华华来闹华华，
妹子约郎粪寮下；
旁人问偓做嘛斯？，
撮起灰粪壅黄瓜。

上华华来闹华华，
妹子约郎田坎下；
旁人问偓做嘛斯？
铲净田坎绣田花。

上华华来闹华华，
妹子约郎杉树下；
旁人问偓做嘛斯？
斫到杉枝裹篱笆。

食了饭子讲上岭，
竹竿一条索两央；[1]

哥先路边放石子，
妹先路边爱插青。

山歌越唱越开怀，
井水越挑越有来，
偓郎走了桃花运，
山歌一唱妹就来。

新做围裙朵朵花，
一心送妹灶头下，
叮嘱老妹爱系稳，
恐怕姑嫂会调差。

九月九日九重阳，
送妹带子九尺长，
老妹莫嫌带子短，
带子虽短交情长。

新买折扇十二行，
一心买来送情郎，
叮嘱情郎爱顾稳，
留来近身好拨凉。[2]

---

[1]央：圈的意思。
[2]拨凉：摇扇乘凉。

新买镜子两面光，
送给老妹好梳妆；
照出麒麟配狮子，
照出金鸡配凤凰。

茶杯照影影照人，
食哩妹茶领妹情，
连茶并叶吞落肚，
十分难舍妹人情。

竹子打水水花飞，
河边洗衣不用捶，
细石磨刀不用水，
偓俩交情不用媒。

（选自《武平歌谣集成》内部版）

哥妹两人喜相逢

（16段）

哥妹两人喜相逢，
唔曾搭信样咁同？
你身带哩量天尺，
偓心挂有时辰钟。

一头杉树九根苗，
砍条杉树做浮桥，

偓和情妹桥上过，
两人抱着摇两摇。

哥妹两家门对门，
两侪又是骚对骚，
一日见郎三次面，
心中有病会变冇。

坐下添来嫲下添，
约过日子还更难，
今约又怕天落雨，
明约又怕郎（妹）冇闲。

日头一出红彤彤，
赶只牛子去犁冬；
保佑犁头断呀毕，
郎和妹子嫲半工。

老妹走路扭又摇，
一不小心跌一跤，
十八后生来扶起，
好像清水救旱苗。

茶山层层情重重，
阿妹倒茶香意浓，
阿哥喜看杯中影，
羞煞一树月月红。

新做布鞋底边花，
一心送哥书堂下，
叮嘱阿哥爱着稳，
人多失脚怕着差。

咁久唔曾唱山歌，
声音又哑痰又多；
咁久唔曾同妹聊，
同妹一聊好得多。

番豆越老仁越精，^①
同妹越聊越开心；
八仙桌上放灯盏，
嘱妹添油莫换芯（心）。

十八老妹巧伶伶，
头上搭起花手巾；
你把手巾 偍擦汗，
偍撑阳伞保遮阴。

刀切梨子两片开，
蝴蝶因为花才来，
董卓因为貂蝉死，
山伯因为祝英台。

妹子和哥初相交，
脸上辣辣红云烧；
心中好像擂战鼓，
头儿低到半身腰。

嬲哩一番得一番，
下次要嬲还更难，
阿哥要过千重水，
老妹要翻万重山。

七月秋风渐渐凉，
两人情事爱包藏，
谷笪当被莫出脚，
割草留根青再长。^②

手拿担竿拉拉横，
嘱咐心肝心爱平，
嘱咐心肝心爱正，
新情老情一般般。

（选自《武平歌谣集成》内部版）

---

① 番豆：花生；精：指花生仁更
　饱满。
② 青再长：谐音双关"情再
　长"。

莫作杨梅暗开花

（17段）

新搭竹棚种苦瓜，
苦瓜结籽在棚下。
妹要连郎快开口，
莫作杨梅暗开花。

日日唱歌润歌喉，
睡觉还靠歌枕头。
三餐还靠歌送饭，
烦闷还靠歌解愁。

八月十五看月光，
看见鲤鱼腾水上。
鲤鱼唔怕汀江水，
连妹唔怕路头长。

新作田塍掭苦瓜，①
唔得苦瓜开野花。
唔得苦瓜蕾结子，
唔得妹子共一家。

三月莳田丁丁企，
唔得禾苗结谷枝，②

唔得禾苗来纳米，
唔得两人共盖被。

山歌唔唱气唔消，
好比田鸡绑了腰。
田鸡拿来对腰绑，
一肚闷气如何消？

上梁燕子对对飞，
早晨同出夜同归。
哥去留妹守空房，
唔知偓郎几时归？

麻竹搭桥肚里空，
俩人交情莫透风，
燕子衔泥口要紧，
蜘蛛结网在肚中。

鸡公相打胸对胸，
牛牯相打角乱冲，
男人相打争天下，
女人相打争老公。

---

①掭：把种子放在挖好的穴里。
②谷枝：谷穗。

几番上岭唔见郎，
急得阿妹乱忙忙，
好比花针吞落肚，
日刺心肝夜刺肠。

阿哥有情妹有情，
不怕山高水又深，
山高自有人开路，
水深自有架桥人。

　　（选自钟德彪《家园》）

十八老妹长得靓，
妹穿长裙垂脚踭。
手拿香鞋妹更靓，
𠊎哥看哩心喜欢。

老妹下河洗白衫，
目汁流在河中间。
阿哥问妹做嘛哩？
一束好花冇人贪。

月头落山又一天，
老妹要归到路边。
手搭肩头讲二句，
约过日子来会面。

心想上天天又高，

心想连妹钱又沼。①
铁打荷包难开口，
石上破鱼难开刀。

汀州以下纸槽多，
哪那有无人唱山歌？
哪那个蓬丛唔住雕？
哪那个老妹冇阿哥？

新打剪刀无须磨，
有情老妹唔须多。
有情老妹连一个，
当得月光照大河。

　　（林维生口述，蓝盛田搜集）

巴掌洗面也甘心
（4段）

三条绿竹般般长，
唔晓哪条是竹娘？
三个老妹般般好，
唔谛哪个情意长？

　　　　（高天宝搜集）

①沼：意指钱财少，困难。

对门岭上阿嘛人，
蒙雾遮住看唔清。
保佑日头快快出，
等𠊎两人看分明。

枫树叶子叶灵灵，
总爱𠊎郎感情深。
唔怕穷来唔怕苦，
巴掌洗面也甘心。

莲花出水水灵灵，
老妹生得咁迷人。
牙齿好比高山雪，
行路好比风送云。

（王麟瑞搜集）

嫁郎就嫁教书郎

（2 段）

口唱山歌心欢畅，
老妹嫁𠊎为哪桩？
有钱有势你唔贪，
爱𠊎清贫教书匠。

哥哥你要听分详，
金山大官𠊎唔想，

言传身教人师表，
嫁郎就嫁教书郎。

（陈荣盛搜集）

郎系针来妹系线

（4 段）

郎有心来妹有心，
铁尺磨成绣花针。
郎系针来妹系钱，
针行三步线来寻。

食尽生果唔当梨，
看尽妹子唔当你。
赤梨打花千百朵，①
唔当蔷薇开一枝。

茶树叶子尖棱棱，
茶树头下好谈情。
遇到路边有人过，
两人假作捡茶仁。②

---

①打花：开花。
②茶仁：茶果。

对门妹子样咁靓，

十七八岁送情郎，

妹子有胆过来坐，

两人谈情拉家常。

　　　　　　（陈万旭搜集）

爱学蜡烛一条心

（11 段）

细妹唔使晕痴痴，

忒过晕来有人知，

俩人交情望长久，

唔系三朝两日哩。

新做蓝衫莫太蓝，

新交人情莫太甜，

唔深唔浅较耐洗，

唔冷唔热较耐行。

戴哩笠麻莫擎札，^①

连哩一侪就一侪，^②

一壶难装两样酒，

一树难开两样花。

黄竹细细尾拖拖，^③

嘱哥连妹莫连多，

苏木煎膏因色死，^④

石榴断把为花多。^⑤

平地有风莫起尘，

连哩亲哥莫连人，

一来争风畀人打，

二来吃醋打别人。

新做大屋白莹莹，

郎做门楼妹做厅，

两边横屋少树料，

搭信话妹爱来桁。^⑥

爱来桁：以桁代行。

路上同去分开行，

看到人来莫问偃，

有情做出有情样，

鬼谷先师也难猜。

─────────────────

①札：纸伞。

②侪：人。

③黄竹：俗称赤竹，枝叶多。

④苏木：中药，可熬膏，过火则
　　不成。

⑤断把：断枝。

⑥爱未桁：以桁代行。

自煮莲羹切藕丝，

等郎归来慰郎饥，

莫贪他处双双箸，

唯恐心中忘带匙。①

妹爱连郎莫畏羞，

开眉笑眼见朋友，

恋情唔单偓两个，

自古流传天下有。

大路荡荡超白沙，

劝郎早去早回家，

路上野花你莫采，

家中还有牡丹花。

米筛筛米谷在心，

嘱妹连郎爱真心，

莫学米筛千只眼，

爱学蜡烛一条心。

（昭华收集）

花针难穿两条线

（8段）

你爱先行管先行，

三岔路上爱插青，

插青爱插布菁梗，

虽然叶死心还生。

你咳连妹爱知情，

切莫连到冇情人，

晒香遇到天落水，

一时半刻就变精。

打鼓爱打鼓中心，

打到鼓边冇声音，

连妹爱连有情女，

连到冇情枉费心。

一个鸡卵一个黄，

一妹莫连两个郎，

花针难穿两条线，

一人难睡两张床。

黄竹细细尾拖拖，

嘱哥连妹莫连多，

一个纽眼安个纽，

一个秤杆配个砣。

①此首歌有多处双关：偶思，
郎居，双住，却辞。

十番奏出山歌调

天上星多月不明，

塘里鱼多水不清，

河里船多难起桨，

妹子心多乱了情。

溪水长流溪水清，

咁久唔见一样情，

咁久唔见情一样，

切莫变心连过人。

有双有对心莫多，

爱记冇双单雕哥，

有油莫开双盏火，

爱记冇油打暗摸。

（昭华收集）

蜘蛛牵线在肚中

（11 段）

麻竹架桥肚里空，

两人相好莫露风，

燕子含泥嘴爱稳，

蜘蛛牵丝在肚中。

嘱妹交情嘴莫多，
行路情愿打暗摸，
结了交情你去讲，
雪水淋花死过多。

妹子约郎同赴圩，
唔怕旁人讲是非，
今下就作两亲戚，
日后就系两夫妻。

阿哥讲话爱细声，
惊怕隔壁有人听，
城隍庙里开歇店，
虽然冇鬼得人惊。

嘱妹交情莫出声，
别人知道事难成，
落雨出门爱札掩，①
纸角装盐爱包咸。②

双扇门板两面开，
两人都系有爷娘，
做完家务同相好，
来得之时就会来。

因为家里有爷娭，

眼下冇闲妹莫来，
棉车挂在壁钉上，
咁久唔行情还在。

阿哥莫怨妹冇心，
上邻下舍眼针针，③
灯草拿来做门板，
一出一入爱关芯。

深山竹笋爆嫩芽，
一出泥皮望叶遮，
大胆出头天地阔，
莫来囿头害自家。

新做长衫衫丫深，
嘱妹转唇爱钩针，
嘱妹钩针爱引线，
有针冇线枉人牵。

衫袖脱节线来连，
穿层篓子篾来缠，
湖鳅上手爱捉稳，
莫来溜到别人田。

（昭华收集）

①札掩：伞遮，遮掩。
②包咸：咸谐涵，包涵。
③眼针针：眼瞪着。

时时刻刻挂在心

（7段）

同妹坐在路旁头，
妹不起先哥起头，
妹不先唱哥先唱，
唱着山歌好风流。

莫话妹子咁冇情，
日历过板字怕真，
麻布洗面初相识，
久后正知𠊎人情。

妹子斟来一杯茶，
肚里唔渴食唔下，
一来怕系（就）迷魂水，
二来又怕口漱渣。

双手敬奉一杯茶，
虽然唔渴爱吞下，
有心唔怕迷魂水，
有情正食口漱渣。

白纸写字草纸封，
托人送至妹家中，

𠊎妹有字看唔识，
慢慢等郎来开封。

感情唔好莫去行，
行得久里爱出名，
老妹有心成双对，
真情实意同郎行。

郎今同妹纳纳亲，
枕上言语句句真，
灯草拿来壁上挂，
时时刻刻挂在心。

（蓝红英搜集）

手攀茶树摘茶心

（12段）

阿哥人才唔会差，
老妹人才盖天下；
十字街头行两转，
冇人唔看𠊎俩啥。

想冇冇来闹冇冇，
咁好老妹少得有，
十回见哩九回笑，
唔曾连到当得有。

二月莳田等秧长，
六月割禾等禾黄；
老妹结婚要开口，
两人唔讲会丢荒。①

哥有愁闷爱想开，
莫来愁闷做一堆。
藤断自有篾来驳，②
船到滩头水路开。

哥唔忧来妹莫愁，
自有白云见日头，
自有水清见石子，
自有春光在后头。

妹莫愁来哥莫惊，
上得岌多总有坪；③
夜尽都有天光日，
落得雨多总会晴。

愁闷唔得几多时，
打开心头莫管佢；④
总爱俩侪有心连，
一条竹子秀到尾。

石上种茶石下荫，
手攀茶树摘茶心。
妹系细茶哥系水，
滚水泡茶就开心。

妹子相似石榴花，
石榴花开石岩下。
阿哥好比石岩水，
长年月久荫妹花。

（桃汛搜集）

读书好，读书好，
读得书多无价宝；
随时爱用随时有，
夜间贼古偷唔到。

新打磨石新砻钩，
紧砻紧碓紧咯烧；
好比笼糠塞老酒，
火烟有出内中烧。

———————————

① 丢荒：爱情疏远，结婚不成。
② 驳：续上。
③ 岌：山坡。
④ 佢：他、它，这里指它。

读书郎子莫贪花，

用心攻文莫离家；

朝三暮四得高中，

状元探花出在妹脚下。

（邓文化搜集）

妹子送郎猪胆肝

（4 段）

腊月恋郎腊月边，

妹子送郎猪胆肝；

哥啊猪胆虽有苦，

苦味过后甜味鲜。

腊月恋郎腊月边，

妹子送郎猪胆肝；

哥啊猪胆虽有苦，

经久唔坏常年春。

腊月恋郎腊月边，

妹子送郎猪胆肝；

哥哥像肝妹像胆，

肝胆相连情唔断。

腊月恋郎腊月边，

妹子送郎猪胆肝；

妹出胆肝哥出酒，

俩侪相饮情更深。

（选自《武平歌谣集成》内部版）

连郎爱连作田郎

（11 段）

作田情哥妹唔嫌，

花花公子妹唔贪，

沙鳅唔入鱼子阵，①

鱼子唔装破烂盘。

旗杆生来就爱旗，

蚯蚓生来就爱泥；

喜欢勤哥粗手脚，

唔爱豪绅嫩肉皮。

白白胖胖偃唔贪，

乌乌赤赤偃唔嫌，

苦瓜爱连苦藤子，

赤米煮饭饭甑满。

————————————

①沙鳅：泥鳅。

白白胖胖㑩唔贪，
乌乌赤赤㑩唔嫌，
松光好点赤的亮，
当莲好食乌的甜。①

白白胖胖㑩唔贪，
乌乌赤赤㑩唔嫌，
无情白糖口觉苦，
有缘苦胆心觉甜。

连郎爱连作田郎，
日同三餐夜同床，
日里同种丰产谷，
夜晡同睡鸳鸯床。

吸烟爱吸水烟筒，
味道又好烟又浓，
连妹爱连农家女，
身子结实力气雄。

吃糖爱吃白砂糖，
剪布爱剪士林洋，②
妹看郎子唔中意，
白银垫脚唔上床。

食茶爱食桃溪茶，
割烧爱割芦萁芽；
连妹爱连上下屋，
落雨省得戴笠麻。

笠麻烂掉叶外背，
烂渣货子冇人爱；
天青圆子香十碗，
冇人还夹臭风菜。

老妹撑起青阳伞，
好比鲤鱼跳上滩，
鲤鱼上滩用网打，
撒网容易收网难。

（选自《武平歌谣集成》
内部版）

两人年嫩总爱恋

（7段）

月光出来蒙蒙光，
妹在山头等情郎，
风吹竹叶片片动，
又好又吓又心慌。

①当莲：桃金娘；乌，黑。
②士林洋：指阴丹士林布。

老妹连郎心莫慌，
唔好打蛋就见黄。
脱桌食饭莫斗紧，①
老鼠游桁慢上梁。

五月五日看船灯，
男男女女笑连连。
情妹见哥莫相问，
事情莫拿人看穿。

冬至一过天就寒，
天上乌云结成团。
老妹好比火炉子，
一近身边就温暖。

李子开花花连花，
哥就连上妹脚下。
水浆足里肚爱大，
十月满足子跌下。

猪肉爱食赶新鲜，
妹爱连郎赶少年。
冬笋拿来煮豆腐，
两人年嫩总爱连。

郎子食斋妹食荤，
一盘黄豆一盘椿。
红曲拿来煮豆腐，
又红又白郎就魂。②

（蓝红英搜集）

风流气死阎罗王

（11段）

拳头拿来当干粮，
越锤越打越连郎；
不如偄姐贪风花，
姐大夫幼逼共床。

唔怕棍子大过梁，
越锤越打越连郎；
前门打偄后门出，
目汁擦干又会郎。

单只筷子唔成双，
半截树筒唔成梁；
哥妹出来双双对，
风流气死阎罗王。

————————————

①莫斗紧：不着急。
②魂：爱或醉的意思。

梯田——曾经对歌的地方

桂花树下乘阴凉，
哥哥扇扇畀妹凉；
妹递手巾郎拭汗，
恩爱鸳鸯情意长。

唱歌唔怕人咁多，
相好唔怕人啰嗦；
丝线架桥妹敢过，
竹叶当船妹敢坐。

山里妹子山里郎，
山里金鸡爱凤凰；
凤凰连到金鸡妹，
笀棒难打各一方。

千面铜锣百面鼓，
名声传到汀州府，

郎子甘心妹甘愿，
官府知道难奈何。

（选自《武平歌谣集成》内部版）

荷树叶子叶淋淋，
老婆唔惜惜嘛人？
日子惜来煮饭食，
夜晡惜来共头眠。

嫖赌哥哥死包衣，[①]
将钱逗乐别人妻，
别人生子你冇份，
死哩无人戴麻衣。

①包衣：胎盘。死包衣意指
　"傻瓜"。

同出同入同赴圩，

同床同席同盖被，

人家话催咁相好，

一条竹子伸到尾。

妹话催哥心莫愁，

连哥一定连到头，

连到黄鳝生鳞马生角，

连到阎王把簿勾。

（王大中搜集）

过后正知郎蒸芯

（13段）

买到好棉纺好纱，

种到好树开好花，

亲哥都系有情义，

妹子断冇连别侪。

新打铜锣色似金，

唔冲唔撞唔知音，

饭甑肚里放灯草，

过后正知郎蒸芯。①

十八同到八十三，

自从唔曾坏名声，

栋梁探过三间屋，②

冇人有催咁长桁。③

岭岗顶上一丘田，

冇陂有圳水涟涟，

好田唔用高车水，

好妹唔使郎多言。

敢放白鸽敢响铃，

敢同妹子敢同行，

嘛人咳敢来干涉，

官司打到北京城。

有米煮粥莫嫌鲜，④

只怕冇米断火烟，

有情唔怕路头远，

冇情枉为屋相连。

心肝催肉昵昵亲，

枕上言语莫认真，

洗碗也有相磕日，

莫来翻面就伤心。

---

①蒸芯：蒸芯谐真心。

②探过：伸过。

③长桁：长桁谐长行。

④鲜：稀薄。

有心续苴有心赓，

有心连妹有心行，

麻石摊桥有崩坏，^①

千年万载一样行。

郎今出外妹莫愁，

千人万人坐船头，

丝线拿来织衫着，

钩针密缝望回头。

亲哥爱走莫挂心，

莫作细妹一团金，

莫作细妹一团宝，

冇人争走你婚姻。

牛鞭竹子软悠悠，

笑话得罪冇冤仇，

口涎跃落长江水，

百般言语照水流。

一树柑子摘九箩，

自从唔曾桔咁多，

倒毕柑树种灯草，

有哩心肝桔就冇。^②

沙坝打井舀唔干，

同妹有情话唔断，

灯草拿来做牙刺，

虽然口硬心里软。

（春华搜集）

哥妹交情十里亭

（5段）

哥妹交情十里亭，

两人相爱难舍情，

鸟语花香情难舍，

十分难舍有情人。

哥妹交情过山林，

山林里面鸟成群，

鱼群游水双双对，

鸿雁高飞不离群。

哥妹交情莲花岗，

好花哪有百日香？

天边也有失群鸟，

独自飞回真凄凉。

①摊桥：做桥。

②桔：结。

哥妹交情过村庄，

村庄泉水源流淌，

希望亲郎勤劳动，

生活富裕享安康。

哥妹交情五里亭，

五里亭内讲私情，

百样私情都讲尽，

真情实意结姻缘。

（邱铅发收集）

哥陪妹十里亭

（10 段）

哥陪妹，一里亭，

亭内花香香盈盈，

花粉咁香妹身上，

二人相爱结成亲。

哥陪妹，过山林，

山林蜜蜂采花心，

蜜蜂采花养成蜜，

蝴蝶连花有缘情。

哥陪妹，莲花岗，

莲花岗上百花香，

二人成婚鸳鸯对，

爷娘恩德不敢忘。

哥陪妹，过村庄，

青山绿水绕田庄，

你妹好比清泉水，

育得偓哥好风光。

哥陪妹，五里亭，

五里亭内争分明，

父母面前爱孝敬，

夫妻同口爱同心。

哥陪妹，屋背岗，

哥妹二人好风光，

哥是金鸡妹是凤，

金鸡凤凰对一双。

哥陪妹，到大河，

二人坐船笑呵呵，

歌子紧唱情紧有，

风流老妹风流哥。

哥陪妹，八角亭，

八角亭内问娇情，

你妹人才生得好，

一时不见难心静，

哥陪妹，九龙江，
二人情愿结成双，
阿哥选日来团圆，
同房一对好鸳鸯。

哥陪妹，十里亭，
二人结婚爱家庭，
生儿育女传世代，
孝善爷娘敬双亲。

（邱铅发收集）

妹送哥郎十里亭

（5 段）

妹送郎，屋背岗，
鸟儿叫叫叫春光，
阿哥春光面上露，
老妹春光心里藏。

妹送郎，过大桥，
桥下流水涌春潮，
你哥搭船赶水大，
目割亲郎手来招。

妹送郎，八角亭，
八角亭内拜神明，

财神菩萨来保佑，
保佑𠊎郎挣大钱。

妹送郎，九龙江，
千言万语劝亲郎，
妹托媒人与郎讲，
后转家中问爷娘。

妹送郎，十里亭，
二人成婚好知音，
孝敬爷娘亲骨肉，
夫妻勤奋过光阴。

（邱铅发收集）

恋妹唔怕路头长

（10 段）

新做茶亭两头空，
今日来个郎流风。
有情老妹入来聊，
莫在门外受冷风。

山岗岽上做茶亭，
石灰壁上画麒麟。
咁好麒麟哥舍得，
十分难舍妹感情。

这条松树把咁多，①

拗把松毛来垫坐。

一把松毛坐一半，

还有一半等妹坐。

上了崀子下条窝，

拿把树叶来垫坐。

阿哥问妹有冇意，

唔声唔语肯咯多。

上了埂子下了坑，

雕子喵叫妹冇声。

雕子冇叫出了笕，②

老妹冇声哪条坑？

要想上天天咁高，

爱想连妹怕人多，

写信又怕唔识字，

搭信又怕别人嘴又多。

新做布鞋鸡心花，

一心做给哥名下，

阿哥穿鞋要净洁，

舍妹唔得看脚下。

男人有志走四方，

唔学泥鳅钻湖洋，

鲤鱼唔怕长江水，

连妹唔怕路头长。

咁久唔曾到河边，

唔知河水浑呀鲜。

咁久唔曾同妹聊。

同妹一聊会上天。

咁久唔曾到河边，

河水敢大沙紧崩。

咁久唔曾同你聊，

同你一聊开片天。

（邱清元等搜集）

两人交情万万年

（21段）

咁久唔曾到这窝，

这窝树子大咁多，

咁久唔曾见哥面，

唔知阿哥好了么？

---

①把：树枝。

②笕：窝。

唱歌莫唱咁大声，
这边不是放牛岭，
𠊎哥不是风流子，
莫在这里败名声。

老妹生得咁风流，
低头微笑半含羞，
人貌长得真漂亮，
难怪阿哥日夜求。

老妹生得咁端庄，
好像天上月光光，
阿哥好像星子样，
夜夜陪妹到天光。

老妹生得咁端庄，
唔知好了哪个郎？
好像六月分龙雨，
唔知落在哪个乡？

𠊎想上天天咁高，
看𠊎老妹咁苗条。
铁打菜刀难开口，
石上破鱼难开刀。

阿妹送条花手巾，
早上洗脸夜洗身。

手巾内里七个字；
"永古千秋情唔断"。

妹中哥意𠊎唔嫌，
别人再好哥唔贪。
老妹好比荔枝样，
外壳皮皱肉里甜。

心肝老妹你唔谛，
昨夜在你背后企，
拍门就想入屋聊，
心肝老妹装唔谛。

心肝阿哥𠊎也谛，
拍门声音听到哩，
月光咁大看得到，
打门怕给别人谛。

郎有情来妹有情，
俩人有情怕嘛人？
俩人行到九十九，
麻衣挂壁冇断情。

阿哥爱连今来连，
莫来今年推明年，
妹像门前丝芳草，
一年较老又一年。

哥爱恋妹早爱声，
赶妹年嫩又咁靓。
阿哥恋妹贪妹嫩，
妹吃牛肉贪郎靓。

新作田塝掂簕瓜，①
日里拖藤夜开花。
哪有开花唔结子？
哪有后生唔贪花？

半夜出门一片星，
催妹一走哥就跟，
老妹一走哥就问，
朝看日头夜看星。

三皮茶叶二皮黄，
摘皮茶叶冲茶娘，
浓茶紧吃肚紧饥，
陪妹紧聊情紧长。

山歌紧唱紧有情，
聊到半夜怕嘛人，
十工半月见一面，
隔河种竹难遮阴。

唔曾吃酒面咁红，
唔曾约哥又咁同。

哥冇带有手表子，
妹冇看过时辰钟。

门前桐树开白花，
大风吹落满地下。
妹爱连哥早开口，
莫学杨梅开暗花。

新做笠子十五层，
笠子肚里安铜钱，
笠子里面七个字：
"两人交情万万年"。

雪豆开花蝴蝶形，
老妹生来咁粄人。
老妹生得咁漂亮，
可惜阿妹配别人。

（邱清元等搜集）

星在唇边月在心

（6段）

心肝命，心肝心，
哪有连妹唔挂心，
八月十五中秋夜，
星在唇边月在心。

①掂簕瓜：放黄瓜种子。

古意（茶亭）之一

心肝命　心肝心，
你莫时时挂在心，
三餐食饭要食饱，
打开心头放乐心。

砍柴一担两头齐，
早晨去哩夜了归，
脸色红红有道理，
背脊心里有黄 泥。

心肝阿哥莫咁癫，
刚刚遇到下雨天，
失脚踏落黄泥路，
一脚一溜面朝天。

脚踏桥板摇两摇，
桥下鲤鱼浮蹦跳，
阿哥放哩长网钩，
终归有日会上钓。

食毕饭子门边企，
恰把铳子打雉鸡，①
咁靓雉鸡打得到，②
咁靓老妹讨唔归。

（春浩搜集）

———————

①恰把：扛把。
②靓：这里读音"尖"，漂亮的
　意思。

因为冇双日夜游

（4段）

细溪流水急急泗,[1]
出哩大河慢慢流,
月鸽带铃云下走,
因为冇双日夜游。

月光出来亮堂堂,
对直照进妹卧房,
阿妹房中样样足,
多个枕头少个郎。

新做花床阔野野,[2]
眠去眠转净自家,
睡到半夜相思起,
目汁好象大水下。[3]

莲子花开一样长,
蚊帐壁上画情郎,
风吹帐动郎也动,
妹见情郎心头痒。

（选自《武平歌谣集成》内部版）

梦中双双喜相会

（5段）

睡目唔得闭目珠,
闭起目珠梦中游,
梦中双双喜相会,
枕头当着情妹搂。

睡目唔着坐床沿,
坐在床沿忆娇莲,
床上目汁好洗面,
床下目汁好撑船。

鹅食青草鱼食莄,[4]
从今唔养瘟瘴鸡,
同郎相会做好梦,
瘟瘴鸡公啼醒哩。

新打茶壶六角花,
一心打来泡细茶,
冷水泡茶唔出味,
一心等妹来翻渣。

---

[1]急急泗：水流湍急。
[2]野野：宽阔。
[3]大水下：眼泪像流水一样多。
[4]莄：一种供鱼食用的水草。

一朵山花艳艳红，

可惜生在棘刺蓬，

倘若生在倌园里，

勤浇细护香更浓。

衣捶打在石板上

（2段）

哥在河边撒鱼网，

妹在对岸洗衣裳，

阿哥望妹妹望哥，

鱼网撒在河岸上。

妹在河边洗衣裳，

哥在对岸撒鱼网，

阿妹望哥哥望妹，

衣捶打在石板上。

（选自《武平歌谣集成》

内部版）

再靓丝线打结头

（2段）

日头一出晒高楼，

妹在楼上锁鞋头，

哥在楼下行三转，

再靓丝线打结头。

日头一出沿壁上，

哥在楼上写文章，

妹在楼下行三转，

再好笔墨写唔上。

（林水秀搜集）

阿妹挑水井边企

（2段）

阿妹挑水井边企，

见了情哥笑嘻嘻。

问倨阿妹笑嘛个？

昨天夜里梦见你。

阿妹挑水井边企，

见了情哥恨死你。

问倨阿妹恨嘛个？

梦见阿哥跟别人。

（陈龙连搜集）

山中飞出金凤凰

（9段）

树上雕子叽叽喳，

明天有客到屋下。

你要打扮靓点子，

辫子也爱梳好啦。

嫂哩讲话唔分详，
屋下来客有何妨？
粗茶淡饭有他吃，
做嘛要𠊎打扮靓？

你今长成大姑娘，
女大当嫁理应当。
有人为你来牵线，
介绍一个有钱郎。

老妹声音咁嫩顺，
哥哥听了真动心。
老妹如果唔嫌弃，
麻烦老妹前来行。

今日有缘跟妹识，
肯定和妹有长情。
既然有了好缘分，
万古千秋不断情。

好山好水好地方，
山中飞出金凤凰。
有钱难买妹子心，
关键是孝心爱真。

唔到十五月唔光，
唔到夏至禾唔黄。

哥哥青春年纪少，
到了时间情才长。

老妹生在穷人家，
长得一副好身材。
粗活嫩活都会做，
算盘字墨也惯家。

人说美女出深山，
白皮细肉相貌靓。
轻描淡抹一打扮，
胜过仙女来下凡。

（何益腾、何照远搜集）

灯草落靛染在芯

（13 段）

去年想妹想到今，
哑子读书肚里音，
石下竹笋暗中想，
灯草落靛染在芯。①

妹想亲哥又一年，
几多月缺又月圆，
月缺还有团圆日，
等哥团圆到哪年？

日出东边落在西,

妹子日夜都想你,

鲤鱼食到虾公脚,

几多委屈嘛人谛。

日日想妹冇贴身,

夜夜想妹又失眠,

脚踏棉车空打纺,

转去转转也闲情。②

咁久唔曾入菜园,

瓮菜长过番薯藤,③

咁久唔曾见哥面,

心肝脱毕十二层。

想妹想了几多年,

古井烧香暗出烟,

魂魄五更同妹聊,

醒来正知隔重天。

想妹一天又一天,

想妹一年又一年,

麻石心肝都想碎,

铁打眼珠都望穿。

妹想情郎黄昏时,

百鸟归巢双双飞,

百般鸟雀有双对,

妹今同郎各东西。

妹想情郎月半天,

枕边翻滚泪涟涟,

明月照在妹身上,

魂魄落在郎身边。

想郎想到月转西,

只怨隔壁五更鸡,

梦中正想谈心事,

佢在笼中喔喔啼。

想郎想到天大光,

头昏眼花爬起床,

着身衫裤少纽扣,

手摸头发代梳妆。

嫩豆叶子摘两皮,

三日唔摘黄了哩,

三日唔见亲哥面,

一身骨节断了哩。

---

①染在芯:谐念在心,双关。

②这句意思是纺车空打转,闲
    着没有心情。

③瓮菜:空心菜。

当天烧纸有神坛，

纸灰飞过白云山，

纸灰打在云山过，

见天容易见妹难。

（华佬搜集）

石榴开花心里黄

（14 段）

石榴开花心里黄，

十八老妹风流娘，

十八老妹风流女，

一对鸳鸯配凤凰。

老妹身着二件衫，

一件白来一件蓝，

阿哥睁开眼一看，

好比神仙来下凡。

老妹生得白灵灵，

好比高山红木林，

讲话好比黄莺叫，

走路好比风送行。

老妹生得真美妙，

如花似玉粄后生，

阿妹好比圆月亮，

哪有缺角被弃嫌？

老妹生得嫩葱葱，

唔会食酒会面红，

牙齿好比高山雪，

口唇好比月月红。

石头敢硬打得开，

打哩石头烧石灰，

妹是石灰郎是水，

石灰见水心花开。

老妹好比穆桂英，

人才生得赛过人，

阿哥好比杨宗保，

阵上招亲偓俩人。

石径岭古道

新买茶壶圆叮当，
老妹筛茶不敢当，
双手筛茶单手接，
鲤鱼破背理应当。

食哩妹茶领妹情，
茶杯影子𠊎两人；
一杯一口吞落肚，
十分难舍有情人。

白糖好食甘蔗来，
泉水好食石缝来，
白糖倒在泉水里，
要是有情结缘来。

连妹连连二十零，
唔老唔嫩正后生，

口里知道郎辛苦，
夜里知道郎脚冷。

竹卷过水两边开，
𠊎哥行前妹走开，
𠊎哥不是大老虎，
老妹只管上前来。

打鼓要打鼓中心，
打到鼓边无声音，
打鱼不到不收网，
连妹不到不甘心。

二人分手大路边，
行开两步又上前，
拿起衫尾擦眼泪，
连妹容易离别难。

（林旺口述，林锡田整理。）

情歌/怨歌

乌鸦难配金凤凰

（8段）

割芒爱割嫩芒心，
割到老芒会割人。
连爱爱连十七八，
连到有夫会害人。

吃饱饭子等到今，
唔睬等妹等嘛人？
坐过几多冷石板，
问过咁多过路人。

有些布娘总爱钱，
唔怕胡须刺嘴沿，
十八对个八十佬，
是郎是公使人玄。

对门坡上一丘田，
罐子提水十八年，
你个旱田𠊎唔作

你个丑样𠊎唔连。

臭艾难配桂花香，
乌鸦难配金凤凰，
厌你豪绅心肝黑，
白银垫脚唔上床。

湖洋田里莳赤粳，
歪心男子妹唔贪。
谷皮拿来碓粄子，
丢了路上么人捡。

连郎莫连赌博郎，
三更半夜冇上床，
熬穿几多相思夜，
睡断几多冷脚床。

赌博阿哥冇出头，
一场欢喜一场愁，
手拿石子丢南海，
只见沉底冇出头。

（选自《武平歌谣集成》内部版）

一半浮来一半沉

（2 段）

高岭崀上一头禾，
野猪食毕唔奈何，
日里三餐冇米煮，
夜晡睡目冇老婆。

柚子跌落水井心，
一半浮来一半沉。
你爱沉来沉到底，
你莫浮起动偓心。

（罗炳星搜集）

甜不甜来酸不酸

（4 段）

先日交情咁喜欢，
今日见到冇话安。
到转来讲断情话，
试问嘛人起因端？

先日见妹咁喜欢，
今日见妹冇话安。
哥哥好比六月酒，
甜不甜来酸不酸。

亲做枕头绣哩花，
绣得咁好无人拿。
绣得咁好无人捡，
事情唔谛那件差。

老妹讲话唔么当，
贞节一世唔连郎。
年嫩少节来守寡，
塘里无水鱼难养。

（蓝红英搜集）

哥哥走哩苦难捱

（21 段）

郎子出门下潮汕，[①]
妹子送到青云山；[②]
外乡野花别去采，
时念家中红牡丹。

送哥送到门坎下，
目汁双双衫袖遮；
旁人问偓哭嘛事？
哥哥走哩苦难捱。

---

①潮汕：指广东潮州、汕头。
②青云山：在武平县城约二公
　里处。

送郎送到白莲塘，
句句叮嘱偃亲郎，
莫见野花都去采，
恐怕荆棘挂衣裳。

岭岗崇上种头菜，
一时脾气丢毕妹，
睡到半夜相思起，
目汁流满枕头背。

亲夫离别苦难言，
好比哑子食黄连，
隔远照镜难见面，
头戴笠麻隔重天。

哥哥出门妹忧愁，
夜夜无人共枕头，
杨梅浸雪吞落肚，
几多寒酸在里头。

外村连妹真苦凄，
月头见哩到月尾，
白纸写信妹唔识，
口信搭来别人谛。

情哥离别脱心肝，

往往愁到二三更，
床上席草寸寸碎，
床下目汁好撑船。

哥哥出门去瑞金，
三身褂子带两身，[①]
留身褂子壁上挂，
让偃连妹看开心。

哥哥出门去南洋，
越走越远越思量，
日思偃哥行长路，
夜思偃哥少年郎。

郎一村来妹一村，
见郎唔到脱心肝，
衫袖筒里藏墨砚，
画哥人图床头安。

哥哥走哩妹心愁，
四十九日没梳头，
四十九日冇吃饱，
目珠落眶少肉头。

———————————

①两身：两套。

哥哥走哩妹心愁，

四十九日没梳头，

闻得哥哥今归转，

辫子梳得似油浇。

哥哥走毕妹唔惯，^①

三日冇食两碗饭；

唔曾睡着长点目，^②

草席磨断九条半。

十方过去叶坑头，^③

哥哥出门妹子愁，

食茶好比食药水。

食饭好比咬石头。

石子砌路丁丁岖，

哥哥出门哪时归？

一日当得年般久，

哪得年头到年尾？

河背种竹河前阴，

竹尾拖到河中心；

灯芯拿来打秆饼，

见哥唔到挂在心。^④

心肝哥来心肝郎，

三日唔见年般长；

初一归哩到十五，

郎脱心肝妹脱肠。

老妹好比日日红，

阿哥好比萤火虫，

两人相遇妹要走，

今日离开几时逢？

月光弯弯像把镰，

转来转去在天边；

月光团圆约十五，

和妹团圆要哪年？

高山顶上种头葱，

风子一吹晃晃动，

哥哥走毕半个月，

老妹哭哩十五工。

（选自《武平歌谣集成》内部版）

①唔惯：不习惯。

②这里指睡觉少。

③叶坑头：十方镇一村地名。

④挂：与（八）卦谐音双关。

几时望得月团圆

（7段）

送郎过番苦痛肠，①
爬床抓席到天光。
揽得床刀出目汁，②
摸到枕头当作郎。

一树李子半树酸，
望断青山秋水寒。
日日摆好酒和肉，
至今唔见郎君还。

天上娥眉月半连，
翻来覆去唔成眠。
离情太远天天念，
几时望得月团圆？

先日爱偎暖烘烘，
口水当作蜜糖吞。
今日来讲断情事，
县官来判心唔忍。

天爱落雨莫怨天，
爱念当初日晒田。

今日无情来反面，
爱记当初枕上言。

先日热如过火炕，
今朝雪水有崠冷。③
转屈喇叭嗡哩气，
哑银落地会冇声。

情哥爱妹生得好，
妹爱哥哥劳动强。
万贯家财偓唔爱，
只要哥哥情意长。

（王才秀搜集）

等到花开叶又黄

（9段）

十八娇娇三岁郎，
手提灯笼入洞房。
等到郎大妹又老，
等到花开叶又黄。

---

①过番：外出谋生去南洋。
②揽得：抱住；床刀：挡床板。
③崠冷：很冷，意跟雪水般冷，
　没情感。

十八媳妇三岁郎，
夜半点灯抱上床。
更深啼哭要吃奶，
㑋是你妻唔是娘。

十五唔敢看月光，
过年唔敢着新装。
心中有话冇人讲，
一生孤单守空房。

十八姑娘嫁老头，
无比辛酸妹忧愁。
讲话唔信进家看，
好比榭子洗锅头。①

哥在一乡妹一乡，
有情唔得连成双。
梦醒翻身找唔到，
泪水浸崩隔壁墙。

二更鼓打月照床，
亲哥走毕妹凄凉。
往日有双嫌夜短，
今晡唔得到天光。

连到你来都会衰，②

人无见面信无来。
人无见面还过得，
口信唔搭想唔开。

半是有情半无情，
爱将心事讲分明。
可怜哥是无情草，
乱生溪畔碍行人。

老妹想郎想得痴，
夜夜想郎郎唔知。
眼泪湿透绣花枕，
哭郎哭到月斜时。

（王才秀搜集）

连郎莫连赌博郎

（1段）

连郎莫连赌博郎，
星光半夜冇归房。
赌个铜钱见个面，
大吃大喝销得光。

（罗炳星搜集）

---

①榭子：榭念 qiǎ，毛竹破成细
　片后用来刷锅的锅刷。
②衰：倒霉。

古意（茶亭）之二

别人丈夫细商量。

等到花开又谢哩

（9段）

日头咁弱风咁凶，
老妹怒气几多宗，
头宗怒气冇食着，
二宗唔会嫁老公。

蛋子磕哩碗头装，[①]
自家丈夫咁唔讲。
自家丈夫咁唔声，

读书老公得来嫁，
补鞋补袜得人怕，
读哩十年出远门，
等得团圆月西斜。

读书老公秀才郎，
补鞋补袜都寻常。
熬毕几多春心夜，
睡哩几多冷脚床！

———————————
①磕：把蛋敲了。

做人生娓难上难，
肩头挑水手提篮。
又要提篮摘菜煮，
又要提秆垫牛栏。

做人生娓真吃亏，
三餐食饭打落尾。[1]
坐到桌前冇筷碗，
目汁出哩衫尾裼。[2]

十八妹对三岁郎，
拿张凳子垫上床。
床上好比牛栏滚，
床下好比养鱼塘。[3]

隔壁嫂，要耐心，
带大丈夫十把年。
一朝落地命注定，
丈夫大哩见青天。

隔壁嫂，你唔谛，
东边日头才逼目。[4]
西边月光落山哩，
等得花开又谢哩。

（林永芳搜集）

月儿弯弯照九州

（4段）

月儿弯弯照九州，
几家欢乐几家愁；
几人夫妇同罗帐，
几人飘散在外头。

南方一出八阁亭，
风流妹子假至诚；
砒霜当作白糖卖，
不知害死几多人。

（王麟瑞搜集）

世上命坏不像偃，
三十八九出来扒，[5]
天子一光扒到暗，
冇个老妹同情偃。

（林红生搜集）

①尾：最后上桌。
②裼：用衣襟承接、盛装。
③这两句意谓三岁小丈夫天天
　尿床，婚床沦为牛栏和鱼塘。
④逼目：睁开眼，刚崭露一丝
　光线。
⑤扒：赚钱。

有钱打酒酒壶重，

么钱打酒酒壶空。

有钱问妹妹爱应，

么钱问妹装耳聋。

（蓝红英搜集）

十二月相思

（12段）

【武平五句板小调】

正月相思想亲郎，

孤枕独眠夜又长，

三更二点思想起，

两脚缩下又缩上，

谷种生芽会作秧。

二月相思想亲郎，

单身守寡苦难当，

有心吃斋守贞节，

南海观音不授香，

隔墙花树映鸳鸯。

三月相思想亲郎，

目汁双双湿衣裳，

这边床秆妹眠烂，

那边床秆生白秧，

田鸡单哭夜更长。

四月相思日子长，

妹在家中挂念郎，

黄蚁蚱蜢结成对，

蝴蝶双双花下藏，

鸟雀都爱闹洞房。

五月相思是端阳，

彩船龙舟划河江，

两岸人群看光景，

无个知心在身旁，

看去看转不见郎。

六月相思正热天，

无个扇凉在身边，

热火心火相交炙，

烧烂肺来烧烂肝，

想郎情丝难烧断。

七月相思做"秋社"，

舂到糯米打糍粑，

人家打糍有双对，

偃打糍粑一个啥，

拿起舂槌手也瀺。①

——————————

① 瀺：念 lá，指没力气。

八月相思是中秋，

团圆夫妻处处有，

独妹家中单只筷，

好像前世唔曾修，

月饼无圆茶也馊。

九月相思菊花香，

做梦和哥共眠床，

狗打（猪）尿脬空欢喜，

画中仙（草）冻不解凉，

醒来抱团冷被囊。

十月相思是立冬，

望等天晴又转风；

缺件寒衣无要紧，

缺只鸳鸯不成双，

可怜守寡夜夜空。

十一月相思天气寒，

时时挂念偓心肝，

请得潮州画像客，

画郎相貌床头安，

盼夜同宿日同餐。

十二月相思讲过年，

家家门前贴春联，

妹子门前贴一只，

留只等哥来团圆，

风流枕上情绵绵。

（选自《武平歌谣集成》内部版）

十怪妹

（10段）

一怪妹，情不长，

好比深山柳树样，

唔到春来先发木，

唔到冬来叶又黄，

反面无情不认郎。

二怪妹，情不高，

好比深山茜茅刀，

张郎有钱张郎好，

李郎有钱李郎交，

一转有钱会开交。

三怪妹，情不真，

好比山中狐狸精，

好比山中狐狸样，

天下最恶恶女心，

恰似黄蜂尾上针。

四怪妹，妹妹差，
好比山中青竹蛇，
舌尖好比蛇开口，
天下最毒恶女家，
恰似糖蜂乱采花。

五怪妹，过长沙，
长沙有个百万家，
行前十里无客店，
行退十里有人家，
上唔上来下唔下。

六怪妹，妹有情，
水打棺材留死人，
石灰假作白糖卖，
唔晓害死几多人，
去毕钱财唔甘心。

七怪妹，气冲冲，
好比山中松毛虫，
食了一树又一树，

食了一崇又一崇，
百万家财拐到穷。

八怪妹，郎冇缘，
无情婊子莫去连，
先前讲里行到老，
如今行到大半年，
藐视哥哥冇铜钱。

九怪妹，唔讲多，
尽管断情尽管丢，
偃郎连过别一个，
比你婊子较风流，
上昼丢了下昼有。

十怪妹，妹有情，
先日发誓爱有灵，
今日无情丢郎别，
留妹供子血淋心，
黄鳝破肚血淋淋。

（刘天保搜集）

情歌/悲歌

十五去探郎

（14 段）

初一去探郎呀，

去探 偓郎哥呀，

哥哥得病躺在床呀。

问起哥哥嘛事病呀，

哥呀，

伤风咳嗽苦难当呀。

初二去探郎呀，

去探 偓郎哥呀，

一包枣子一包糖呀，

枣子倒掉拾得起呀？

哥呀，

白糖倒掉满地溶呀。

初三去探郎呀，

去探 偓郎哥呀，

喊到医生看 偓郎呀，

哪个医生医得 偓郎好呀，

哥呀，

手上戒指捋一双呀。

初四去探郎呀，

去探 偓郎哥呀，

买只鸡娑接 偓郎呀，

这只鸡娑吃得 偓郎好呀，

哥呀，

再买一只又何妨呀？

初五去探郎呀，

去探 偓郎哥呀，

买个西瓜接 偓郎呀，

郎吃西瓜妹剔籽呀，

哥呀，

吃得口甜心又凉呀。

初六去探郎呀，

去探 偓郎哥呀，

医生话郎命无长呀，

偓妹听到心刀割呀，

哥呀，

目汁流来打走床呀。

初七去探郎呀，

去探 佢郎哥呀，

喊个裁缝做衣裳呀，

上身做的长衫套马褂呀，

下身做的便衣装呀。

哥呀，

下身做的便衣装呀。

初八去探郎呀，

去探 佢郎哥呀，

喊个木匠做木枋呀，

头尾做个船子样呀，

中间留来装 佢郎呀，

哥呀，

中间留来装 佢郎呀。

初九去探郎呀，

去探 佢郎哥呀，

喊个（地理）先生踏地场呀，

东边踏到西边转呀，

哥呀，

九龙岗上好葬场呀。

初十去探郎呀，

去探 佢郎哥呀，

哥哥真的一命亡呀，

双手亲捧心肝面呀，

开声开句哭一场呀，

哥呀，

怎咁狠心见阎王呀？

十一去探郎呀，

去探 佢郎哥呀，

喊到道士做道场呀，

上厅放的灵牌子呀，

下厅大柩 佢亲郎呀，

哥呀，

声声唢呐吹断肠呀。

十二去探郎呀，

去探 佢郎哥呀，

喊到八仙扛 佢郎呀，

叮嘱八仙要吃饱呀，

一路小心扛 佢郎呀，

哥呀，

一路小心扛 佢郎呀。

十三去探郎呀，

去探𠊎郎哥呀，

挑担篰子祭𠊎郎呀，[①]

左手拿出大蜡烛呀，

右手拿出冥纸箱呀，

哥呀，

新土坟边真凄凉呀。

十四去探郎呀，

去探𠊎郎哥呀，

喊到泥匠砌墓塘呀，

左边砌的麒麟石狮子呀，

右边砌的金鸡玉凤凰呀，

哥呀，

双双对对伴𠊎郎呀。

（选自《武平歌谣集成》内部版）

【附记】本首又有叫《十探郎》的，
流传于武平县各地。歌词唱十段至十
五段者不等。本首搜集的为十四段。

十二月写信寄𠊎郎

（12 段）

正月写信寄𠊎郎，

𠊎郎出门到外乡；

一年半载冇音信。

妹子心中乱茫茫，

空房独睡痛心肠。

二月写信寄𠊎郎，

𠊎郎走哩唔回乡，

家中爷娘年纪老，

单身独守苦难当，

思想起来泪成行。

三月写信寄𠊎郎，

妹在家中守空房，

日夜心中都挂念，

夜眠独宿到天光，

𠊎郎唔转真凄凉。

四月写信寄𠊎郎，

妹子冇双苦难当，

落霜有被难过夜，

目汁双双落到床。

紧愁紧郁哭断肠。

①篰：音同灿，一种有耳的竹
或木做的可挑或抬的盛器。

五月写信寄偓郎，

问郎思量唔思量，

外边床秆妹睡烂，

内边床秆会生秧，

田鸡喔喔夜咁长。

六月写信寄偓郎，

塘里冇水鱼难养，

十七十八花冇开，

开花冇叶也冇香，

问郎回乡唔回乡？

七月写信寄偓郎，

爷娘唔知命几长，

倘或魂魄归阴府，

灵牌魂轿冇人扛，

要有子女顶纲常。

八月写信寄偓郎，

偓郎实在狠心肠。

出门至今冇钱寄，

又冇书信到家乡，

别时情义全忘光。

九月写信寄偓郎，

今年天旱苦难当，

年头年尾冇落雨，

家中已冇半日粮，

一家大小心惶惶。

十月写信寄偓郎，

寒天妹子少衣裳，

拿郎袄子身上着，

紧着郎衫紧想郎，

你话痛肠唔痛肠？

十一月写信寄偓郎，

偓郎唔转妹思量，

假若今年冇见面，

娇莲一定命冇长，

相思得病见阎王。

十二月写信寄偓郎，

有钱冇钱要回乡。

等到年尾都唔转，

金鱼跳过别口缸，

望郎快快转回乡。

（选自《武平歌谣集成》内部版）

十探郎

（10 段）

初一早晨去探郎，
哥哥得病病在床，
哥哥得病爱打理，
青菜唔摘叶会黄，
正因无医才倒床。

初二早晨去探郎，
衫兜兜米泡粥汤，
左手掀起绫罗帐，
右手牵哥喝了汤，
目汁双双看情郎。

初三早晨去探郎，
割只鸡嫲蒸碗汤，
酒壶装来影又大，
蕉叶包来又无汤，
眼泪淋淋挂念郎。

初四早晨去探郎，
买个西瓜接偃郎，
哥吃西瓜偃剔籽，
食哩口甜心虽凉，

担心哥哥命唔长。

初五早晨去探郎，
喊到先生开药方，
左手打脉右手转，
手上无脉命唔长，
目汁双双滴下床。

初六早晨去探郎，
拿把锁匙开皮箱，
捡点衫裤等哥用，
边捡边哭痛心肠，
目汁双双湿衣裳。

初七早晨去探郎，
唤到先生踏地方，
东方踏来南方探，
一踏来到九龙岗，
九龙岗上好葬场。

初八早晨去探郎，
道士鼓手做开路，
上厅放个三宝佛，
下厅放个偃亲郎，
目汁双双难舍郎。

初九早晨去探郎，
喊到八仙扛偅郎，
叮嘱八仙爱食饱，
一肩扛到九龙岗，
九龙岗上葬亲郎。

初十早晨去探郎，
挑担盏子祭偅郎，
左手拿出好蜡烛，
右手拿出长寿香，
"三牲"纸钱念情长。

（高天宝搜集）

孟姜女十二月念夫

（12 段）

【武平竹板歌调】

正月里来是新年，
家家户户挂红灯，
别人夫妻相团聚，
孟姜女丈夫筑长城。

二月里来暖洋洋，
对对燕子飞南方，
燕子都晓夫妻意，
孟姜女家不成双。

三月里来是清明，
桃红柳绿正当春，
家家坟上飘白纸，
孟姜女坟上冷清清。

四月里来养蚕忙，
姑嫂两人去采桑，
桑叶挂在桑枝上，
目汁流下偅目眶。

五月里来是端阳，
端阳酒子喷喷香，
端阳香酒偅分食，
无夫饮酒缺鸳鸯。

六月里来热难当，
蚊子叮人煞煞痒，
宁愿叮偅千口血.
莫叮偅夫万喜良。

七月里来秋风凉，
大户人家做衣裳，
红蓝绿紫都做遍，
孟姜女房中系空箱。

八月里来雁门开，

孤雁足上带信来，

孤雁足上带信到，

见信唔见夫转家。

九月里来是重阳，

重阳酒子菊花香，

孟姜女唔食菊花酒，

单念亲夫万喜良。

十月里来十月雨，

孟姜女出门送寒衣，

走一里来哭一里，

哭倒长城八百里。

十一月里来雪飞扬，

孟姜女心头好凄凉，

但愿冻死天下恶，

别冻偃夫万喜良。

十二月里来过年忙，

家家蒸糕杀猪羊，

家家放（鞭）炮春联贴，

孟姜女念夫哭断肠。

（选自《武平歌谣集成》内部版）

十二月古人

（12 段）

【武平十二月古人调】

正月里，是新年，

抱石投江钱玉莲；

脱下绣鞋为古记，

连叫三声王状元。

二月里，龙凤楼，

千金小组抛绣球，

绣球单打吕蒙正，

蒙正头上真风流。

古意（饭甑）

三月里，三月三，
昭君娘娘去和番，
回头看见毛延寿，
手拿琵琶马上弹。

四月里，日子长，
把守三关杨六郎，
荆州做官刘智远，
房中挨磨李三娘。

五月里，是端阳，
桃园结义刘关张，
桃园结义三兄弟，
三拜诸葛在南阳。

六月里，热难当，
汉朝出有楚霸王，
霸王死在乌江渡，
韩信功劳在何方？

七月里，秋风起，
孟姜女为夫送寒衣。
寒衣送到长城外，
哭倒长城八百里。

八月里，桂花香，
梅香陷害苏娘娘，
李氏夫人来替死，
判官上书奏阎王。

九月里，是重阳，
单刀赴会关云长，
过了五关斩六将，
击鼓三声斩蔡阳。

十月里，是立冬，
孟宗哭竹在山中，
孟宗哭得冬生笋①，
王祥卧冰敬娘亲②。

十一月，起寒风，
孔明登台借东风，
火烧曹兵千百万，
放出曹操走华容。

① 古代孟宗母病，想笋吃时逢
　 冬日，哪来笋呢？孟宗对竹
　 哭，感动山神，平地即生起
　 笋来。
② 传说古时王祥，为让久病的
　 母亲能吃到鲜鱼，解衣躺卧
　 冰河上，用自己的体温使冰
　 河融开一个缺口，鱼便从冰
　 河缺口蹦跳上来，得遂心愿。

十二月，又一年，
韩公走雪真可怜，
桥上过了韩湘子，
雪打栏杆马不前。

（选自《武平歌谣集成》内部版）

【附记】本首歌民俗常用于男性老人丧逝做道场。

女病男探

（14段）

男：头日听知妹生病，
三日路程一日行。
双手掀开绫罗帐，
𠊎今问妹病重轻。

女：重几多来轻几多，
唔会兜凳畀郎坐。
唔会倒茶郎漱口，
问郎路上有伴么？

男：冇伴来时冇伴来，
深山老虎叫嗨嗨。
深山老虎嗨嗨叫，
舍情唔毕挂命来。

女：舍情唔毕挂命来，
深山老虎叫嗨嗨。
深山老虎嗨嗨叫，
老虎食毕嘛人赔？

男：唔使赔来唔使赔，
恰似鸡嫲孵出来。
恰似园中苦茉样，
三朝露水生转来。

女：今日亲哥已来哩，
𠊎今实话讲你知。
初一朝晨去揩水，
衫尾浸湿感冒哩。

男：妹子样般唔知情，
唔谛冷水会受凉。
唔谛𠊎今又咁远，
病坏身子害嘛人？

女：𠊎今病倒会死哩，
手中戒指还给你。
上村还有十八女，
短命娇莲害到你。

男：盲会死来盲会死，
　催喊医生来打理。①
　上村虽有十八女，
　再好娇莲唔当你。

女：承蒙郎来承蒙郎，
　承蒙亲哥好心肠。
　催今病里有日好，
　里条情义水咁长。

男：天光光来地光光，
　天光项起乱忙忙。②
　行到半路正想起，
　衣服跌落妹间房。

女：催会洗来催会浆，
　催会浆洗郎衣裳。
　落雨擎起屋檐下，
　天晴擎起晒太阳。

男：唔好洗来唔好浆，
　唔好浆起催衣裳。
　你个爷娘咁利害，
　受打受骂罪难当。

女：偏偏洗衣偏偏浆，
　偏偏浆洗郎衣裳。
　前门打里后门走，
　泪汁擦干又想郎。

（云桃收集）

男病女探

（10段）

初一朝晨来探郎，
胭脂水粉打嫩妆。
头上结个成双髻，
金钗插哩十二行。

初二朝晨来探郎，
看到新郎还在床。
双手掀起绫罗帐，
扶起亲哥喝饭汤。

初三朝晨来探郎，
园中苦茉好煮汤。
催食汤来郎食肉，
问哥心头凉唔凉。

---

①打理：料理。
②项起：起床。

初四朝晨来探郎,
喊个医生来看郎。
医生就话冇好脉,
偃伏凳边哭一场。

初五朝晨来探郎,
看到亲哥唔一样。
拉起衫尾拭目汁,
伏在胸前哭一场。

初六朝晨来探郎,
偃郎打出在厅堂。①
粗裙布衫丢开去,
绫罗绸缎拿来装。

初七朝晨来探郎,
就喊先生踏地方。
东片踏到西片转,
九龙屋背葬亲郎。

初八朝晨来探郎,
就跟九龙屋背上。
三十六人打锣鼓,
四十六人送亲郎。

初九朝晨来探郎,
又跟九龙屋背上。
去到山中冇见面,
泪汁双双叫亲郎。

初十朝晨来探郎,
香烟绕绕转厅堂。
偃做灵屋畀你住,
断了脚迹么来往。

（云桃收集）

相思泪

（33 段）

因为相思得到病,
爷娭面前唔敢声,
今日阿哥咁大事,
搭信妹子爱来行。

听哥得病妹着惊,
手捡灯笼漏夜行,
双手掀开绫罗帐,
来问亲哥病重轻。

①打出：扛出。

重唔重来轻唔轻，
难为妹子有心行，
床下有张矮凳子，
坐等慢慢讲你听。

日里发烧头脑晕，
夜里发冷惊惊颤，
因为妹子激起病，
冇人打得脉头真。

自家有病自家知，
你今爱请先生医，
若系阿哥冇钱使，
妹子甘愿当棉衣。①

妹子心肠 佢也知，
棉衣唔好当撇哩，
九冬十月天寒冻，
爷娭谛得会骂你。

衣衫当撇冇问题，
爷娭谛得唔怕佢，
东西当毕赎得转，
一朝有郎枉心机。

讲等讲等就停腔，

面上转青又转黄，
额门点点出冷汗，
妹子心头就着慌。

病势咁重妹就惊，
赶快出门当衣衫，
上街行到下街转，
三步当作两步行。

当铺门前喊一声，
打开包袱当衣衫，
先生问 佢当嘛个？
蓝衫乌裤并颈钳。②

先生问 佢当几多，
当够一千三百三，
当了东西下街转，
急急忙忙喊先生。

走到下街喊先生，
医生步仪爱百零，
总爱医好 佢哥病，
钱财使毕妹心甘。

①当：典当。
②颈钳：小孩银质装饰物。

带等医生急急行，
医生看到也着惊，
马上同哥来打脉，
佢话病情系唔轻。

医生一看就分详，
手提毛笔开药方，
百般药草都开尽，
碗半水来两片姜。

妹子出去捡药方，
行到街上天冇光，①
捡到药来赶快转，
唔得转来见亲郎。

手拿药包乱忙忙，
冇入房间先喊郎，
手拿沙煲并火炭，
细心煲好又喷凉。

煲好药汤送入房，
手端药汤话亲郎，
这服灵丹食下去，
佢郎身体就健康。

老老实实话妹谛，
龙肝凤胆也难医，
阎王注定三更死，
何能等到五更时！

佢郎讲话咳唔该，
阎王面前讲转来，
今世姻缘未结定，
转来同妹来做堆。

刚刚讲等就冇声，
吓得妹子着下惊，
面上走神又走色，
手摸心头就滑冷。

亲哥死毕妹凄凉，
心里割肝又割肠，
拼天撞地来大叫，
一句亲哥一句郎！

十八阿哥 佢话你，
咁好后生死毕哩，
今世唔曾生有子，
嘛人烧香奉祀你！

———————————

①天冇光：天未亮。

大伯阿叔爱增光，
买到棺材葬𠊎郎，
粗布衣衫拿开去，
绫罗绸缎拿来装。

𠊎哥死毕冇好埋，
小殓殓着来等𠊎，^①
双手翻开棺材盖，
你就安乐苦哩𠊎！

大伯阿叔来烧香，
扫净厅下摆佛堂，
请到和尚吹鼓手，
七七修斋做道场。

锣钹一响拜佛神，
妹子伤心泪冇停，
阴间多个凄凉鬼，
阳间少个善良人。

做便灵屋买便箱，
剪了纸钱送𠊎郎，
和尚师父招魂转，
香炉水碗妹来扛。

𠊎郎死毕苦难当，
紧想紧真紧痛肠，

妹子好比香包样，
冇郎带等唔清香。

大伯阿叔爱增光，
喊到先生踏地方，
岭头踏到岭尾转，
九龙岗上葬𠊎郎。

葬了𠊎郎转家庭，
走入房中少个人，
床上枕头有双只，
单身唔知哪头眠。

大伯阿叔开言章，
你爱守等这炉香，
你爱顾等你名节，
家里也有好田庄。

托盘冇底样般扛？
碗公冇底样般装？
十八妹子来守寡，
锁匙难带家难当。

---

① 小殓：死后装柩，未上钉为
　　小殓，上钉封死为大殓。

大伯阿叔莫留偓，

咁好田庄也咳泥，

百万家财借手过，

总爱床下两双鞋。

（云桃收集）

样得团圆做一堆

（63段）

岭岗顶上种头梅，

千年万载冇花开，

三箩涯谷丢落海，

样得团圆做一堆。

一朵红花隔重墙，

摘花唔到枉花香，

好似鸬鹚戳了颈，

鲜鱼咁好唔到肠。

拆毕庵庙做茶亭，

害偓废了几多神，

徒弟学拳打师父，

长年日久难贴身。

讲起连妹系艰难，

好比鲤鱼上急滩，

水深又怕鸬鹚劫，

水浅又怕网来拦。

妹系日头郎系星，

你今落山偓出身，

日里顾你冇面见，

夜里顾你冇贴身。

因为连妹咳吃亏，

朝晨出门暗晡归，

坐尽几多冷石板，

受尽几多夜风吹。

细妹苗条得人惜，

唔曾忘记有一日，

咁好人才冇偓份，

柑树头下捡到枯。①

一杯清水一柱香，

才结姻缘没了郎，

大婆倒米小婆煮，

真系妻量又妻量。②

---

①捡到枯：经常蹲着。

②妻量：谐凄凉。

先日同上又同下，
唔晓问妹自家差，
这个娇容连唔到，
命中唔曾带桃花。

天井莳禾𠊎冇田，
花钵种菜𠊎冇园，
哑子食着单只筷，
心想成双口难言。

月光咁好冇花开，
同妹咁好冇做堆，
好人难得做堆聊，
好花难得共树开。

远田远地唔好耕，
远个亲哥唔好行，
三月两月冇见面，
咁好人情也会冷。

阿哥同妹各一方，
关山远隔路头长，
铁树开花难得见，
露水泡茶难得尝。

唔咳怨得妹唔闲，
想寻郎聊好艰难，
老虎下山想打狗，
又怕伯公唔开言。①

天上跌落𠊎孤单，
冇个亲人在身边，
楣杆顶上放花钵，
淋水唔到靠住天。

久种芙蓉唔开花，
满腹愁肠暗自嗟，
板盖冇梁难上手，
花篮冇耳哪里杈？②

泥塑神像问唔声，
两行横屋妹冇厅，
哑子娶妻冇话讲，
雪打灯草芯滑冷。

---

①俗语云："伯公唔开口，老虎
　唔敢打狗。"此伯公原指土地
　爷，这里暗指封建势力。
②杈：捏、提，谐差。

有咁怪来冇咁奇，
有信去哩冇信回，
腊蔗伸尾多一橡，
柑子生虫桔坏哩。

滑眼针来样般连，
琵琶断线系虚弦，
碟子种葱园份浅，
扁柴烧火炭冇圆。①

石壁种菜因冇园，
唔得开花出头天，
过月鸡鸾唔打嘴，
囫死几多嫩娇莲。

娥眉月子弯钩钩，
好花种在烂钵头，
冇好信了媒人话，
檀香对了腐树头。

一朵红花在高山，
山又高来路又弯，
想变蜜蜂飞过去，
蜘蛛牵网又来拦。

日头落山又一天，
妹子单身又一年，
心想连郎人阻隔，
扁柴烧火炭冇圆。

越想越真越苦情，
妹子白手打单身，
风吹茅草冇依靠，
转眼冇个痛肠人。

想起冇双真痛肠，
夜夜自家一张床，
这边床秆妹睡烂，
那边床秆又生秧。

日头一出乌云遮，
田里冇水望踏车，
四月冇粮望早谷，
妹子冇双望哪啥？

---

①这段全用双关：以连谐恋；
以弦谐玄；园份浅，谐缘分
浅；炭冇圆，谐叹无缘。

平川河畔歌声起

因为冇双受孤凄，
叔公骂来邻舍欺。
三十三只尿桶耳，
九十九屈嘛人知。

灯草拿来做箭枝，
一心射妹妹唔谛，
老鼠来食猫公饭，
几多惊险在心里。

讲起连郎妹心慌，
一出一入都提防，

深山老虎妹唔怕，
最怕叔公使暗枪。

因为连郎愁又愁，
叔公日夜眼照牛，
这个就话索来绑，
那个又话杀偃头。

等郎等到五更头，
一冇灯草二冇油，
拔下头发做灯草，
流出目汁做灯油。

灯盏冇油火烧芯,
等郎等到五更深,
一双花鞋都做好,
等郎唔来枉费心。

急水滩头打虾公,
十次打来九次空。
番番约郎冇面见,
哪有咁多闲人工?

约郎一番又一番,
唔谛约到哪时间?
牛郎织女有相会,
样般会妹咁艰难。

约到妹来妹冇来,
害𠊎饭菜沤到霉,
饭菜沤坏还过得,
激坏阿哥嘛人赔?

次次约𠊎有次真,
石灰撒路打白行,①
打米问仙同鬼讲,
灵前烧香骗死人。

讲着连妹系奔波,
刀石入屋任人磨,

杉树拿来做锅盖,
因为团圆受气多。

一二三四五六七,
彳彳亍亍又一日,
柑子树下摊铺睡,
目睡觉哩捡到枯。

松树伸茵尾向天,
冇情妹子枉𠊎连,
高山望见长江水,
肚渴唔得到面前。

看天唔系落雨天,
看妹唔系𠊎姻缘,
打过斧头换过柄,
起眼唔看这片天。

松树断尾唔晓高,
旧年同妹到今朝,
一年都冇三摆聊,②
芦萁盖屋唔当茅。

①打白行:空跑一趟。
②三摆聊:三次玩。

隔河连妹难贴身，
想来过河水又深；
想变老鹰又冇翼；
想变鲤鱼又冇鳞。

有钱买酒酒壶重，
冇钱买酒酒壶空，
有钱问妹声声应，
冇钱问妹诈耳聋。①

灯草拿来织鸡笼，
鸡扒狗蹋害哩心，
柑子跌落深古井，
因为你鬼桔咁深。

阿哥想妹两三年，
至今婚姻未成全，
花钵拿来种韭菜，
样般自家咁冇园。

想你一年又一年，
古井烧香暗出烟，
豆子缠到溃尾竹，
阿妹冇心枉偓缠。

岭岗顶上种条松，
一心都望雨来淋，
只听雷声唔见雨，
几多焦虑在心中。

半夜入园去摘葱，
摸到瓮菜节节空，
半夜劏猪唔开火，
上钩唔到枉人工。

旧年同妹咁热情，
到今同妹冇贴身，
初一做官初二罢，
枉为名声挂朝廷。

足锡茶壶咳有铅，
灯盏冇芯也枉燃，
揽升糯米裹只粽，
皮熟心生枉郎缠。

鞋冇底来袜冇踭，
踢踢踏踏样般行，
纸做龙船难过海，
灯草织布枉心耕。②

①诈耳聋：诈装耳聋。
②耕：念 gáng，此指织。

龙船下水众人抬，
钓楼落水望鱼来，
刀破灯草分两片，
样得心肝做一堆。

天井莳禾枉了秧，
甜粄放盐枉了糖，
全心对妹唔讨好，
枉费阿哥热心肠。

锡打灯盏鎏哩金，
有油点火冇灯芯，
手拿灯草风吹走，
枉费阿哥一条心。

日头对顶正午时，
水打墓堂坟净哩，
桔子拿来做酒饼，
等得娘来桔坏哩。①

柑子好食隔重皮，
同妹咁好隔乡里，
筷子拿来倒头使，
仔细看真箸差哩。②

秤砣落地斤打斤，
秤杆挂壁打单身，

康熙手上蒸缸酒，
千载冇娘等到今。

同妹聊里冇时安，
时时都阿嫩心肝，
好似食到砒霜样，
心肝闷烂肠闪断。

阿妹连郎心咁冷，
又懒搭信又懒跟，③
芒秆拿来探水涧，
叮当叮点又一年。

路上逢到路下坐，
俩人见到笑呵呵，
心想同妹谈情事，
壁上挂网斜眼多。④

你有谷种落哩秧，
俚冇谷种看田荒，
你今有双睡得目，
俚今冇双望天光。

————————————

① 桔：桔谐急。
② 箸差哩：谐差了。
③ 跟：探询。
④ 斜眼多：指旁人冷眼。

先日有双笑呵呵，

今日冇双打单坐，

好比鸡嫲寻鸡仔，

暗头暗角叫得多。①

一心都想来寻你，

门前大路壁咁岖，

夜里唔敢打手电，

脚下寸步都难移。

（华佬收集）

朝看日头夜看星

（12段）

买梨莫买蜂咬梨，

心中有病冇人谛，

因为分梨故亲切，

谁知亲切更伤梨。

梨子好食汁盈盈，

梨汁跌落妹衫襟，

郎爱分梨妹就切，

切来切去会伤心。

当梨花开满山香，

当梨花下送情郎，

莫话当梨花好看，

想起当梨割断肠。

新绣荷包两面红，

一面狮子一面龙，

狮子上山龙下海，

唔知几时正相逢？

阿哥走毕妹痛肠，

三餐茶饭唔晓尝，

紧食烧茶肚紧渴，

紧想心肝夜紧长。

一条河水向东流，

流出潮州到汕头，

锋刹刀来难割水，

锋刹刀来难割愁。

郎似杨花漫天飞，

同郎分手牵郎衣，

山高水绿郎门远，

只见郎从梦里归。

———————————

① 叫：哭。

阿哥走毕妹就愁，

朝晨唔得到暗晡，

杨梅蘸醋吞落肚，

几多寒酸在心头。

梁上燕子双双飞，

朝晨同出暮同归，

阿哥出门冇信转，

目汁流干冇人知。

浑水长流有日清，

阿哥走后谁相亲，

路远迢迢冇处问，

朝看日头夜看星。

新打手镯郎当圈，

老妹走哩郎漂天，

三岁孩儿断姟嘴，①

一觉醒来一觉跟。②

风吹竹叶满天飞，

两人离别正孤凄，

灯草跌落猪红钵，③

呕血攻心嘛人知！

（天兰收集）

五更打鼓天大光

（5段）

一更鼓打月临窗，

又听门头刮大风，

亲哥走哩自家睡，

单只筷子就有双。

二更鼓打月照床，

亲哥走毕妹凄凉，

往日有双嫌夜短，

今晡唔得到天光。

三更鼓打月正中，

有郎谛得妹苦衷，

往日烧冷有人问，

今日辛酸藏肚中。

四更鼓打月斜西，

紧想偓郎紧孤凄，

偓郎唔系有情义，

棒打鸳鸯拆伴飞。

①姟：念 nè，乳。

②跟：小孩吵着要母亲。

③猪红：猪血。

五更鼓打天大光，
送郎走毕割心肠，
早知今日咁孤独，
甘愿双双坐班房。

（天兰收集）

心肝割来手上拿

（4段）

同妹聊哩转屋家，
目汁流来衫袖遮，
行到五里唔到屋，
心肝割来手上拿。

听知阿哥走巴城，①
捉只鸡公来饯行，
哥就食头妹食脚，
另番转来一样行。

老妹爱转急啾啾，
你爱转来哥爱留，
好比狗咬猪脚骨，
死死唔等唔肯丢。②

阿哥爱转急啾啾，
妹也唔敢再三留，

三魂七魄送哥转，
朝晨暗晡爱喊揪。③

（天兰收集）

咁久唔曾见妹来

（8段）

咁久唔曾见妹来，
钝刀破竹想唔开，
还生就有口信搭，
死哩也爱托梦来。

扇子拨烂骨还在，
檀香烧尽一炉灰，
手攀栏杆打瞌睡，
有情妹子托梦来。

新做眠床画横屏，
发梦同郎共头眠，
睡到半夜惊醒起，
又冇魂魄又冇人。

---

①巴城：今印尼首都雅加达。
②唔等：咬住，啃住。
③朝晨：早晨；暗晡：晚上；爱喊揪：把灵魂呼唤回来在一起。

昨晡一夜唔曾睡，

听等鸡啼又狗吠，

这头眠到那头转，

唔得天光来见妹。

郎在西来妹在东，

爱想见面路难通，

妹变黄莺郎变鹊，

半天云里来相逢。

同妹隔山又隔河，

相思不见泪沱沱，

他人若问相思苦，

泪花却比浪花多。

一日唔见如三秋，

三日唔见命会收，

四日唔曾见到面，

千条性命也难留。

行唔安来坐唔安，

日夜思想嫩心肝，

三晡睡冇一觉目，

唔曾食饱冇一餐。

（天兰收集）

阿哥走哩妹心焦

（11 段）

日头一出照四方，

唐山隔番路头长，①

鸳鸯枕上冇双对，

日间思想夜思量。

三日唔食饿九餐，

床上眠等想心肝，

日里想妹还过得，

夜里想妹睡唔安。

郎今出门佢就愁，

三朝五日唔梳头，

今日接到亲哥信，

髻尾梳到黏肩头。

茶麸洗衫起白泡，

阿哥走哩妹心焦，

想起阿哥出目汁，

手巾拭烂几十条。

————————

①唐山：华侨谓祖国为唐山。

村姑采茶结伴行

想妹想到会发狂，
灶头懵到系眠床，①
摘到瓢勺尽斟喙，
灶君老爷笑断肠。

娥眉月子弯钩钩，
两个星子挂两头，
郎心挂在妹心上，
妹心挂在郎心头。

天想落雨起乌云，
家法严禁难出门，
丢了文书失了信，

谷雨蛤蟆有得晕。

哥妹相好心相连，
一日唔见如一年，
三日唔曾见妹面，
伤风咳嗽都齐全。

日日落雨搅大风，
唔得天晴见天公，
好久唔曾见妹面，
心肝愁碎目愁朦。

①懵到：以为。

郎就闷妹妹闷哥，

两人交情受奔波，

烂网拆来放纸鹞，

因为风流结头多。

妹子在家受气深，

石压兰花头难伸，

几次都想寻自尽，

又念𠊎哥打单身。

（天兰收集）

情歌/劝歌

十二月飘

（12段）

正月飘，是新年，
妹子劝郎莫赌钱；
十个赌钱九个死，
哪有赌钱发了财？

二月飘，是花朝，
妹子劝郎莫去嫖，
别人见到无要紧，
其夫见到打断腰。

三月飘，三月三，
妹子劝郎莫咁懒；
百端弊病从懒起，
勤俭二字得人欢。

四月飘，正莳田，
莫见野花都咁魂；
遇着女子无良心，
送了钱财费了神。

五月飘，是端阳，
铜盆打水望长江；
东边打来西边转，
转转都映好鸳鸯。

六月飘，讲尝新，[①]
宰鸡杀鸭请朋亲。
别的贵客妹不请，
单请亲哥一个人。

七月飘，七月七，
爱哥人才考第一；
又有才来又有貌，
仙子见到也叹息。

八月飘，是中秋，
郎买月饼甜酥酥；
双手接哥甜月饼，
心中欢喜面带羞。

————————————

①尝新：夏季新谷登场尝新米。

九月飘，是重阳，

重阳酒子馥馥香；

哥哥单食重阳酒，

老妹单连少年郎。

十月飘，是立冬，

高岭峎上吹北风；

老妹唔学北风样，

无情无义冷身中，

十一月飘，雪飞飞，

讲起连郎的苦凄；

到过几多凉亭等，

受过几多夜风吹。

十二月飘又一年，

家家户户讲过年：

平常素日同哥聊，

年三十日行唔前。

（选自《武平歌谣集成》内部版）

有家有室路难行

（7段）

门对门来场对场，

有情哥哥转来行。

上家下屋怕人问，

有家有室路难行。

门对门来丘对丘，

有情哥哥转来坐。

手拿筷子郎食饭，

手抻衫尾郎垫坐。

秆扫扫地扫地尘，

哥啊下县要老成。

老成店里也要到，

鸳鸯枕子唔消承。①

新打鞋底莠莠花。②

打给老弟书堂下，

叮嘱老弟要穿稳，

学生多哩会着差。

新做裙子角弯弯，

做给老妹厨房下。

叮嘱老妹要系稳，

仔嫂多哩会系差。

① 唔消承：别到风月场所，无须把脑袋置于别人的鸳鸯枕上。

② 莠莠花：形容新纳的鞋底花纹美观。

新打锁匙一叉叉，
打给老妹学当家。
叮嘱老妹要戴稳，
仔嫂多哩会吊差。①

日头好辣乌云吹，②
柑子好吃瓣瓣开。
先头唔得妹倒口，
今朝唔得妹行开。

（林永芳搜集）

浪荡郎子冇春光

（9段）

赌博郎子莫去连，
家中唔藏刮痧钱，
赌赢钱财花到毕，③
食喝玩乐鸦片烟。

赌博郎子莫去连，
赌输钱财真寒酸，
当衫当裤典田地，
嫁妻卖子断火烟。

连哥莫连懒疏哥，
打鱼唔到晒网多，

瓮罂无粒喂鸡米，
蜘蛛结网灶坑窝。

连郎莫连浪荡郎，
浪荡郎子冇春光，
挣到一个食二个，
老鼠唔留隔夜粮。

连妹莫连懒疏嫲，
睡目睡到日头斜，
缸里冇滴食用水，
灶边冇捆暖水柴。

娇气妹子切莫连，
天气唔冷喊买棉，
食粥又讲爱肉下，
豆腐食成肉价钱。

花爱蜜蜂蜂爱糖，
梭子爱的织布娘，
凤凰不找浪荡子，
老妹单拣勤俭郎。

---

①吊差：拿错。
②辣：形容太阳炙热。
③花到毕：花到光。

打鱼莫打别人塘，

连妹莫连有夫娘，

有钱讨个黄花女，

冇事冇非乐洋洋。

行路莫行路边沿，

别人爱妻莫去连；

挣到铜钱讨一个，

石板搭桥万万年。

（选自《武平歌谣集成》内部版）

十劝偃郎

（10 段）

一劝郎，夜更深，

莫着老妹误郎心，[①]

莫着老妹随意想，

想来想去更伤心，

相思得病怨嘛人？

二劝郎，燕子飞，

燕子飞来有高低，

男人莫作亏心事，

今日东来明日西，

肚中饥饿无人理。

三劝郎，笑嘻嘻，

劝郎归家要娶妻；

自己积钱娶一个，

打也娇莲骂也妻，

眼泪汪汪洗郎衣。

四劝郎，听分相，

用钱一定要分寸；

辛苦赚钱正当用，

少年做事爱老成，

钱财唔敢乱送人。

五劝郎，听分明，

总爱自家来讨亲；[②]

零星打酒食唔醉，

冇钱打酒自家蒸，[③]

日同三餐夜同眠。

六劝郎，听分相，

劝人切莫嫖布娘；

董卓因为貂蝉死，

山伯因为祝九娘，

相思得病无药方。

---

①"莫着"："莫作"，意为"莫道""莫以为"。

②讨亲：娶亲。

③蒸：酿。

七劝郎，莫去嫖，

男女莫信别人拐；

去了钱财还较得，①

后日情断心会烦，

竹篮打水一场空。

八劝郎，莫咁癫，

去了人工花了钱；

云遮日头冇几久，

咁好事情一时断，

高滩养鱼冇相干。②

九劝郎，九九长，

劝郎回家讨姑娘；③

有钱自家讨一个，

日同三餐夜同床；

哥哥名声几清香。

十劝郎，劝完哩，

几多好话讲过哩；

年轻时候唔晓得，

一定着蓆盖蓑衣，

老哩受苦该当哩。

（方升照收集）

十劝郎 （一）

（10 段）

【武平五句板小调】

一劝郎，莫乱花，

挣到铜钱要做家；

年嫩时期依靠妹，

老来靠妹总较差，

人情一断就暗邪，④

二劝郎，爱积钱，

天晴爱防落雨天；

落雨爱防做大雪，

做雪爱防结凌冰，

身边冇钱无烧暖。

三劝郎，莫咁懒，

有钱也爱赚些添；

人雄力健唔去做，

爷娘看到心也淡，

人人心肝一般般。

_____

①还较得：还好些。

②冇：没或没有。

③讨姑娘：娶妻子。

④暗邪：邪门，拉倒。

四劝郎，四四方，
劝郎莫进赌博场；
看过几多大户子，
一份家产赌到光，
过后偷摸当流氓。

五劝郎，莫咁疯，
莫被野岭雾蒙蒙；
男人听得女人拐，①
丝线牵得石牛动，
瘪谷诱得鸡入笼。

六劝郎，莫去嫖，
嫖赌两字多污糟；
倘若风流人捉到，
惹是惹非来打跤，
害死几多嫩娇娇。

七劝郎，爱耕田，
辛苦总系大半年；
二个米谷唔要籴，
唔怕米贵饥荒天，
自家唔要掏出钱。

八劝郎，莫咁癫，
话生话死话唔听，
任得嘴来爱食穷，

牛瘦岭岗鸭瘦田，
百万家财会食崩。

九劝郎，九九长，
劝郎回家讨妇娘，
有钱讨个人家女，②
鼓钹喇叭花轿扛，
哥哥名声几清香。

十劝郎，劝得多，
句句言语爱情哥；
好在老妹是肉嘴，
假若树嘴早磨秃，
望哥切切记心窝。

（选自《武平歌谣集成》内部版）

十劝郎（二）

（10段）

一劝郎，夜更深，
莫作老妹悟郎身，
莫作小花难去想，
想来想去病上身，
相思得病怨嘛人？

①拐：骗。
②人家女：未出嫁的女人。

古意（水车）

二劝郎，燕子飞，
燕子飞来有高低，
男人莫做非为事，
今日东来明日西，
肚中饥饿怨嘛人？

三劝郎，笑嘻嘻，
劝郎归家爱讨妻，
归去自家讨一个，
打里娇莲骂哩妻，
目汁双双洗郎衣。

四劝郎，四四方，
劝郎归家耕田庄，
只有作田来分谷，

怕无供子归郎乡，
将钱打扮别人娘。

五劝郎，莫来迟，
自家做事自家知，
你郎年高四十岁，
肩不能挑手不提，
今唔修来等何时？

六劝郎，劝得交，
南山赛过北山高，
世上只有耕田好，
半年辛苦半年闲，
后生唔做老哩难。

七劝郎，莫贪花，

贪花郎子害自家，

十个贪花八个死，

八个贪花十个亡，

留条生命见爷娘。

八劝郎，打牌人，

赌博场中切莫行，

赌博场中人心恶，

手中有刀会杀人，

去了钱财唔甘心。

九劝郎，九九长，

当初有本赛西乡，

苏州女子情意好，

花园落子在何方？

处处都有好娇娘。

十劝郎，劝得多，

句句话言劝倔哥，

句句话言劝哥好，

男人莫信女挑唆，

老里哩冇子才奔波。

（刘天保搜集）

十劝妹

（10 段）

一劝妹，句句真，

你个丈夫人上人，

男人莫做非为事，

女人莫做交情人，

正气二事赛过人。

二劝妹，莫调皮，

更爱遮掩有人谛，

三十一过年年老，

四十一过老毕哩，

老哩贪花倒贴人。

三劝妹，讲您谛，

唔敢时常去赴圩，

上圩有个风流子，

下圩有个大调皮，

再多钱财莫同佢。

四劝妹，都冇差，

唔敢时常去外家，

路上逢到打抢贼，

拖到岭上聊风花，

搞坏身子害自家。

五劝妹，爱分明，
唔咁时常去交情，
再多钱财会用了，
搞坏名声一生人，
水上摊蓆样子眠？①

六劝妹，劝解行，
唔咁时常讲郎钱，
南京有个西山子，
得了金银几万两，
被枷戴锁真可怜。

七劝妹，讲您听，
唔咁约郎去上岭，
行过背后人自笑，
六亲见哩也看轻，
拿人讲哩冇名声。

八劝妹，莫去花，
敢穷敢苦爱私家，
好比园中甘蔗样，
先食甜水后激渣，②
人情一断有上下。

九劝妹，爱喜欢，

想起连郎冇相干，
云遮日头冇几久？
再好人情一时断，
高滩养鱼冇相干。

十劝妹，劝得多，
女人莫同男人坐，
女人莫同男人聊，
手动脚捏奶上摸，
丈夫看到命都冇。

（高天宝搜集）

十劝郎（三）

（10段）

一劝郎哥莫咁仙，
今日世情唔比先，
天晴就爱防落雨，
落雨爱防结凌冰。

二劝郎，莫咁懒，
钱财也爱赚得添，
身体健旺唔去做，
爷娘见了也会淡。

————————————————

①样子：怎么。
②激：吐。

三劝郎，四四方，
莫把阿妹当赌庄，
妻离子散无家转，
到头还是打流浪。

四劝郎，四四方，
见了几多赌博伤，
见了几多大户子，
一个家庭败到光。

五劝郎，学好样，
从今就学泥木匠，
灶头锅尾𠊎来理，
赚到铜钱理应当。

六劝郎哥爱当家，
赚到铜钱带回家，
莫采路边野草花，
害人害己害自家。

七劝郎，莫咁雄，
赚到铜钱爱人工，
丝线吊得石牛起，
冇谷引鸡会入笼。

八劝郎，月华圆，
手搭花树笑连连；
百花每年开一次，
新婚夫妇长百年。

九劝郎，九九长，
阿妹劝哥讨新娘，
𠊎就一个人家女，
鼓手喇叭花轿扛。

十劝郎，莫调皮，
百样世情话讲清，
阿妹讲的是真情，
百年好合风光哩。

（蓝盛田搜集整理）

劝世歌

（11段）

【武平竹板歌调】

众位姐妹众大哥，
听我唱段劝世歌。
劝人行善莫作恶，
利国利民好处多，
请你一一记心窝。

古意（谷答晒谷）之二

一劝君，要正经，
一不正经就偷针；
偷针之后偷牛牯，
最后弄个贼名声。
总有一日索缠身。

二劝君，多读书，
切莫贪心去学赌；
一入赌博千人厌，
社会空气被污染，
百万家财赌到输。

三劝君，莫逞强，
称王称霸当流氓；
古往今来多少事，

冇个恶人好下场，
身插令牌枪下亡！

四劝君，话你谛，
蒙面抢劫是土匪；
别人血汗想自得，
天网法网不容依，
有朝一日命归西。

五劝君，莫贪花，
贪花连色害自家；
淫人妻女最无耻，
终有一日被捉拿，
罚款坐牢血染沙。

六劝君，父母亲，
教子教女要教心；
教到子女行正路，
勤耕苦作耀门庭，
做个社会有用人。

七劝君，劝爹娘，
睁眼看看犯罪郎；
多因娇生又惯养，
教子不严成流氓，
才戴镣铐坐班房。

八劝君，少年郎，
从小学善莫好强；
树木小时若歪拱，
大时怎能做栋梁？
只好当柴入灶堂。

九劝君，莫再差，
自己有痒自己抓；
浪子回头金不换，
回头是岸有人拉，
最怕悬崖不勒马。

十劝君，大家听，
为人不可昧良心；
为善最乐皆欢喜，

赐功布德为众生，
千秋万代传美名！

（选自《武平歌谣集成》内部版）

三十六劝郎

（36 段）

一劝郎，夜更深，
劝妹莫来怒郎心，
劝妹莫拿郎紧怒，
怒来怒去怒伤心，
妹呀妹，
想思得病么药医。

二劝郎，燕子飞，
燕子飞来有高低，
劝郎莫作浪荡子，
肚中饥饿冇人知，
哥呀哥，
今日东来明日西。

三劝郎，笑嘻嘻，
劝郎回家爱讨妻，
自家有钱讨一个，
打是娇莲骂是妻，
妹呀妹，
目汁双双洗郎衣。

四劝郎，四四方，
劝郎回家莳禾秧，
老妹好比深水坑，
还爱作田更长久，
哥呀哥，
半年辛苦有何妨？

五劝郎，句句真，
劝郎勤俭有决心，
万丈高楼从地起，
唔怕爷娘家里穷，
妹呀妹，
决心吃苦做赢人。

六劝郎，劝得多，
南山看到北山高，
别人老婆唔过夜，
自家老婆夜夜吹，
哥呀哥，
软言软语嘛人么？

七劝郎，竹叶青，
竹子生来紧过青，
人生好比一枝竹，

长得倩来心又惊，
妹呀妹，
爱做好汉赶后生。

八劝郎，莫贪花，
贪花浪子害自家，
十个贪花九个死，
石榴断枝为开花，
哥呀哥，
前人种树后人还。

九劝郎，九九长，
桂花开过菊花黄，
莫贪花来少食酒，
贪花醉酒命么长，
妹呀妹，
丢掉命根见阎王。

十劝郎，莫排场，
粗布裙衫正相当，
衫裤烂了妹会补，
三日二头要洗汤，
哥呀哥，
行得正来自然香。

十一劝郎莫赌嫖，

倾家荡产害妻房，

世上几多么钱汉，

勤俭节约加划算，

妹呀妹，

自有青光在后头。

十二劝郎莫贪色，

贪色多了损身体，

野花莫采是正理，

去了精神花了钱，

哥呀哥，

影响公婆唔慈和。

十三劝郎爱顾家，

莫登钱财来乱花，

精打细算爱勤俭，

赚钱好比水摊沙，

妹呀妹，

百万家财败得下。

十四劝郎日月生，

深坑深井有凌冰，

劝郎莫连别人女，

夜啼鸡子莫去听，

哥呀哥

上身热来下身冷。

十五劝郎听分详，

大小事情爱商量，

左邻右舍交甲好，^①

亲戚朋友常来往，

妹呀妹，

家庭自然有指望。

十六劝郎月团圆，

十五十六敢开言；

别人事情莫去管，

自家事情爱周全，

哥呀哥，

来三去回爱相当。

十七劝郎眼角去，

劝郎莫拿妹来监，

老妹好比棋扇样，

棋扇好拨合唔揪，

妹呀妹，

别人误会命会休。

———————————

①交甲好：交往好。

十八劝郎十八弯，

老妹言语姮爱听，

不义之财取不得，

人不知道天知道，

哥呀哥，

老打老实妹喜欢。

十九劝郎心爱宽，

劝郎今后莫再来，

自家老婆前生缘，

十月怀胎一般般，

妹呀妹，

梨花送子薛丁山。

二十劝郎情爱断，

连妹老比割牛秆，

割草割秆秆割手，

割得唔好心余断，

哥呀哥，

铁打心肠也会软。

二十一劝郎一杯茶，

茶到清明大发芽，

今年讨个勤俭嫂，

明年生子就喊爷，

妹呀妹，

老哩富贵享荣华。

二十二劝郎酒一杯，

催郎食哩爱去归，

老妹好比壶中酒，

砻谷唔出莫想筛，

哥呀哥，

阿哥唔好妹唔陪。

二十三劝郎再思量，

辕门斩子杨六郎，

生了一个杨宗保，

因为招亲亡家庄，

妹呀妹，

好在还有八贤王。

二十四劝郎爱正当，

搞搞笑笑手莫痒，

眼镜打坏心发慌，

穷人难过四月荒，

哥呀哥，

先苦后甜变成糖。

二十五劝郎塞鼻公，
鼻公一塞气唔通，
打开喉罩透大气，
劝𠊎郎君保身体，
妹呀妹，
莫把老妹记肚中。

二十六劝郎泪淋淋，
劝𠊎郎哥爱老成，
人生道路多曲折，
石子翻路路唔平，
哥呀哥，
低头看来仔细行。

二十七劝郎雪飞飞，
行善积德是正理，
对待爷娘爱孝顺，
教育子女勤读书，
妹呀妹，
敬老爱幼大发扬。

二十八劝郎泪涟涟，
百般生意难赚钱，
只有懒惰愁苦日，

哪有辛苦赚么钱？
哥呀哥，
后生唔做老哩难。

二十九劝郎想唔开，
手牵衫角么放开，
今日同郎睡一夜，
明日用帖请唔来，
妹呀妹，
可能以后难再来。

三十劝郎水流长，
劝𠊎情哥莫强求，
连妹好比冷浆作豆腐，
格花唔倒就慢慢游，
哥呀哥，
人到中年万事休。

三十一劝郎泪汪汪，
千句万句劝情郎，
爹娘面前爱孝顺，
公婆面前多商量，
妹呀妹，
共同生活水般长。

三十二劝郎泪微微，
燕子含泥梁上企，
燕子含泥嘴爱紧，
做窝唔成枉心机，
哥呀哥，
莫信旁人讲是非。

三十三劝郎泪沱沱，
千句万句劝情哥，
偷骗拐奸做不得，
脚镣手铐坐班房，
妹呀妹，
害到老婆孩子同爹娘。

三十四劝郎泪淋淋，
千怪万怪妹冇情，
因为别人讲闲话，
偓今冇面来见人，
哥呀哥，
到哩黄河死哩心。

三十五劝郎泪弯弯，
劝郎爱断爱喜欢，
只有偓郎行得正，
千斤担子妹会揩，

妹呀妹，
死到黄泉也心甘。

三十六劝郎劝得多，
百般言语劝阿哥，
千言万语劝哥好，
公婆恩爱同心肝，
哥呀哥，
白头到老幸福长。

（周占元、饶树堂搜集）

抬起头来天咁阔

（36段）

愁急唔得几多时，
放开心事在管佢，①
抬起头来天咁阔，
穷苦唔单偓同你。

你也唔使谴啾啾，
半讲半笑人人有，
拿刀来割船头缆，
言语唔着顺水流。

---

①在管佢：任由他。

鸦片烟筒梨木杆，
梨木咁硬也凿穿，
妹个心肠唔咪铁，
讲得多来也会软。

有愁有切爱想开，
莫来愁切做一堆，
水流千转归大海，
石头咁大化石灰。

妹也唔使苦在心，
愁切多哩坏了身，
来日方长路更远，
扭紧毛辫做赢人。

阿哥唔使苦嗟嗟，
苦也苦坏你自家，
妹咳同你结相好，
唔咳同你结冤家。

阿哥落运妹莫愁，①
咁好棉纱有结头，
咁好月光有缺角，
咁好草岗有瘦牛。

劝妹心头爱想开，

莫来愁切做一堆，
阿哥好比退冬树，
一到交春叶又开。

你莫切来你莫愁，
自有春光在后头，
自有水清见石子，
自有云开见日头。

你也唔使紧去愁，
愁也愁在你心头，
有愁有郁同𠊎讲，
𠊎会解开你结头。

问妹唔声真真奇，
哪句言语得罪你？
句把言语妹爱受，
洗碗也有相磕时。

妹子恼𠊎𠊎也谛，
去年生日欠贺礼，
今年生日郎记得，
𠊎会加倍送畀你。

①落运：运气不好。

交情唔咪交身家，
劝妹心肝莫咁野，①
上村下家你去算，
发财富贵有几家？

催劝妹子莫多疑，
莫嫌阿哥得运迟，
腊蔗肿尾多一橡，②
花开有日运有时。

妹也唔使气冲冲，
心中有事放从容，
你有情理慢慢讲，
丝线牵得石牛动。

妹也唔便恨啾啾，
催也唔曾同过有，
上邻下舍你去问，
问到咳有杀催头。

亲亲热热两公婆，
床头打跤床尾和，
共筜鸡子有相打，③
心里想开事就冇。

因为讲笑变伤气，
朋友相劝行转哩，
苎子捋棉一下纺，
俩人夹线到头尾。

妹子约郎甘露亭，
泡便细茶会情人，
劝哥莫去论茶色，
入口正知味道清。

劝妹心里爱真诚，
同催相好莫同人，④
两人相好本分事，
野野搭搭人看轻。⑤

妹莫愁催冇心肝，
石灰粉壁心里砖，
毛蓝褂子缡皮袄，
着哩才知催温暖。

---

①野：贪婪。
②多一橡：多一节。
③筜：鸡窝。
④人：别人。
⑤野野搭搭：指爱情不专不忠，
　乱交情人。

苏州锣鼓好声音，

郎个言语值千金，

郎个言语纸包起，

年长日久记在心。

芭蕉结子心一条，

爱偓多心偓就冇，

阿妹好比竹笋样，

生出泥皮尽心高。①

人家爱讲唔使愁，

纸鹞上天尽风流，

风流唔咳偓做个，

还咳老辈先带头。

年三十晡贴门神，②

扯去旧个换过新，

新个贴久也会旧，

唔当旧个过本真。

火辣唔怕生芦萁，③

连妹唔怕爷娭谛，

湖鳅拿来煮豆腐，

等得人知早熟哩。

哥就打鼓妹吹箫，

唔怕叔公咁精刁，

十日半月聊一罢，

黄蚤送饭盲知臊。④

高山流水响嘀嘀，

上邻下舍出谣歌，

他人爱讲由他讲，

俩人连到唔奈何。

连妹唔到心唔灰，

这回唔到下回来，

学生也有三年考，

哪有一考中秀才？

连妹唔到心唔冷，

二十阿哥正当年，

有志娶得皇帝女，

爱做世界赶后生。⑤

---

①客家话中高与交谐音。

②年三十晡：除夕。

③火辣：火烈也；生芦萁：未晒
干的山草，可作燃料。

④黄蚤：蟑螂，会放臊。

⑤世界：指事业；赶：趁；后
生：年轻。

妹今唔肯想得开，
你咳在来偃也在，
一个田螺一个窟，
变了爷来自有娒。

妹今唔肯也好哩，
哥也唔曾强求你，
男人总爱有志气，
何愁日后冇娇妻。

话哩断情就断情，
檐上放甑系断蒸，
豆藤老了爱拔毕，①
莫来反青又缠人。

同妹断了咳过赢，
黄秧莳田就转青，
餐餐食多三碗饭，
做稿力气都过猛。②

自从妹子冇来行，
阿哥得个好名声，
过去人喊二流子，
今日处处喊先生。

半山窝里鹧鸪啼，

妹子莫作系雉鸡，
鹧鸪一啼有双对，
妹也唔使思量偃。

（春华收集）

恋郎莫恋赌博郎

（8 段）

恋郎莫恋赌博郎，
三更半夜无归房，
赌到铜钱见个面，
大吃大喝销得光。

恋郎莫恋赌博郎，
赌博郎子貌唔扬，
瘦骨如柴鬼劫肉，
乌头垢面头发长。

恋郎莫恋赌博郎，
佢和盗贼裤连裆，
路头路尾行抢劫，
偷鸡摸狗算平常。

—————————————

①拔毕：拔掉。
②做稿：干活。

恋郎莫恋赌博郎，
赌博郎子常发狂，
带回赌输一肚气，
拳打老婆脚踢娘。

恋郎莫恋赌博郎，
赌博郎子情唔长，
半夜出门半夜归，
金簪银镯押赌场。

恋郎莫恋赌博郎，
赌博郎子冇春光，[①]
游手好闲做唔惯，
好食懒做田园荒。

恋郎莫恋赌博郎，
赌博郎子名声脏，
终有一日戴手铐，
垂头丧气入班房。

恋郎莫恋赌博郎，
赌博郎子命唔长，
几多赌场闯大祸，
害得家破又人亡。

（选自《武平歌谣集成》内部版）

鲤鱼歌

（10段）

唱歌来唱鲤鱼头，
别人妻子莫去糇；
自己有钱讨一个，
日同三餐夜共头。

唱歌来唱鲤鱼嘴，
父母年老子女爱；
敬重父母天有日，
忤逆胆大当尘灰。

唱歌来唱鲤鱼牙，
少年赚钱莫乱花，
赚钱好比针挑肉，
点点钱财爱顾家。

唱歌来唱鲤鱼肝，
交朋结友唔敢断，
落难时候有帮助，
急时还有做客餐。

①冇春光：无出头。

唱歌来唱鲤鱼肚，
甘心嫁郎不怕苦，
只爱两人有商量，
钱财事业做得有。

唱歌来唱鲤鱼肠，
媳妇不敢骂家娘，
家娘好比园中菜，
下皮摘掉上皮长。

唱歌来唱鲤鱼叉，
相骂唔敢投外家，
害得亲家杀鸡嫲，
唔花钱财捡来花。

唱歌来唱鲤鱼尾，
爷娘做事爱平心，
手心手背都是肉，
个个子女般般亲。

唱歌来唱鲤鱼心，
郎妹爱家一条心，
双方父母都要爱，
贤媳孝子受人敬。

唱歌来唱鲤鱼鳞，
这条鲤鱼唱完哩，
老嫩大细添福寿，
和睦相处万年青。

（王兰香唱，王星华收集整理）

村中大榕树

情歌/对歌

唔晓哪个情较长

（12 段）

男：枫树开花球搭球
　　别人话𠊎咁风流；
　　老妹唔曾找搭档，
　　阿哥唔曾讨老婆。

女：郎子英俊妹斯文，
　　俩侪美名州府传；
　　十八铜元分两半，
　　阿哥九文妹九文。①

男：上塘鱼子跳下塘，
　　唔晓哪塘水较凉？
　　咁多妹子都咁好，
　　唔晓哪个情较长？

女：手拿钓鞭放落河，
　　唔知河里有鱼么？
　　阿哥人才妹中意，
　　唔知俩人有缘么？

男：一树柑子半树青，
　　做哩男人也难堪；
　　心想开声连妹事，
　　又怕老妹来嫌弃。

女：一树柑子半树红，
　　做哩男人心爱雄；
　　只有男人先开口，
　　妹子开口脸会红。

男：松树越大尾越摇，
　　老妹越大越作魈，
　　只要老妹逍得好，
　　哥愿回去典青苗。

女：哥爱交情尽来交，
　　唔使回去典青苗；
　　哥呀不是败家子，
　　妹呀不是生钱痨。②

①九文：谐音“久闻”。
②痨：瘾，贪财。

男：大姐前情有也冇，
　　有哩前情莫连哥，
　　一男只有配一女，
　　两男一女事头多。

女：阿哥前情有也冇，
　　妹有前情样奈何，
　　一针只有穿一线，
　　一针两线结头多。

男：高高山上一枝花，
　　十人见到九人夸，
　　有心上前采一朵，
　　唔知冇棘会刺𠊎？

女：一对鸳鸯对门企，
　　俩人相望笑嘻嘻，
　　心肝问𠊎笑嘛个？
　　妹冇丈夫哥冇妻。

（王星华收集）

哥妹相交情意长

（43 段）

男：一条花树叶咁浓，
　　可惜生在簕头蓬，①

　　若系生在当阳处，
　　雨水润和花更红。

女：日头又辣路又烧，②
　　咁好红花也会焦，
　　有心你爱揳水泼，
　　莫来等看任佢燥。

男：妹子好比一盆花，
　　唔肯借人端过家，
　　天晴𠊎会揳水泼，
　　日辣𠊎会脱衫遮。

女：一条溪水绿油油，
　　有朵鲜花水上浮，
　　哥系有心收花起，
　　莫来看到任佢流。

男：一朵红花在水中，
　　想去探花水又深，
　　因为探花跌落水，
　　纵然浸死也甘心。

---

①簕头蓬：荆棘。
②烧：温度高。

薅田对歌

女：深山肚里一株梅，
　　经霜挨雪红花开，
　　明知深山有老虎，
　　因为寻梅舍命来。

男：风吹门板两片开，
　　你就冇爷厓冇娭，
　　两家都冇人管束，
　　天光暗晡放胆来。①

女：上岗爱上乌龙岗，
　　郎系大姓妹强房，②
　　万一交情人看到，

　　唔怕县官坐正堂。

女：隔远看到禾秆粗，
　　想你救饿蓸得时，③
　　只见郎花唔入米，
　　看你稻花到几时。④

男：上山唔得半山企，

────────────

①天光暗晡：白天黑夜。
②大姓：人口多的姓氏；强房：
　房族强的一方。
③蓸得时：没有那么快。
④稻花与郎花（花心）是双
　关语。

只见早禾正长粗，
样得禾黄食新米，
样得同妹结夫妻。

女：正月做田讲落秧，
　　唔到夏至禾唔黄，
　　阿妹好比早禾谷，
　　节气唔到唔登场。

男：古井肚里种香莲，①
　　阿哥一年等一年，
　　再过两年花满树，
　　哥会牵你出花园。

女：有心连妹莫来迟，
　　六月禾花会过时，
　　禾花谢落长江水，
　　哥系唔留打走哩。②

男：三条帆船过汀江，
　　一船胡椒两船姜，
　　莫话阿哥年纪小，
　　胡椒细细辣过姜。

女：鸭子细细敢落塘，

鲤鱼细细敢漂江，
蜜蜂细细连花树，
妹子细细恋情郎。

男：禾苗细细谷咁精，
　　秤砣细细压千斤，
　　画眉细细咁会唱，
　　妹子细细咁热人。

女：星子细细满天光，
　　胡椒细细辣过姜，
　　妹子细细会打扮，
　　热死几多少年郎。

男：日头咁辣路又烧，
　　姜头咁辣放胡椒，
　　妹子咁靓加打扮，
　　难怪阿哥心里笑。

女：三更半夜夜更深，
　　脚下冇鞋冷到心，
　　妹子好比春娘酒，
　　伴郎暖身做点心。

_____

①香莲：柑橘类，有香，像柚的
　香莲瓜。
②打走：流失。

男：手拿脚头来种田，①
　　一行豆子一行烟，
　　老妹好比八月角，②
　　上盘唔得爱郎牵。③

女：斜风斜雨落斜河，
　　斜竹斜篾织斜箩，
　　斜针斜线安斜纽，
　　斜妹斜眼割斜哥。

男：画眉眼来黄蜂腰，
　　相貌又好声又娇，
　　咁好人材偷眼看，
　　连妹唔到心里焦。

女：哥爱采花入花园，
　　有心连妹爱行前，
　　世上只有船靠岸，
　　唔曾见过岸靠船。

男：晓得锈花会穿针，
　　晓得弹琴会听音，
　　阿哥有情妹有意，
　　灯草打串心连心。

女：猪肉煮酒唔使汤，
　　饭汤洗衫唔使浆，④
　　分明妹子唔使讲，
　　有心栽花花自香。

男：山顶有花山脚香，
　　桥下有水桥面凉，
　　有情千里来相会，
　　冇情对面冇商量。

女：正月过了二月来，
　　处处花园有花开，
　　好花难得共条树，
　　好妹难得做一堆。

男：等看树子生嫩芽，
　　等看树子开红花，
　　等看妹子日日大，
　　可惜唔知落谁家？

————————————

①脚头：锄头。
②八月角：八月豆角。
③盘：指攀沿篱笆杆。
④唔使：不需。

女：妹子生得好人才，
　　好比月光走出来，
　　妹系月光哥系日，
　　唔知几时做一堆？

男：妹子生得咁斯文，
　　出入唔得共扇门，
　　食饭唔得共张桌，
　　洗面唔得共面盆。

女：桐树开花一球球，
　　样得桐子打桐油，
　　样得桐油来点火，
　　阿哥照火妹梳头。

男：𠊎渴𠊎倦𠊎懒声，[①]
　　花边贴脚𠊎懒争；
　　总爱妹子话一句，
　　上天无路𠊎会行。

女：妹是嫦娥哥是仙，
　　阿哥住在月光边，
　　妹子种头桂花树，
　　阿哥爱砍也唔难。

男：讲也闲来笑也闲，

　　脚下冇云上天难；
　　妹子好比月中桂，
　　看就容易砍就难。

女：高山顶上种牡丹，
　　看就容易摘就难；
　　月弦挂在云端上，
　　样得亲哥到手弹。

男：妹子生得好人才，
　　好比牡丹花正开；
　　手攀绿竹想对象，
　　钓饵落水望鱼来。[②]

男：远唔远来肯唔肯，[③]
　　共条山坑各个村；
　　一日唔曾见妹面，
　　白糖拌粥也难吞。

女：蜜蜂酿糖望花开，
　　哥想成双望妹来；
　　蜜蜂传花哥传妹，
　　塘里莲花倚水栽。

---

①懒声：不讲。
②钓饵：钓鱼的食饵。
③肯：读 kēn，平声，近的
　意思。

男：桃花开哩李花开，

　　阿妹问𠊎哪里来？

　　阿哥好比蝴蝶样，

　　因为花香随风来。

女：新买花钵种海棠，

　　清风吹来阵阵香；

　　万里蝴蝶飞来采，

　　采花唔怕路头长。

男：蝴蝶飞入百花园，

　　看过芙蓉看牡丹；

　　百样鲜花𠊎唔采，

　　单采一枝白玉兰。

女：圭竹烟筒单竹精，

　　贪郎才貌贪郎情；

　　贪郎才貌好传种，

　　贪郎情意解开心。

合：满街满巷人挤人，

　　来看狮岩迎大神；

　　大神咁好（哥）妹唔看，

　　单看亲哥（亲妹）一个人。

　　　　　　　　（王星华搜集）

铁树开花心唔休

（8 段）

男：石砌檐头唔使砖，

　　重瓮老酒唔会酸，

　　纸剪红花唔会谢，

　　心愿交情唔会断。

女：竹头生笋节节高，

　　节节也有竹壳包，

　　你咳包来包到老，

　　切莫包到半中腰。

男：新买纸扇十八行，

　　妹子说话好心肠，

　　听妹言语纸包起，

　　割草留根望久长。

女：燕子含泥过九江，

　　妹子送郎出外乡，

　　九月九日种韭菜，

　　两人交情万年长。

男：六月过了八月秋，

　　小溪出谷望年流，

　　黄鳝生鳞马生角，

　　铁树开花心唔休。

女：两条丝线长又长，
　　打个结头丢过梁，
　　千年唔见结头散，
　　妹子永久唔丢郎。

男：心愿交情永唔丢，
　　除非柑树结石榴，
　　除非日头西边出，
　　除非河水向上流。

女：三十日来转角圩，^①
　　俩人交情月尽哩，
　　楣杆底下种豆子，
　　你系有心缠到尾。

　　　　　　（星星搜集）

正合口味共盘装

（6段）

女：妹在这岗郎那岗，
　　俩人热法正难当，
　　好比仔鸭同姜炒，
　　正合口味共盘装。

男：一条山岗样咁长，
　　行了一昼还半岗，

　　有情老妹半路等，
　　冇情老妹照上岗。

男：上了一岗又一岗，
　　一身大汗热难当，
　　赶了半路遇情妹，
　　衫尾当扇俩人凉。

女：上岭唔怕岭岗长，
　　路上遇到有情郎，
　　同郎行路当坐轿，
　　甜言落肚赛蜜糖。

女：日头又辣路又岖，
　　又冇酒店又冇圩，
　　又冇细茶妹止渴，
　　又冇糕饼妹充饥。

男：莫话冇心算有心，
　　翻山过坳都来寻，
　　唔相唔识做一堆，
　　天送姻缘乐开心。

　　　　　　（春浩搜集整理）

———————————

①转角圩：农村集市，规定圩
　日，如：二、五、八岩前圩，
　三、六、九十方圩，逢十为
　转角，三十日月尽。

船到滩头水路开

（14 段）

男：镰刀唔利唔割禾，
　　篾青唔韧唔织箩。
　　交情就爱交到底，
　　莫听旁人来挑唆。

女：好花一朵压千红，
　　好妹一个情意浓。
　　𠊎个心意郎记稳，
　　夫唱妇随唔会穷。

男：着袜唔谛脚下寒，
　　脱袜正谛脚下暖。
　　有情唔谛情敢好，
　　断情才谛割心肝。

女：红纸写信寄𠊎哥，
　　爷娘嫁𠊎唔奈何。
　　恨死媒婆鬼开嘴，
　　害了阿妹和𠊎哥。

男：一顶花轿抬妹行，
　　阿哥看见泪淋淋。
　　此去他乡难回转，
　　喊𠊎怎能舍旧情？

女：𠊎今嫁哩大半年，
　　阿哥情意藏心间。
　　莲藕断哩丝还在，
　　苦哩阿哥苦娇莲。

男：手揸豆叶十二皮，
　　一日想你十二时。
　　一月想你三十日，
　　年头想你到年尾。

女：阿哥有情妹有心，
　　铁杵磨成绣花针。
　　郎是针来妹咳线，①
　　针行三步线来寻。

男：寻妹唔到心唔灰，
　　这回唔到下回来。
　　学生也有三年考，
　　哪有一考中秀才？

女：妹在河边洗衣裳，
　　起眼忽见𠊎情郎。
　　忙拿竹竿来赶狗，
　　双手牵郎入内房。

---

① 咳：是。

男：一条板凳两人坐，
　　两人见面话真多。
　　情哥见妹瘦又黑，
　　阿妹见哥泪滔滔。

女：阿妹十九花一枝，
　　嫁个丈夫大三十。
　　二月青草刚鲜嫩，
　　可恨撞上老牛舔。

男：咁愁咁闷爱想开，
　　你莫愁闷做一堆。
　　藤断自有篾索驳，
　　船到滩头水路开。

女：妹备白米和铜钱，
　　送俚情哥回家转。
　　归去娶妻有人惜，①
　　娶了妻房莫忘情。

（罗炳星搜集整理）

永久千秋莫断情

（18段）

男：八月十五系中秋，
　　冇个月饼送朋友，
　　冇钱交了有情妹，
　　永久人情唔会丢。

男：八月十五月团圆，
　　粉丝炒面缠对缠，
　　妹子有情郎有义，
　　永久千秋莫断情。

女：中秋月饼包糖心，
　　同郎紧聊情紧深，
　　牵手来看铜盆水，
　　星在唇边月在心。

男：八月十五月光光，
　　妹子同哥各一方，
　　咁好月光冇眼看，
　　咁好月饼冇心尝。

女：谷雨时节采嫩茶，
　　约到亲哥到妹家，
　　头春细茶拿来泡，
　　饮到俩人开心花。

女：食妹细茶莫嫌淡，
　　吞落肚里正知甘，
　　双手端茶哥止渴，
　　妹个人情哥爱领。

_____

①惜：疼爱。

古意（做粄）

男：盖杯冲茶圆叮当，
　　因为冇托手来扛，
　　双手扛茶妹唔接，
　　莫非怕郎放砒霜？

女：唔系怕你放砒霜，
　　阿哥扛茶唔敢当，
　　岌岗顶上滚石子，
　　只有翻下冇翻上。

男：妹子泡茶味道甘，
　　咳有滚水泡壶添，

好茶紧食紧有味，
同妹紧聊情紧生。

女：哥在山上妹山下，
　　哥今嘴渴又冇茶，
　　妹系有心噙口水，
　　阿哥唔怕口水渣。

男：𠊎爱转来𠊎爱归，
　　狐狸爱转狗摇尾，
　　猫抓糍粑难脱爪，
　　草纸上浆粘稳哩。

女：落雨就话落雨天，
　　天晴又话日头狠，
　　一年三百六十日，
　　哪有咁多乌阴天？

男：手拿竹篙拉拉横，
　　保佑今朝天就晴，
　　晒燥衫裤畀妹着，
　　晒干道路畀郎行。

　　县城岩前快百里，
　　朝晨行到日落西，
　　总爱俩人情义好，
　　唔怕行穿脚底皮。

女：一副蜡烛敬个神，
　　一副心肝想个人，
　　一个阿哥够𠊎念，
　　哪有心肝想别人？

男：想妹想到心里狂，
　　手拿香纸拜公王，
　　公王话𠊎冇嘛病，
　　魂魄还在妹身旁。

女：过了一山又一山，
　　山山也有伯公坛，

山山也有伯公树，
两人祈福两人还。

合：初一朝来十五朝，
　　手拿香纸当天烧，
　　郎系断情雷公打，
　　妹系断情天火烧。

（星星搜集）

山歌紧唱人紧亲

（8段）

男：爱唱山歌𠊎敢多，
　　好比泉水长年流；
　　山歌紧唱紧咯好，
　　要比泉水甜心窝。

女：山歌紧唱人紧亲，
　　唱得阿哥显真情；
　　食酒甲妹共个碗，
　　睡目甲妹共头眠。

男：山歌又好音又娇，
　　三弦来和九龙萧；
　　老妹姻缘郎有份，
　　玉石来造万年桥。

女：玉石来造万年桥，

　　两人交情交到老；

　　两人交到九十九，

　　唔怕别人来调笑。

　　　　　（廖泉发供稿）

女：送郎出门下广东，

　　老妹叮嘱三二宗，

　　口渴唔敢食冷水，

　　夜哩唔敢吹夜风。

女：送郎出门下广东，

　　咯人妹子唔敢动，

　　赌博场中莫去看，

　　莫忘老妹在家中。

男：乌豆打籽枝打枝，

　　阿哥想妹妹唔知

　　同𠊎讲话只会笑，

　　唔会同你聊一时。

女：黄麻打籽枝打枝，

　　阿哥想妹妹也知，

　　老妹姻缘有你份，

过段时间也唔迟。

　　　　　（方明安搜集）

俩人交情到白头

（5段）

女：对门有个同年哥，

　　赶紧前来同凳等，

　　𠊎是你个同年妹，

　　𠊎有话儿问哥哥。

男：叫你对门同年妹，

　　𠊎今前来同你坐，

　　你有话儿尽管讲，

　　莫叫阿哥等过多。

女：同年哥呀同年哥，

　　𠊎个话儿实在多，

　　话儿咁多难开口，

　　单等阿哥说出来。

男：嘛个事儿唔好讲？

　　嘛个话儿唔好谈？

　　俩人交情交到老，

　　俩人交情到白头。

合：哥有心来妹有心，

　　唔怕山高水又深，

　　山高自有盘山路，

　　水深自有撑船人。

　　　　（方明安搜集整理）

郎抬斛斗妹挑箩

（7段）

男：春天里来插菜秧，

　　妹妹好比月光光，

　　阿哥好比星子样，

　　夜夜陪妹到天光。

女：檀香烧尽变成灰，

　　一心等郎郎不来，

　　手扶栏杆琢目睡，①

　　梦中见郎心花开。

男：六月割禾乐呵呵，

　　郎抬斛斗妹挑箩，

　　别人话个咁和气，

　　哥话搭妹两公婆。

男：南风一吹心就凉，

　　好花一摘满身香，

　　妹子说出好情分，

将妹言语当干粮。

男：日头下山月光起，

　　妹子说来好言语，

　　只要情妹言得来，

　　三餐冇食也欢喜。

女：上岭唔得半岭企，

　　嘴又燥来肚又饥，

　　行到半路逢情哥，

　　目光投来充得饥。

男：日头落山就夜哩，

　　情妹要归只好归，

　　目珠送妹千百步，

　　脚步送妹步难移。

　　　　（春浩搜集）

世上只有藤缠树

（10段）

男：老妹前情有也冇，

　　有哩前情莫连哥，

　　一男只有配一女，

　　两男一女事头多。

────────────

①琢目睡：打瞌睡。

曾经对歌的地方

女：阿哥前情有也冇，
　　妹有前情样奈何，
　　只有一针穿一线，
　　一针两线结头多。

男：日头落山冉冉低，
　　黄竹斫来做笛吹，
　　头笛吹来陪妹聊，
　　二笛吹来送妹归。

女：日头落山冉冉低，
　　黄竹斫来做笛吹，
　　阿哥有情又有意，
　　十句吹来九句归。

男：撑船撑到大路边，
　　唔晓老妹要搭船，
　　妹要搭船快开口，
　　偓哥立即就泊船。

女：你爱莲花快向前，
　　你爱老妹莫挨延，
　　世间只有船泊岸。
　　冇曾见有岸泊船。

男：门前桐子开白花，
　　大风吹来满地下，
　　妹要连郎尽开口，
　　莫做杨梅暗开花。

女：阿哥开口妹喜欢，
　　要妹开言会红脸，
　　世上只有藤缠树，
　　冇曾见过树缠藤。

男：撑船撑到柳树边，
　　柳树阴阴好泊船，
　　妹妹好比柳树样，
　　被风吹落别人船。

女：清早葵花面向东，
　　一心想你做老公，
　　柳叶会被风吹动，
　　催妹冇人勾得动。

（春浩搜集）

阿哥阿妹情意长

（12 段）

男：门前桐子开白花，
　　大风吹来满地下，
　　妹爱连郎先开口，
　　莫做杨梅暗开花。

女：一树杨梅半树红，
　　郎爱老妹胆爱雄，

　　阿哥有意先开口，
　　老妹开口脸会红。

男：荷树叶子叶青青，
　　这个老妹样敢靓，
　　今日阿哥见下得，
　　夜晡睡目打癫声。

女：鱼子好吃爱油煎，
　　今个世界唔比先，
　　前个哥哥情意好，
　　今个哥哥贪新鲜。

女：上条埂子下条窝，
　　拗个树叶哥垫坐，
　　双手招哥转来聊，
　　催有膝头畀你准凳坐。

男：门对门来窝对窝，
　　有情老妹过来坐，
　　有情老妹过来聊，
　　阿哥陪你唱山歌。

女：日头落山窝地黄，
　　老妹门口等情郎，
　　听到情郎脚步响，
　　手拿鸡蛋炒酒娘。

男：日头落山又一工，

　　阿哥和妹情意浓，

　　只爱两人情意好，

　　唱歌唱到月头濛。

女：高岭崇上溜竹尾，

　　竹尾点火送郎归，

　　上夜送到狗子叫，

　　下夜送到金鸡喔喔啼。

男：送妹送到大路边，

　　情哥情妹把手牵，

　　阿哥同妹来做伴，

　　唔怕老虎出山巅。

女：月光上天壁子光，

　　老虎下山等猪羊，

　　狐狸出来等鸡鸭，

　　哥哥出来等布娘。

男：老妹出来等情郎，

　　朝晨等到月头黄，

　　月头落哩月光起，

　　月光落哩天大光。

（何照远、梁玉清搜集）

只有金鸡配凤凰

（4 段）

女：有女唔嫁鼓手郎，

　　吹起鼓手命么长，

　　有只金鸡配凤凰，

　　一夜无眠到天光。

男：风流好了难受伤，

　　有哥无妹难成双，

　　豆腐好吃难磨浆，

　　只有金鸡配凤凰。

女：山歌唔唱唔风流，

　　八月茶籽打茶油，

　　指望茶油来点火，

　　指望阿哥聊风流。

男：有女爱嫁鼓手郎，

　　鼓手郎子命好长，

　　吃了咁多千家饭，

　　看了咁多靓布娘。

（兰盛田搜集整理）

阿哥恋妹一世情

（18 段）

男：山歌唔唱心唔开，
　　大路唔走长青苔。
　　脚踏青苔溜溜滑，
　　妹唔约哥哥唔来。

女：千言万意劝情哥，
　　阿哥恋妹莫恋多。
　　莫学筛子千只眼，
　　要学蜡烛一条心。

男：好花一朵压千红，
　　好妹一个情意浓。
　　阿妹吩咐记心上，
　　阿哥恋妹一世情。

女：红纸写字寄情哥，
　　爹娘嫁𠊎唔奈何。
　　恨死媒婆大脚腿，
　　害了𠊎妹和情哥。

　　一顶花轿抬妹行，
　　村头见哥泪淋淋。
　　此去他乡难回转，

阿妹恋哥真绝情。

男：阿妹嫁去大半年，
　　阿哥日夜挂心间。
　　莲藕断哩丝还在，
　　怎让阿哥唔恋姮。

　　卖了猪来卖了田，
　　买下礼盒和丝线。
　　袋装荷包绣花鞋，
　　明天上路把线连。

女：阿妹河边洗衣裳，
　　起眼看见𠊎情郎。
　　忙拿竹竿来赶狗，
　　双手牵郎进屋房。

男：上厅拿来新酒娘，
　　下厅拿来鲜鸡汤。
　　前锅煎好荷包蛋，
　　后锅蒸好鸽子汤。

女：一条板凳并肩坐，
　　两人对应话真多。
　　阿哥见妹瘦又黑，
　　阿妹见哥泪汪汪。

男：情郎酒杯一边放，

　　后脚跟到阿妹房。

　　红罗帐来象牙床，

　　贴心话儿用箩装。

女：百般无奈劝情哥，

　　莫把妹子来思量。

　　情哥身体要保重，

　　温寒饥饿要相当。

男：蜜糖甜甜山中来，

　　泉水清清井中来。

　　妹是蜜糖哥是水，

　　蜜糖泉水合起来。

　　妹子十八花一朵，

　　老公大妹三十多。

　　二月青草刚鲜嫩，

　　刚好碰上老黄牛。

女：黄连苦苦山中来，

　　泉水清清井中来。

　　妹是黄连哥是水，

　　黄连井水合不来。

男：蜜糖甜甜甜入心，

　　泉水清清清如镜。

　　蜜糖入水水如蜜，

　　今生哥妹不分心。

　　黄连苦苦苦入心，

　　泉水清清看唔清。

　　黄连入水水又苦，

　　今生哥妹难断情。

女：妹备白米和铜钱，

　　送哥回家目含情。

　　回家讨个有情女，

　　莫忘𠊎妹一片心。

（陈龙连搜集）

象洞光彩山歌

（8段）

男：阿哥今年呀样咁衰，

　　睡到半夜呀起桅杆，

　　嘛人扳得阿哥个桅杆倒哇，

　　蒸烂猪蹄呀请佢（她）食一餐。

女：唔谛当真呀系搞摊，[①]

　　桅杆唔使用手扳，

　　唔使老妹两三下，

　　就像雪打芋荷一般般。

——————————

①搞摊：闹着玩。

男：妹在外排哥里排，

　　唔敢转头来看偓，

　　脚下有个崩蓬涝，

　　脚骨跌断莫害偓。

女：新打樵刀八寸长，

　　拿来倒树做新床，①

　　新床面上承蓆子，

　　蓆子承妹妹承郎。

男：新屋新舍新眠床，

　　新鲜阿妹新鲜郎，

　　新打磨石磨豆腐哇，

　　叽叽嘎嘎到天光。

女：妹系盾牌哥系枪，

　　一枪一盾配得上，

　　斧头专打松光结，

　　老草专斗十月霜。

男：一到年关债又多，

　　么个心事屋下坐，

　　那个刚刚吊锅子，

　　里个又来吊砂煲。

女：一个番豆两个仁，

　　同生同死偓两人，

　　还生两人共枕睡，

　　死哩两人共下眠。

（谢达桓搜集）

山中恋歌

（12段）

男：抬起担竿挑竹麻，②

　　老妹咁靓嫁给偓。

　　老妹唔要挑长担，

　　偓把纸票送碓下。③

女：枫树叶子叶霖霖，

　　老公老妹头面人，

　　偓个老公办公事，

　　冇人敢来欺负人！

男：过哩一窝又一窝，

　　斫樵老妹转来坐。

　　一人斫樵冇嗒萨，④

　　不如转来陪阿哥。

———————————

①倒树：砍树。

②担竿：扁担。

③纸票：钞票；碓下：草纸加工

　作坊。

④冇嗒萨：没意思。

女：两支山歌唔要嗲，
　　头上戴哩烂笠麻，
　　身上着个烂裈子，
　　一身透下更虱麻。①

男：三张铁扎打张耙，②
　　两支歌子唔要嗲，
　　山歌本子𠊎唔带，
　　零嗒唱得日头斜！③

女：短命子来死猴哥，
　　冇撩冇拨来唱歌，
　　唱得𠊎赢冇要紧，
　　唔赢索绑棕索拖！

男：你要山歌唱你听，
　　唔敢嫌𠊎烂衫筋。
　　有情阿哥做一件，
　　老妹着哩飞上天。

女：枫树叶子叶霖霖，
　　见得声音唔见人，
　　有情哥哥噢嚅打一个，
　　省得阿妹满山寻！

　　你那边来𠊎这面，
　　隔窝隔山唔得见。

灯芯一截架座桥，
有冇胆子过得转？

男：深山割油好孤单，④
　　盼得老妹也进山。
　　老妹割樵割得少，⑤
　　哥割一把凑一担。

女：上驳墩子下驳窝，
　　吊只篮子来寻哥，
　　哥在深山窝里住，
　　喊妹同来唱山歌！

男：上山唔得墩下企，
　　上得山来肚又饥。
　　有情阿哥等一驳，⑥
　　当得汀州搭船归。

（林永芳收集）

①一身透下：从头到脚；虱麻：
　虱子。本句意思是你配不上
　我，还有什么脸面笑话我。
②铁扎：作田埂用的农具。
③零嗒：零碎的，零头。
④割油：采割松香。
⑤樵：柴草。
⑥一驳：一程。

作田要作落垄丘

（13 段）

女：作田要作落垄丘，
　　谷子割冇秆总有，①
　　连哥要连连到老，
　　唔敢有种冇秋收！

男：六月种薯秆要遮，
　　六月种薯望冬下。
　　保佑番薯快快大，
　　冬下带揪同一家。②

　　八月初一又来哩，
　　老妹红裤做来哩，
　　旧年做的嫌太短，
　　今年做的加长哩！

女：有情阿哥咁爱惜，
　　斫两猪肉无人知。
　　好在老妹行得快，
　　黄虫灶鸡拖走哩。

　　上天落雨 催唔怕，
　　只爱哥哥约哩 催，

哥的牛肉好绑酒，
妹的粉干好绑茶！

男：扇子飘飘春到夏，
　　日日飘到妹屋下。
　　问你老妹应句话，
　　那久才有答复 催?③

女：日头落山又一天，
　　哥哥倘过又一年，
　　老妹倘过还较得，
　　哥哥倘过真可怜！

男：日头咁炙炙嗬嗬，
　　炙死门边一头禾。
　　白日想哩有禾割，
　　夜晡想哩有老婆。

女：日头咁炙风咁凉，
　　郎食甘蔗妹食糖，
　　妹来帮哥种谷子，
　　凌冰和雪般般凉！

----

①秆：稻草。
②揪：聚拢，使之团圆。
③那久：何时，什么时候。

男：倒行树子扛扛扛，
　　一心倒哩凿花床。
　　凿哩花床作嘛个？
　　花床凿好睡新娘。

女：落雨洗衫栏杆晾，
　　栏杆站哩等亲郎，
　　等哩亲郎半晌昼，
　　前锅煎蛋后锅酿！

男：坐下添来聊下添，
　　聊到两人要喜欢，
　　莫等上天落大雨，
　　莫等以后唔得闲！

女：石头砌路一掌平，
　　妹啊怜哥同哥行。
　　指望同哥一起聊，
　　指望同哥一起行。

（林永芳搜集）

郎坐田头妹坐崇

（18 段）

男：日头一出东边红，
　　赶只黄牛来上工；
　　边唱山歌边行路，

一头犁耙揩鸡笼。

女：日头出来红彤彤，
　　老妹斫樵陪老公；
　　妹与郎子面对面，
　　郎坐田头妹坐崇。

男：门对门来槽对槽，
　　对门老妹样咁魈；
　　上岭斫樵唱山歌，
　　句句唱开哥心头。

女：讲唱山歌唔算魈，
　　句句唱来解心愁；
　　唱得云开见星子，
　　唱得水浅见石头。

男：妹个山歌岭上来，
　　爱唱山歌哥来陪；
　　由你唱到天同地，
　　节节唱来节节回。

女：郎有情来妹有情，
　　偃同郎子心连心；
　　夫妻恩爱深似海，
　　和和睦睦赛赢人。

男：难得老妹咁有情，
　　　崖郎唔敢冇良心；
　　　崖家娘子爱咁好，
　　　哪里还要连别人？

女：心肝哥啊靓相公，
　　　样般你就讲唔通；
　　　逗鸡唔需一扎米，
　　　一抠冇谷也入笼。

男：心肝老妹莫逗哥，
　　　人人挣钱差唔多；
　　　辛苦挣钱分妹用，
　　　铁打肩头会磨过。①

女：心肝郎子心肝哥，
　　　崖妹实在爱阿哥；
　　　只爱亲哥同妹好，
　　　百把块钱唔算多。

男：心肝妹呀要分相，
　　　崖有老少家难当；
　　　供大子女唔容易，
　　　野花哪有家花香？

女：心肝阿哥莫咁刮，②
　　　阿哥搭妹也值得；
　　　钱财如土情意重，
　　　野花结果也会发。

男：心肝妹啊莫多情，
　　　崖哥唔系那种人；
　　　唱唱闲谈冇要紧，
　　　千万莫同妹偷情。

女：山歌紧唱紧较精，
　　　难得亲哥咁正经；
　　　祝愿夫君长百岁，
　　　妹食粥汤也甘心。

男：心肝妹呀爱想开，
　　　你爱耐心等郎来；
　　　等到半月龙水转，
　　　上夜作水下夜犁。

女：嘀嗒锁子嘀嗒开，
　　　脚下睡个生人来；
　　　睡到半夜冇转折，③
　　　样般喊崖妹花开。

----

① 磨过：磨损。
② 刮：小气。
③ 转折：翻过身。

男：心肝老妹莫天真，

　　　偓家娘子较纯真；

　　　粗茶淡饭随时有，

　　　郎有难处饥哩填。

女：唱哩咁久要来归，

　　　还要再唱暗毕哩；①

　　　郎子归去岭下食，②

　　　老妹归去灶头转灶尾。

（邓文化搜集）

脱毕袜子着草鞋

（6 段）

男：脱毕袜子着草鞋，

　　　世上老实就是偓；

　　　嫖赌二字偓唔晓，

　　　唔好之人讲坏偓。

女：十八哥子讲行谛，

　　　前日在偓门前过；

　　　一见你郎动妹心，

　　　手做花鞋诈唔谛。③

男：十八妹来莫想偓，

　　　尽心尽意做花鞋；

　　　偓系人家贞节子，

　　　还有大人管督偓。

女：十八哥来要搭你，

　　　偓唔怕你大人谛；

　　　十八妹来也会魈，

　　　再多钱财偓唔要。

男：十八哥来情头高，

　　　哪敢同妹作花槽？

　　　以后别人捉啊到，

　　　祠堂有份贴族条。

女：心肝哥啊讲你谛，

　　　壁上族条偓撕佢；

　　　哪个旁人做得主？

　　　拿条人命奈何佢。

（邓文化搜集）

山歌姻缘表真情

（13 段）

男：上驳岭子过横排，

　　　先行老妹会甲偓；

　　　等到周年生贵子，

　　　圆脸圆目还像偓。

---

①暗毕：天黑。

②岭下食：马上有吃。

③诈唔谛：假装不知道。

女：上到岭头就过窝，
　　后面阿哥敢对歌；
　　若然你能唱赢𠊎，
　　膝头畀你枕凳坐。

男：下了岭子过田坑，
　　山歌爱唱你先行；
　　只爱老妹同郎好，
　　百万家财由你担。

女：阿哥唱得真有情，
　　唱到𠊎妹不是人；
　　小妹不是天仙女，
　　捧得咁高巴结人。

男：杉树紧大尾紧尖，
　　老妹紧大紧卜癫；①
　　今年卜癫还较得，
　　明年卜癫面向天。

女：有咁古怪冇咁奇，
　　阿哥唱得还离题；
　　猫公下河搜鱼子，
　　鸡公上山捉狐狸。

男：妹个才华𠊎也谛，
　　世上怪事百般奇，
　　𠊎爱老妹交情事，
　　郎来对歌妹出题。

女：嘛个弯弯一把弓？
　　嘛个弯弯一点红？
　　嘛个滴滴零叮对？
　　嘛个遮塞暗蓬蓬？

男：桃叶弯弯一把弓，
　　桃果尖尖一点红；
　　桃果满树零叮对，
　　桃树遮塞暗蓬蓬。

女：阿哥唱来蛮古捶，
　　把妹唱成一堆泥；
　　又把𠊎妹当木勺，
　　唱得𠊎比草木低。

男：眉毛弯弯一把弓，
　　嘴子尖尖一点红；
　　美女奶子零叮对，
　　罗裙遮塞暗蓬蓬。

———————————

①卜癫：发疯。

女：十八亲哥咁有情，
　　句句唱来妹欢心；
　　升筒般长娘带大，
　　唱支山歌表娘情。

合唱：郎有情来妹有情，
　　　郎妹永久结同心；
　　　抒情山歌唱唔完，
　　　山歌姻缘表衷情。

（邓文化搜集）

今日和妹情意浓

（11 段）

男：山歌紧唱心头开，
　　梁野山顶等妹来；
　　今日老妹失哩约，
　　亏我阿哥白等来。

女：今朝实在还吃亏，
　　睡目过头太昼哩；
　　今日约郎唱山歌，
　　害得情郎久等哩。

男：老妹真正好口才，
　　唱得偃郎心花开；
　　请问老妹家何处？
　　要你称名称姓来。

女：亲哥有心咁有情，
　　妹住中堡朱坊人；
　　林姓金凤咳偃名，
　　借问情郎又何人？

男：亲妹问得确有情，
　　哥咳大禾邓坑人；
　　本是姓邓名已化，
　　感谢亲妹咁有心。

女：山歌唱得妹连心，
　　情歌家中有嘛人？
　　爹娘生偃独生女，
　　妹今单身就一人。

茶园采茶也对歌

男：心肝妹，的的亲，

　　有心有情问家人；

　　倕家还有二老在，

　　全家共有六个人。

女：亲妹有言话郎谛，

　　亲郎你要听分明；

　　爹娘话倕要招婿，

　　亲郎可否能答应？

男：难得老妹咁真诚，

　　句句话言落倕心；

　　两家如同一家事，

　　为养老人世间情。

女：心肝哥，的的亲，

　　今日相约话也明；

　　讲亲成功情常在，

　　祝愿情郎万年青。

男：心肝妹，志相同，

　　今日和妹情意浓；

　　盼望早日拜双亲，

　　喜结良缘早相逢。

（邓文化搜集）

赛过牛郎织女星

（7段）

女：阿哥得病妹着惊，

　　手点电筒星夜行；

　　踏进间门卷罗帐，

　　开口问哥病重轻。

男：重不重来轻不轻，

　　多谢老妹有心行；

　　床前有张矮凳子，

　　坐下慢慢讲你听。

女：心肝阿哥话你谛，

　　有病爱请医生医；

　　若然阿哥冇钱使，

　　倕妹情愿当棉衣。

男：心肝老妹话你谛，

　　棉衣切莫当毕哩；

　　棉衣唔咪倕做个，

　　还有爹娘会骂你。

女：实实在在话你谛，

　　棉衣当毕也冇奇；

　　棉衣当毕赎得转，

　　一朝冇郎枉心机。

男：心肝老妹咁真情，

　　阿哥时刻念在心，

　　𠊎哥病源有好转，

　　一定同妹结姻缘。

女：金口良言吐真情，

　　海枯石烂不变心；

　　相亲相爱相处好，

　　赛过牛郎织女星。

（张继发搜集）

十想妹子十想郎

（21 段）

男：一想妹，是新年，

　　𠊎哥今年二十零，

　　心中想妹冇本讲，①

　　暗愁暗急会急癫，

　　唔得一天过一天。

女：一想郎，是新年，

　　想哥想哩几夜年，②

　　心中想哥唔敢讲，

　　好比哑子吃黄连，

　　心里有苦唔敢言。

男：二想妹，想得多，

　　日日想妹夜梦多，

　　梦里与妹一起聊，

　　梦里与妹一起坐，

　　手脚发抖唔敢摸。

女：二想郎，想得多，

　　日日想郎做𠊎哥，

　　想托媒人与哥讲，

　　又怕爷娘话𠊎骚，

　　饮食唔下瘦咁多。

男：三想妹，三月三，

　　老妹生得一枝花，

　　好比天上七仙女，

　　丢毕荣华富贵日，

　　想连老公下凡间。

女：三想郎，三月三，

　　想得郎到心就甘，

　　总爱两人心甘愿，

　　鲤鱼唔怕浅水滩，

　　愿嫁和尚穿袈裟。

―――――――――

①冇本：不敢。

②几夜：好多。

男：四想妹，四四方，
　　想跟老妹共张床，
　　又怕老妹唔答应，
　　斜眼拿你骂一场，
　　骂得𠊎哥难抵挡。

女：四想郎，四四方，
　　单身妹子睡冷床，
　　哥哥切莫胆咁小，
　　过来与妹共张床，
　　唔怕睡到天大光。

男：五想妹，南风天，
　　妹系嫦娥哥系仙，
　　想跟阿妹睡一夜，
　　阿哥住在月光边，
　　唔晓俩人有冇缘。

女：五想郎，南风天，
　　南风吹灭妹油灯，
　　想跟哥哥聊一夜，
　　送哥一条红手巾，
　　唔怕旁人话𠊎癫。

男：六想妹，热难当，

六月出汗湿衣裳，
阿妹好比芭蕉扇，
阿妹好比雪豆汤，
阿妹一来心就凉。

女：六想郎，热难当，
　　哥哥咁热唔使慌，[1]
　　阿妹好比杨梅树，
　　杨梅一食甜又香，
　　杨梅树下好乘凉。

男：七想妹，七月秋，
　　阿妹家中样样有，
　　阿妹有情又有义，
　　阿妹人貌第一流，
　　就怕阿妹嫌𠊎穷。

女：七想郎，七月秋，
　　哥哥比妹还更有，
　　哥哥勤劳又节俭，
　　性情又好又温和，
　　唔愁阿哥冇老婆。

_____

①唔使：不用。

男：八想妹，桂花香，
　　想妹唔得到天光，
　　睡到半夜做迷梦，
　　梦里跟妹共张床，
　　迷梦一醒月照郎。

女：八想郎，桂花香，
　　香气吹入妹闺房，
　　阿哥唔使遮遮掩，
　　阿妹日日等偃郎，
　　摘枝桂花插妹床。

男：九想妹，九九长，
　　九月想妹心唔慌，
　　偃哥今朝主意定，
　　同偃阿妹结成双，
　　结成一对好鸳鸯。

女：九想郎，九九长，
　　九月连郎情更长，
　　好比蝴蝶成双对，
　　好比织女对牛郎，
　　结成夫妻百年长。

男：十想妹，十月霜，

　　十月割禾谷满仓，
　　选个结婚好日子，
　　明年贵子生一双，
　　哥哥名声传四方。

女：十想郎，十月霜，
　　十月怀胎妹身上，
　　哥哥家里风水好，
　　偃妹生个双胞郎，
　　一家幸福有名扬。

合：再想妹来再想郎，
　　两厢情愿水样长，
　　阿弥陀佛保佑您，
　　保佑偃郎（妹）身体好，
　　幸福生活万年长。

（廖泉发演唱，钟茂富记录整理）

郎想妹，妹回郎

（25 段）

男：正月想妹唔出正，
　　偃今想妹十分靓，
　　百般计谋想呀转，
　　老妹有么来上岭，
　　有么姻缘同郎行。

女：正月回郎妹么靓，
　　石头咁大草篮轻，
　　哥有爹娘会管着，
　　妹有老公也会声，
　　这种事情做唔成。

男：二月想妹落雨天，
　　托到子嫂探妹言，
　　郎打单身全靠妹，
　　旱田么水全靠天，
　　河中么水难行船。

女：二月回郎落雨天，
　　哥哥莫来想妹连，
　　冇谷打秧难做种，^①
　　石壁莳禾难生根，
　　自家做事爱划算。

男：三月想妹是清明，
　　因为想妹急到魂，
　　当面见妹难开口，
　　仔脚连妹唔老成，^②
　　又么嫂嫂做媒人。

女：三月回郎是清明，

好嫖好赌害自身，
　　大人爷娘也爱骂，
　　兄弟姊嫂爱吵分，
　　亲郎做事爱想真。

男：四月想妹日子长，
　　时刻想稳嫩娇娘，
　　瞎子穿针唔对线，
　　目珠朦胧唔见光，
　　因为么到妹绣房。

女：四月回郎日子长，
　　老妹开口劝亲郎，
　　别人老婆唔过夜，
　　芒秆点火一时光，
　　惹到是非嘛人当？

男：五月想妹过节边，
　　艾叶拿来插门前，
　　哥今好比日头样，
　　老妹就是天狗生，
　　求妹开口来团圆。

―――――――――

①冇谷：瘪壳谷。
②仔脚：年纪小。

女：五月回郎过节边，
　　唔爱想死爱想癫，
　　别人老婆想过日，
　　口食霜雪心爱冷，
　　年轮老哩正知天。

男：六月想妹是热天，
　　着件单衫唔爱冷，
　　二只奶菇崇崇起，
　　裙子系在胸肝前，
　　唔会想死爱想癫。

女：六月回郎是热天，
　　妹子解劝畀郎听，
　　世上好多风流子，
　　好嫖好赌销了钱，
　　老哩么子正知天。

男：七月想妹割早禾，
　　因为连妹愁得多，
　　夜晡睡目发眠梦，
　　眠梦过里唱山歌，
　　又同老妹共下坐。

女：七月回郎打早禾，
　　妹今又来解劝哥，
　　再爱遮掩有人晓，

水底打鱼爱起波，
名声唔好连累哥。

男：八月想妹香桂花，
　　因为老妹转外家，
　　三日唔全见妹面，
　　薯粉拌羹吞唔下，
　　好比犯法揩铁枷。

女：八月回郎桂花香，
　　句句言语解劝郎，
　　打扮老妹总咁足，
　　（虽然老妹有简好）
　　同妹睡哩心里惊，
　　鸡啼一面怕天光。

男：九月想妹是重阳，
　　看到老妹咁排场，
　　打帮老妹咁漂亮，
　　想烂心肝想烂肠，
　　唔得老妹作鸳鸯。

女：九月回郎是重阳，
　　哥今自家想分详，
　　连到老妹来交甲，
　　唔当自家讨布娘，
　　别人老婆么久长。

男：十月想妹来做磊，
　　双手抱住老妹来，
　　郎子伏在妹身上，
　　天上人间天仙配，
　　同妹共枕乐开怀。

女：十月回郎打强蛮，
　　拖倒老妹扒烂衫，
　　唔全讲到妹甘愿，
　　一碗盐头难冲淡，
　　这事爱做做唔成。

男：十一月想妹大雪交，
　　叮嘱老妹来砍柴。
　　总爱老妹听郎话，
　　做件红衫出布条，
　　小心打粉嫩娇娇。

女：十一月回郎大雪交，
　　先日连妹哥咁刁，
　　以前强蛮连催妹，
　　蛤蟆缚索肚中腰，
　　一肚饱气唔得消。

男：十二月想妹又一年，

又么柴烧又么钱，
妹妹斫柴哥紧揽，
坐在娇莲膝头边，
时刻同妹讲聊天。

女：十二月回郎又一年，
　　妹今实话讲哥听，
　　人家过年双双对，
　　别人老婆行唔前，
　　哥哥莫来想妹连。

男：闰月想妹月又重，
　　难得老妹来想逢，
　　妹个心肝铁打个，
　　炉火烧哩铁爱熔，
　　总爱哥哥舍人工。

（蓝红英搜集）

樵山情歌

（22段）

男：日头出来一团红，
　　阿哥砍柴上山峰，
　　有个老妹做个阵，[①]
　　有头大树砍唔动。

——————————

① 做个阵：做个伴。

女：有斧唔愁树唔动，
　　妹子割烧上山峰，
　　白鸽带铃云下飞，
　　飞东飞西去寻双。

男：砍柴砍到日当空，
　　肚饥没力斧头重，
　　样得有个心肝妹，
　　吊壶茶水把饭送。

女；割烧割到日当中，
　　脚踏人影肚里空，
　　阿哥有妹爱想开，
　　有哩鸡子总有笼。

男：大树一人砍唔动，
　　锯树没双唔断筒，①
　　阿哥没妹唔成对，
　　两手有力也是空。

女：天上落雨先调云，
　　唔曾连哥先听清，
　　莫学米筛千只眼，
　　爱学蜡烛一条心。

男：朝晨砍树到如今，

口唱山歌当点心，
老妹有心和哥唱，
胜过雪里送炭情。

女：新打茶壶"锡"在心，
　　哥个山歌是本情，
　　妹子没才也想唱，
　　又怕同口唔同心。

男：砍柴容易劈柴难，
　　一树劈毕汗几担，
　　阿哥扛得岭岗起，
　　唔知连妹样咁难。

女：爱食桃子把树栽，
　　山歌好唱爱口才，②
　　哥爱连妹话一句，
　　船到滩头水路开。

男：九月九日是重阳，
　　阿哥砍树在岭岗，
　　满山回声听得见，
　　声声"光棍"又"光郎"。

----

①断筒：断节。
②爱：需要。

女：九九重阳好时光，
　　高山流水响叮当，
　　哥在岭岗砍树子，
　　满山回音妹心装。

男：砍树莫到大路边，
　　路过几多嫩娇莲，
　　目送娇莲阵阵过，
　　害㑃砍树砍唔断。

女：行路莫行大路边，
　　路边花草惹人连，
　　细心挑选摘一朵，
　　当作老妹在面前。

男：大树生在半山腰，
　　唔好跋脚树难倒，
　　样得有妹肩垫脚，
　　叠个罗汉摘仙桃。

女：看哥倒树唔好倒，
　　妹子心里也极焦，
　　愿给阿哥肩垫脚，
　　好比一双鸳鸯鸟。

男：高山顶上一头松，
　　唔怕雨来唔怕风，
　　今朝砍里扛归去，
　　送给妹子暖寒冬。

女：松树咁大叶咁青，
　　松树底下好遮阴，
　　哥妹扛树唔需力，
　　恰似流星风送云。

男：锯树锯到月上岭，
　　哥妹双双汗水淋，
　　四目双双对对转，
　　嫦娥看到起妒心。

女：锯树锯到月上岭，
　　拉来操去心对心。
　　阿哥流汗妹会擦，
　　神仙哪有㑃感情？

男：新做担竿五尺长，
　　担柴下山转回庄，
　　老妹放心慢慢走，
　　千斤担子郎担当。

静静竹排歌悠悠

女：风吹竹叶皮皮青，

　　露打野花唔着惊，

　　总爱俩啥感情好，

　　各人五百平对平。

（钟春林搜集）

郎有情来妹有情

（16 段）

男：高山顶上一株梅，

　　手攀梅树等妹来；

　　十朵梅花开九朵，

　　留朵梅花等妹来。

女：爱唱山歌那就来，

　　亮开嗓门就登台；

　　唱到昼边唔须走，

　　唱到夜晡月华开。

男：中间一条平川河，

　　榕树头下人咁多；

　　榕树千年唔倒毕，

　　留 倨同妹唱山歌。

女：平川城里喊武平，

　　榕树头下咁多人；

　　保佑大家快点走，

　　留 倨同哥讲真情。

男：门对门来呈对呈，①

　　对门阿妹唔知名；

　　对面阿妹唔知姓，

　　不知名姓喊唔成。

————————

①呈对呈：呈，念 chāng，对
　着看。

女：买了柑子又买梨，
　　阿妹娘家小姓李；
　　阿妹排行第三位，
　　姓名就此告诉你。

男：食哩柑子又食梨，
　　阿妹自言高姓李；
　　三妹确实人品好，
　　七位仙女不如你。

女：响洋洋来闹洋洋，
　　阿哥居住在何方？
　　阿哥尊名和贵姓？
　　人品好来情意长。

男：响洋洋来闹洋洋，
　　阿哥就是小姓张；
　　小名老二同个县，
　　同妹只隔一个乡。

女：郎唱山歌妹也随，
　　妹在家中洗衫衣；
　　洗得衫哩客又到，
　　煎得茶哩又昼哩。

男：今日相逢在此方，
　　爱同阿妹聊一场；
　　保佑今朝天气好，
　　保佑今朝日更长。

女：郎有情来妹有情，
　　两人有情赛人赢；
　　二人有情又有意，
　　相识相爱系缘分。

男：新买剪刀唔使磨，
　　有情阿妹唔使多；
　　好你阿妹有一个，
　　当得月光照大河。

女：日头落山坳上红，
　　郎系狮子妹系龙；
　　狮子上山龙下海，
　　明日这里又相逢。

男：日头落山冉冉低，
　　倒条黄竹做笛吹；
　　头笛吹哩陪妹聊，
　　二笛吹哩送妹归。

女：日头落山夜毕哩，
　　阿哥也是爱去归；
　　抬高脚步慢慢走，
　　阿妹真情伴你回。

（郑选和搜集）

两人欢乐相交情

（10 段）

男：老妹的确一流人，
　　满面春风笑盈盈，
　　肉色又靓又白净，
　　嘛人见到都开心。

女：阿哥生得恁笑容，
　　好像春风暖融融，
　　春风吹到妹身里，
　　惹到老妹心头动。

男：郎着白衫白盈盈，
　　妹着白衫蝴蝶形，
　　老妹好比蝴蝶样，
　　糇死许多风流人。

女：𠊎妹无夫苦难当，
　　塘里无水鱼难养。

睡到半夜思想起，
爬床抓席到天光。

男：阿哥单身真苦情，
　　许多辛苦算唔清，
　　单只筷子唔成对，
　　老天怎样咁无情。

女：𠊎妹单身也凄凉，
　　有话唔知同谁讲，
　　日愁油盐夜愁米，
　　夜夜睡个冷脚床。

男：刀切槟榔两片开，
　　蒸酒唔得酒娘来。
　　今下阿妹已开口，
　　俩人合意心花开。

女：唱起山歌爱人和，
　　吹起笛子爱琴和。
　　只爱二人心甘愿，
　　唔须再托媒人婆。

男：一面镜子两片光，
　　一片阿妹一片郎。
　　一面麒麟配狮子，
　　一面金鸡配凤凰。

女：俩人欢乐相交情，

　　藤断篾驳有真情，

　　绫罗蚊帐绣花枕，

　　一对鸳鸯笑盈盈。

　　　　　　（郑选和搜集）

莳田对歌

（6段）

男：正月做田讲落秧，

　　唔到夏至禾唔黄，

　　老妹好比早禾谷，

　　节气唔到唔登场。

女：清明时节等秧长，

　　六月割禾等禾黄，

　　阿哥想妹早开口，

　　俩人唔讲爱着慌。

男：三月莳田四月青，

　　四月莳田难转青，

　　妹爱连哥趁年嫩，

　　老秧莳田谷尾轻。

女：三月莳田丁丁起，

　　唔得禾苗结谷枝，

　　唔得谷枝变成米，

　　唔得俩人共盖被。

男：一丘大田四四方，

　　阿哥莳田妹送秧，

　　俩人一心禾头大，

　　禾子一割入洞房。

女：莳田莳到四月边，

　　脚踏浊水唔得鲜，

　　睡到半夜床板响，

　　魂魄还在哥身边。

　　　　　　（何照远搜集整理）

哥跟妹子配成双

（13段）

男：唱歌唔么放高声，

　　只爱字句听得真，

　　鹧婆声高有人骂，

　　竹鸡声细有人听，

　　阿妹声娇郎爱昏。

女：连妹莫连隔河娇，

　　大雨一落冇了桥，

　　哥要桥头来哭妹，

　　妹在桥尾来哭郎，

　　哥妹哭断桥一条。

男：月头尖尖往西走，
　　打个钩子钩月头，
　　钩子挂在云端上，
　　唔全钩到唔收钩，
　　连妹唔到唔回头。

女：妹子割烧冇精神，
　　哥唱山歌妹来听，
　　山歌就像值钱宝，
　　解了忧愁解了闷，
　　声声句句妹人心。

男：哥在岭上打树杈，
　　妹在路上走人家，
　　右手拿着红花伞，
　　左手抱个胖娃娃，
　　好比荷叶罩莲花。

女：天上浮云占四方，
　　底下黄河又长江，
　　皇帝登座金銮殿，
　　菩萨总是在庙堂，
　　情哥长在妹心房。

男：眼看妹子前面来，
　　风摆杨柳好身材，

　　有心向前讲句话，
　　旱地蛤蟆口难开，
　　见了笑笑转回来。

女：哥跟妹子配成双，
　　餐餐食饭哥先尝，
　　老妹食肉哥食汤，
　　食个鸡蛋留个黄，
　　哥爱妹子妹爱郎。

男：一阵日头一阵阴，
　　一阵狂风进竹林，
　　狂风吹断嫩竹笋，
　　山歌打动妹个心，
　　哥请山歌做媒人。

女：妹子跟哥隔条河，
　　天天朝夕下坡河，
　　并肩携手同车水，
　　对腔对板唱山歌，
　　阿妹打鼓哥打锣。

男：月头出山往上游，
　　妹子园里摘石榴，
　　哥在园外讨个食，
　　妹把石榴往外丢，
　　好比彩楼抛绣球。

南风冇比北风凉，

荷花冇比桂花香，

燕子垒窝筑巢忙，

梧桐树上落凤凰，

情妹爱个有情郎。

女：哥比梧桐树一棵，

妹比红嘴绿鹦哥，

飞到树上停了脚，

衔来柴禾垒个窝，

多谢阿哥照应多，

（徐桂荣、何照远搜集整理）

乌云遮月月唔明

（7 段）

男：唔唱山歌唔谛情，

一唱山歌得罪人。

闲人听哩还较得，

阿妹听哩会断情。

女：唔味老妹唔谛情，

想唱山歌心爱真。

阿哥心里有倕妹，

阿妹化灰也甘心。

男：纸做猪头哄鬼神，

看你唔咪真情人。

嘴里就话同倕好，

心里还在挂别人。

女：手拿锯子锯竹筒，

锯开才见腹里空，

先日当郎正君子，

久哩才知一条虫。

男：手拿菜刀来切葱，

切开才知两头空。

先日当妹好酒娘，

开盎才知臭哄哄。①

女：天上日头可作证，

夜晚月光有眼睛。

若骗倕哥情和意，

雷打火烧死倕身。

合：乌云遮月月唔明，

雾中看花花唔真。

世上姻缘双方定，

白头偕老度终身。

（罗炳星整理）

---

①盎：酒缸。

情歌/长歌

长歌，大部分都有手抄本，歌词一般较长，特别是民间流传的历史传说歌，都是叙事夹抒情的歌体。

十杯酒

（10 段）

一杯酒，引郎来，
引郎来到八仙台，
八仙台上摆酒肉，
象牙筷子两边排，
老妹等着情郎来。

二杯酒，酒会酸，
食得哥哥心不安，
酒酸酒甜算小事，
人意好来食水甜，
两人相好莫弃嫌。

三杯酒，酒醇清，
食得哥哥汗淋淋，
妹拿手帕擦郎汗，
叮嘱哥哥爱记心，

下次要来带手巾。

四杯酒，酒儿甜，
哥妹相问哪日生，
哥生正月元宵节，
妹生十五闹花灯，
两人结拜真同年。

五杯酒，笑连连，
哥妹相问连几年，
蚯蚓生鳞马生角，
石板盘桥万万年，
阎王殿里情不断。

六杯酒，六双双，
骗毕大姐和老公，
骗毕爷娘并娣嫂，
自家做事自家当，
唔怕名声出外乡。

七杯酒，七月秋，

哥哥咁苦妹富有；

哥哥咁苦妹会贴，

贴到两人般般有，

小河合水望长流。

八杯酒，桂花开，

手攀花树心花开，

开花一年只一次，

哥哥你有几次来，

单等桂树八月开？

九杯酒，是重阳，

哥哥单食重阳酒，

好比金鸡配凤凰。

重阳酒子喷喷香，

老妹单连少年郎。

十杯酒，天大光，

打开间门送郎出，

天大事情妹担当。

轻轻手子拍醒郎，

叮嘱哥哥心莫慌。

（选自《武平歌谣集成》内部版）

十二月连妹歌

（12段）

正月连妹聊新年。

杀鸡杀鸭打肉丸，

正月十五元宵节，

一心等妹嫩娇莲，

等妹饮酒搭划拳。

二月连妹雨纷纷，

心肝老妹爱听真，

两人相好要到老，

莫像割青半中断，

石壁泉水情（清）唔深。

三月连妹三月三，

郎咁标致妹咁靓，

郎咁圆滑妹咁巧，

两人风流一般般，

恰似芙蓉配牡丹。

四月连妹日子长，

郎子连妹妹连郎，

郎爱麒麟配狮子，

妹爱金鸡配凤凰，

总爱两啥结鸳鸯。

五月连妹是节期，

咁多姐妹都来齐，

咁多姐妹来应节，

样般唔见心肝你，

莫非家中打骂哩？

六月连妹割早禾，

郎子想妹妹想哥，

心想同妹来坐聊，

渔网挂壁斜眼多，

长筒皮鞋总是靴（羞）。

七月连妹是立秋，

两人情意少得有，

黄鳝生鳞马生角，

铁树开花水倒流，

阎王勾簿情莫丢。

八月连妹聊月华，

月光照着偃俩侪，

保佑月光云遮住，

两啥楼中来探花，

探到同妹共一家。

九月连妹九九长，

郎子魂妹妹魂郎，

郎子魂妹唔得夜，

妹子魂郎唔得到天光，

两啥相思爱同房。

十月连妹小阳春，

伞子遮脚难舍情（晒裙），

伞子遮脚情难舍，

十分难舍老妹情，

阳春正好结知心。

十一月连妹做雪天，

哪得雪融上妹门，

哪得雪融同妹聊，

同妹一聊开片天，

乐过天上和合仙。

十二月连妹又一年，

郎给妹子喜送年。

围裙包着新衣服，

鸡公搭在猪肉前，

妹啊明年又来连。

（选自《武平歌谣集成》内部版）

十绣荷包

（10段）

一绣荷包两面粉，
你绣狮子催龙腾，
当中绣起金绣球，
两面绣起好容颜。

二绣荷包两面花，
要买丝线送姐家，
姐冇嫌你东西少，
催郎还在新起家。

三绣荷包一条边，
好马过桥不用牵，
好石磨刀不要水，
好妹连郎不要钱。

四绣荷包四石雕，
哥哥莫嫌催荷包，
好丝好线针针绣，
一心绣来结郎腰。

五绣荷包五面绸，
荷包挂在哥裤头，
风吹荷包罢罢转，

看见荷包好风流。

六绣荷包面面细，
一摸荷包想到你，
想妲荷包腰上带，
想妲小妹结夫妻。

七绣荷包七枚针，
劝妲哥哥要良心，
只敢一心对一姐，
唔敢三心对别人。

八绣荷包绣金边，
送给阿哥装银钱，
银钱装来莫乱想，
时刻想妹在身边。

九绣荷包重锁隐，
送给阿哥下梅县，
想起梅县路途远，
想起小妹割心肝。

十绣荷包绣得真，
送给阿哥上南京，
南京街上多买卖，
要买十样送妹身。

（流传于闽西武平等地，桃汛搜集）

做鞋歌

（12段）

正月做鞋争起头，
十人看哩九人糇，
有情哥哥拿去着，
么情哥哥唔敢糇，
着妹鞋子有奔头。

二月做鞋用真心，
十层布子九层新，
鞋底打起鸡心底，
鞋面做起花鸡心，
打扮阿哥起入心。

三月做鞋三月三，
先做鞋头后做踭，
鞋头纳朵牡丹花，
鞋面绣对鸳鸯鸟，
打扮哥哥尽欢心。

四月做鞋日子长，
老妹做事有主张，
做鞋唔系脱脚样，
手拈针线想情郎，
拿哥着哩正合章。①

五月做鞋是端阳，
头双做的士林阳，
二双做个标准洋，
拿哥着哩几合装，②
打扮哥哥争排场。

六月做鞋真苦情，
手汗一大难拿针，
熬过几多串心夜，
断了几多绣花针，
拿哥着哩莫忘情。

七月做鞋七月秋，
手拿针线想到有，
尽心尽意做靓鞋，
打扮情郎情爱专，
偃哥穿鞋出人头。

八月做鞋桂花开，
做双鞋子着脚下，
嘱咐哥哥爱着稳，
时时爱穿莫穿差，
专心爱妹心莫花。

---

①合章：这里指合脚。
②合装：合适。

九月做鞋九九长，

做双鞋子送情郎，

一针一线连着郎，

尽心尽意爱情郎，

情意好比水流长。

十月做鞋是立冬，

二人连爱情意浓，

做鞋送郎情意重，

针针线线有妹功，

连得阿哥心头动。

十一月来快过年，

两人连爱将一年，

送双鞋子郎开心，

嘱咐两人情又深，

偃对哥哥情够真。

十二月来就过年，

两人情意一长年，

郎也唔敢来丢妹，

妹也唔敢来丢郎，

两人情意永久长。

（魏秋香唱，华佬收集整理）

送偃亲郎到门岭

（10段）

一送亲郎下坝圩，

包袱伞子妹挽哩；

大家问偃去哪里？

送哥出门做生意。

二送亲郎露芒岗，

露芒岗上起牌坊；

再上几脚满姑峎，

起眼一看碜头塘。

三送亲郎盘龙岗，

盘龙岗上好地方；

盘龙岗上生龙口，

代代送出读书郎。

四送亲郎罗坑岗，

罗坑岗上好乘凉；

罗坑岗上一口井，

二人食哩透心凉。

五送亲郎溪头圩，

脚踏人影肚中饥；

叮嘱哥哥爱打点，

岭下水口爱等你。

六送亲郎石头坑，
石崖聚教样般行；[1]
两人又想倒回转，
手牵娇莲慢慢行。

七送亲郎到峰下，
峰下口渴爱喝茶；
叮嘱食茶爱洗碗，
切莫贪人喉濑渣。

八送亲郎三背街，
山背地属系江西；
江西人性较硬朗，
随机应变爱灵机。

九送亲郎到罗塘，
罗塘开有糕饼行；
拿出花边来买饼，
哥哥盲食妹先尝。

十送亲郎到门岭，[2]
灯芯拿来准烂邦；
赚到铜钱爱归转，
切莫陷入花柳坑。

（林玉艳搜集整理）

十八妹

（7段）

十八妹，同过河，
郎骑白马妹骑骡，
郎在马上眯眯笑，
妹在骡上笑呵呵，
心想探花人咁多。

十八妹，同过（横）排，[3]
郎送包头妹送鞋，[4]
郎的包头要钱买，
妹送香鞋手中来，
郎子着哩心花开。

十八妹，同过桥，
两人桥上摇一摇，
郎子牵手搭妹过，
妹子双手揽郎腰，
郎妹相亲乐逍遥。

---

[1] 石崖聚教：路面凹凸不平。
[2] 下坝、民主、门岭是民国以
    前民主食盐上下的生意之路。
[3] 横排：方言指山间小路。
[4] 包头：指裹头裙子。

古意（茶亭）之三

十八妹，同过乡，
开口问妹嘛个香？
妹身唔曾带香袋，
十七十八桂花香，
桂花香出少年郎。

十八妹，同交心，
郎脱衣衫妹脱裙，
郎脱衣衫当被盖，
妹脱罗裙顶席眠，
好比童子拜观音。

十八妹，同哥连，
口口问妹要否钱，
上等之人讲情义，
下等之人讲银钱，
要郎钱财不是好娇莲。

十八妹，同哥有，
问妹情事几时丢？
黄鳝生鳞马生角，
铁树开花水倒流，
阎王勾簿情才丢。

（选自《武平歌谣集成》内部版）

十送郎

（10段）

【武平十送郎调】

一送郎，问门边，
手拿厘戥称花边，
一个花边七钱三，
拿给阿哥做茶钱。

二送郎，厅下中，
点起香烛拜祖宗，
祈求祖宗爱保佑，
郎子早日转家中。

三送郎，天井边，
一堆乌云遮半天；
保佑上天落大雨，
留倕情哥宿夜添。

四送郎，大门边，
门前有头好香莲；①
摘颗香莲哥哥带，
清暑解渴赶路程。

五送郎，五里亭，
五里亭上难舍情；

再送五里情难舍，
十分难舍有情人。

六送郎，坎子下，
记好老妹心里话，
天晴入来找茶食，
落雨入来拿伞遮。

七送郎，泉水窝，
陪郎食水陪郎坐；
手帕拿给郎拭汗，
围裙解给郎垫坐。

八送郎，桂树边，
风送桂花香喷喷；
左手攀的桂花树，
右手搭的倕心肝。

九送郎，九九长，
同哥一聊话又长，
千秋莫讲断情事，
情意相像水流长。

---

①香莲：一种像柚，但可包皮
切一块块吃，味香甜的一
种瓜。

十送郎，遥岌峇，

紧送紧远心紧痛；

好比燕子飞南海，

唔知哪日再相逢？

（选自《武平歌谣集成》内部版）

妹送情

（11 段）

送郎送到衣架边，

件件衣衫挂架前，

件件衣衫挂架上，

郎子挂在妹心间。

送郎送到纱窗边，

推开纱窗望半天，

保佑天上落大雨，

留转亲哥歇夜添。

送郎送到厅堂中，

拱手作揖拜祖公，

祖公祖母来保佑，

我郎一路安顺风。

送郎送到墙角东，

遇着二位堂叔公，

二位叔公莫多事，

做双花鞋你过冬。

送郎送到墙角西，

天公闭眼雨霏霏，

左手打伞郎遮雨，

右手搭郎笑微微。

送郎送到十字排，

郎赠胭脂妹赠鞋；

郎赠胭脂要钱买，

妹赠花鞋手中来。

送郎送到大桥头，

手扶栏杆望水流；

水流长江归大海，

露水夫妻无出头。

送郎送到一里亭，

一里亭内说私情；

人多难说私情话，

眉眼寄托心中情。

送郎送到三里排，

口问亲哥几时来？

来与不来要回信，

免得催妹挂心怀。

送郎送到五里铺，

手懒脚软心难过，

凤凰上山龙归海，

梨子难切情难丢。

送郎送到十里亭，

难舍难分泪淋淋，

本当再送十里路，

鞋尖脚小步难行。

（选自《武平歌谣集成》内部版）

十想妹（一）

（10 段）

【武平五句板小调】

一想妹，正后生，

身材又好貌又靓；

走到井中照人影，

虾公老蟹都来争，

难怪阿哥心想攀。

二想妹，正当时，

头发剪来齐目眉；

牙齿好比银打个，

眼线丢来笑眯眯，

靓似莲花出水皮。

三想妹，系苗条，

白皮细肉身材高；

肌骨生来有咁正，

蚕眉细眼黄蜂腰，

眼刮打来利过刀。

四想妹，年纪轻，

不高不矮相貌靓；

你的婚姻有郎份，

水浸天门也爱行，

行路唔得轿来迎。

五想妹，性情柔，

好比柳絮贴水河；

软声和气心地好，

吵骂惹事未曾有，

若唔连到心唔休。

六想妹，大义明，

句句言语都动人；

镜箱落甑蒸梳匣，[①]

棉线穿针难舍情，

老姜炒酒热死人。

---

①蒸梳匣：真须惜。

七想妹，笑哈哈，
山上一朵羊角花。
穿着朴素年纪嫩，
好似三朝白豆芽，
谁人见到不爱她？

八想妹，好颜容，
唔曾食酒脸绯红，
行起路来风阵阵，
讲起话来又从容，
话中有蜜甜溶溶。

九想妹，好人才，
好比前朝祝英台，
倨哥就系梁山伯，
相思牵着妹窗台，
夜夜总想共枕来。

十想妹，结姻缘，
只爱相好不惜钱，
门前大丘可拿当。
屋后青山可卖钱。
总爱同妹有团圆。

（选自《武平歌谣集成》内部版）

十想妹（二）

（10 段）

【武平五句板小调】

一想妹，巧梳妆，
头发梳得样咁长，
金簪银簪插一对，
赛过天上仙女娘，
仙女下凡配董郎。

二想妹，好目神，
好像潭水咁鲜明，
左目啯来右目转，^①
啯去啯转真迷人，
迷得倨哥夜难眠。

三想妹，好笑容，
开口一笑气重重，
牙齿好比高山雪，
嘴唇好比石榴红，
石榴哪得到手中？

---

①啯，方言，音 guō，指眼睛看
　人滴溜溜转。

四想妹，像枝花，

花香逗得蜂蝶来，

逗得𠊎哥心火起，

黄连甘草泻唔下，

总想老妹共一家。

五想妹，咁端庄，

半高不矮好才娘，

半高不矮人才好，

身穿衣衫又排场，

盖过广东十三方。

六想妹，好行庄，

脚踏莲花步步香，

屁股扭出拨浪鼓，

又多情来又大方，

逗得𠊎哥心头痒。

七想妹，想成双，

想和你妹结鸳鸯，

日里想哩唔得夜，

夜想唔得到天光，

滚床打席苦难当。

八想妹，嫩娇娥，

人又圆滑性又柔，[①]

晓得哥哥心头事，

解得哥哥心中愁，

总想同你结公婆。

九想妹，想得昏，

想同老妹共同餐，

总想同妹同铺睡，

快快乐乐活神仙，

天也宽来地也宽。

十想妹，想得长，

荷花总想落莲塘，

麒麟总想配狮子，

金鸡总想配凤凰，

绫罗帐里喝蜜糖。

（选自《武平歌谣集成》内部版）

十二时想妹想成双

（12段）

子时想妹半夜中，

想来想去想唔通，

有钱之人妻几个，

无钱之人情无踪。

---

① 性又柔：指脾气好，性情
柔和。

丑时想妹鸡快啼，
一夜未曾闭眼皮，
一夜未曾睡好觉，
目汁流湿枕头被。

寅时想妹天朦胧，
月光还挂天空中，
打开窗门望明月，
眼望明月手拍胸。

卯时想妹天大光，
唔知老妹在哪方？
唔知老妹在哪里？
单只筷子想成双。

辰时想妹日头红，
再灵心肝想得薯，①
再灵心肝想得笨，
总想同妹乐融融。

巳时想妹闷沉沉，
出门进屋冇句声，
别人问倻冇答应，
想得倻哥病一身。

午时想妹日正中，
想得心头苦衷衷，
喝茶好比吞药水，
食饭冇菜懒得动。

未时想妹日偏西，
相思得病药难医，
若要倻哥病医好，
老妹服侍身边跂。

申时想妹系黄昏，
想妹怨得肚肠断；
一餐唔食冇要紧，
三餐唔食瘦几斤。

酉时想妹黑了天，
唔曾食夜先吸烟，
烟瘾想赶连妹瘾（念），
谁知念妹情更深。

戌时想妹懒洋洋，
冷被冷席又冷床，
哪得情妹热火笼？
烘暖被帐烘暖床。

_____

①想得薯：想得心灵迟钝，思
维不灵活。

亥时想妹心想疼，

总想老妹做一双，

总想老妹做一对，

烧烧暖暖共床中。

（选自《武平歌谣集成》内部版）

十想郎（一）

（10 段）

【武平五句板小调】

一想郎，好人才，

相貌又靓嘴又乖，

逢人总是眯眯笑，

好像星光逗月华。

逗得 偲妹心花开。

二想郎，情谊长，

样样对妹有相帮，

作田帮妹来看水，

砍柴帮妹把树上，

挑担等驳情难忘。①

三想郎，想得迷，

心中相思无人谛，

白天想郎一起聊，

夜晡想郎共盖被，

山伯英台结夫妻。

四想郎，四四方，

因为想郎想断肠，

白天想郎唔得夜，

夜晡想郎惊眼到天光，②

总想金鸡配凤凰。

五想郎，郎子来，

偲妹心头乐开怀.

先拿板凳 偲郎坐，

后递香烟又倒茶，

轻声细语眼刮斜。

六想郎，六中中，

煮碗粉干加放葱，

一碗粉干两个蛋，

哥啊你要食到空，

妹子情意在其中。

---

① 挑担等驳：帮助挑一段。

② 惊眼到天光：方言，指一夜
　失眠。惊眼，不闭眼。

七想郎，七兴兴，

苏州席子摊床眠，

绫罗蚊帐绣花枕，

一对鸳鸯笑盈盈，

两人欢乐相交情。

八想郎，公鸡啼，

瘟瘴公鸡咁早啼，^①

瘟瘴公鸡咁早叫，

催促鸳鸯快分离，

保佑狐狸叼走佢。

九想郎，九九长，

打开窗门看月光，

月光还在西山顶，

祥星还在东北方，

多睡一阵也无妨。

十想郎，天露光，

轻轻手儿拍醒郎，

打开后门送郎出，

句句叮嘱心莫慌，

天大事情妹担当。

（选自《武平歌谣集成》内部版）

十想郎（二）

（10 段）

一想郎，想不开，

自从没有共一堆，

从来没有共下聊，

井中担水看郎来，

叮嘱哥哥今夜来。

二想郎，日落西，

娇莲想郎门背企，

双手牵郎入妹屋，

叮嘱哥哥莫怕佢，

今夜二人结夫妻。

三想郎，进妹房，

叮嘱哥哥心莫慌，

老官家娘唔在屋，

子嫂叔嬷有相帮，

今夜二人结鸳鸯。

---

①瘟瘴公鸡：嫌公鸡太早啼鸣，
　故骂它为瘟瘴公鸡。

四想郎，上了床，

手拿单被盖亲郎，

双手搬郎肚上睡，

黄鳝入窿来过痒，

两人咁好味又长。

五想郎，夜更深，

偎郎睡目睡阵阵，

偎郎睡目阵阵睡，

八卦花被盖郎身，

金鸡啼了好起身。

六想郎，鸡啼哩，

娇莲拍醒亲郎哩，

今夜金鸡啼咁早，

拍醒亲郎好去归，

碗中点心食毕佢。

七想郎，妹想您，

天上落雨样般归，

一来又怕早露水，

二来又怕失脚哩，

亲郎跌里妹心疾。

八想郎，夜咁长，

双手牵郎到转床，

牵郎到转床上睡，

二人床上结鸳鸯，

搞搞笑笑到天光。

九想郎，久久长，

九月九日是重阳，

九月九日重阳节，

割只鸡子打碗汤，

亲郎食哩做新郎。

十想郎，妹想您，

总想亲哥交人意，

一来唔想郎个钱，

二来唔想郎衫衣，

总总爱郎好东西。

（华佬收集）

十二月望郎来

（12 段）

正月里来梅花开，

旧年过去新年来，

风吹梅花花落地，

梅花香里望郎来。

二月里来柳叶开，
柳树叶开燕归来，
多情柳树随风舞，
多情妹子望郎来。

三月里来梨花开，
妹话摘桃入园来，
入园唔系摘桃子，
手攀花树望郎来。

四月里来荷花开，
手捧香茶出房来，
红荷白荷娇又嫩，
荷花池边望郎来。

五月里来榴花开，
妹子打扮出园来，
小小凉亭好饮酒，
斟杯美酒望郎来。

六月里来禾花开，
禾花谢了三伏来，
禾叶尖尖招露水，
十指尖尖望郎来。

七月菱角花又开，
燕子双双飞进来，
牛郎织女相聚会，
阿妹门前望郎来。

八月海棠花儿开，
天上明月照下来，
明月多情照塘水，
塘边洗衣望郎来。

九月里来菊花开，
手提烧酒进房来，
房中独饮菊花酒，
枕上孤单望郎来。

十月里来霜花开，
妹在房中绣花来，
绣出好花街上卖，
街头街尾望郎来。

十一月来雪花开，
手拿扫子扫雪来，
手拿扫子扫开雪，
扫开大路望郎来。

古意（荫桥）

十二月来灯花开，

枕上相思结难开，

鸳鸯枕上有双对，

夜半三更望郎来。

（华佬搜集）

十八连

（25段）

十八哥，爱连𠊎，

你莫门前壁背埃，

你爱茶来入来食，

你爱酒来入来筛，

你爱贪花快连𠊎。

十八妹，讲你知，

今有时间来连你，

食得茶来会昼了，

食得酒来日落西，

又怕爷娘晓得哩。

十八哥，讲你知，

言语口话答应佢，

街上逢到好朋友，

就是食酒下象棋，

下得象棋月落西。

十八妹，嫩娇娘，
𠊎今问你借三样，
一来借你鸳鸯枕，
二来借你象牙床，
三来借你救命王。

十八哥，少年郎，
老妹家中有三样，
漆匠店里才有鸳鸯枕，
木匠店里才有象牙床，
药材店里才有救命王。

十八妹，讲你谛，
𠊎今老实讲你谛，
双手弯弯鸳鸯枕，
脚子打开象牙床，
抱郎睡到天光哩。

十八哥，讲你谛，
言语口话答应你，
你爱连𠊎行到老，
你爱心肝破得开，
你爱连𠊎快好来。

十八妹，学连郎，
脚踏树枝手搬墙，

因为连郎受夫打，
拳打脚踢满身伤，
又想食药难舍郎。

丈夫打你𠊎也谛，
𠊎在门前壁背跂，
又想入来救开打，
又想前来帮救你，
免得暴夫来打你。

丈夫打𠊎你莫来，
自有旁人会救开，
丈夫晓得更加打，
打得娇莲苦难当，
火上加油雪加霜。

暴夫打你𠊎也慌，
郎出钱财开药方，
买上珍珠生人胆，
买回树上玉桂皮，
医好老妹来交情。

丈夫打𠊎也冇伤，
唔抹钱财开药方，
也冇珍珠生人胆，
也冇树上玉桂皮，
你爱断情尽断情。

你爱断情尽断情，
做张呈子到南京，
一来告你有情意，
二来告你有长情，
三来告你连别人。

你爱断情紧断情，
唔怕呈子到南京，
南京有个包文镇，
二人堂前训分明，
看你有情紧有情。

十八妹，紧断情，
手拿算盘算分明，
穿了几多绸和缎，
三年扯了九条裙，
雷公单打断情人。

十八哥，紧断情，
将你呈子算分明，
食了几多蛋丝酒，
四年做了九双鞋，
雷公打你冇打俚。

十八妹，尽断情，
俚郎修身做好人，
剃了头发做和尚，

手拿角尾口念经，
赛过神仙吕洞宾。

食斋食里八百年，
再食二年寿一千，
上身唔臭油头漫，
下身唔臭女人骚，
赛过神仙更清高。

十八哥，爱神仙，
先日唔敢入妹间，
入过妹间唔贞节，
再去食斋唔上天，
到转凡间配娇莲。

俚今讲得咁真心，
还有一样唔真心，
讲起风流先眠倒，
背颈落地脸向天，
目珠割割割郎边。

俚今讲得咁真心，
还有一样唔真心，
讲起风流先跪倒，
双脚跪在妹面前，
好比猴子拜西天。

妹子讲里咁值钱，
唔讲人意先讲钱，
上身脱开白如雪，
下身脱开泮湖田，
害了几多嫩少年。

十八妹，偃唔贪，
你今约郎初二三，
约来约去初七八，
等来等去月半边，
你紧等偃偃唔连。

十八哥，唔连偃，
上圩有个王公子，
手拿文章做得来，
时时刻刻想念偃！
一百花边爱连偃。

十八妹，唔连偃；
有哩人才有人猴，
下圩有个李玉子，
贴郎铜钱贴郎鞋，
倒贴铜钱会连偃。

（刘天保搜集）

十想郎（三）

（10 段）

一想情郎日落西，
亲身出门妹孤凄；
一对鸳鸯少一只，
唔知何日才双栖。

二想情郎月半边，
分手容易见面难；
铁树开花难得见，
月里嫦娥难近前。

三想情郎黄昏时，
百鸟正系归来时；
百鸟归来有双对，
只妹同哥两分离。

四想情郎烧早香，
思想情哥泪两行；
烧了香烛拜天地，
愿郎早日结鸳鸯。

五想情郎月在东，
路远飘飘信难通；
路远飘飘难见面，
夜夜同哥梦中逢。

六想情郎月半边，
枕边思想泪涟涟；
夜夜睡目唔落实，
时时发梦郎身边。

七想情郎月在中，
口话难搭信难通；
夜夜发梦见郎面，
睡哩才知一场空。

八想情郎月转西，
冇好事来瘟瘴鸡；
梦中同哥正幽会，
好景给佢啼走哩。

九想情郎天大光，
心灰意懒来起床；
头懒梳来脸懒洗，
因为相思懒洋洋。

十想情郎日出哩，
唔晓情郎谛唔谛；
朝晨想到日当午，
昼边想到日落西。

　　　　（高天宝搜集）

送情郎

（10 段）

送郎送到一里亭，
煮只鸡子来送行；
妹妹礼轻情意重，
常把老妹挂在心。

送郎送到二里亭，
怀中取出酒一瓶；
袋中拿出杯两只，
𠊎与情人来送行。

送郎送到三里亭，
黄金白银赠情人；
黄金不重人心重，
有钱难买真心人。

送郎送到四里亭，
取下金簪送情人；
三钱三分物虽轻，
唔敢忘记老妹情。

送郎送到五里亭，
一把雨伞送情人；
上遮日头保阴凉，
遮风挡雨遮了身。

送郎送到六里亭，
单衣棉衣送情人；
中途路上衣衫烂，
好有替换遮自身。

送郎送到七里亭，
一双棉鞋送情人；
棉鞋好走登山路，
爬岭越岽一身轻。

送郎送到八里亭，
八宝丝带送情人；
丝带本是千条线，
系在腰中挂在心。

送郎送到九里亭，
怀中取出状元红；
画龙画虎难画骨，
知人知面不知心。

送郎送到十里亭，
手抱头儿放悲声；
不哭爹来不哭娘，
单哭情郎离别情。

（方明安、兰李福整理）

十想妹（三）

（10 段）

一想妹，真苦情，
日冇安乐夜冇眠，
心中想妹难开口，
好比哑子去问神，
二人哑口都冇声。

二想妹，想娇莲，
肚中有话不能言，
衣衫拿来高万丈，
然何十情难摊天，
样得同妹来团圆。

三想妹，想断肠，
郎想老妹妹想郎，
日哩见妹微微笑，
夜哩唔得到天光，
偓哥真正苦难当。

四想妹，妹爱声，
二人风流拿来行，
总爱老妹有意情，
田螺有脚会过岭，
唔消媒人讲得成。

五想妹，是端阳，
老妹同郎共心肠，
一世修来共枕睡，
二世修来共眠床，
三世修来共地方。

六想妹，想得皎，
时时刻刻想娇娇，
总爱老妹同郎聊，
天大事情讲得消，
唔抹食饭也有饱。

七想妹，正割禾，
咁久唔全同妹坐，
手拿白纸来写信，
又怕旁人讲啰嗦，
笼糠炙酒暗到过。①

八想妹冇咁仙，
好比天上七姑星，
老妹人缘有郎份，
真正死里会翻生，
脚下有云上得天。

九想妹，爱长情，
同催莫同别个人，
又怕争风会相打，

争风打死几多人，
惯得老妹一个人。

十想妹，又一年，
交情时晨在床前，
神灵唔消多嘱咐，
妹好唔消郎多言，
老妹有意郎有缘。

（高天宝搜集）

十送妹

（10段）

一送妹，来起床，
老妹起来穿衣裳，
听得鸡啼狗紧汪，②
恐怕睡哩趄天光，
哥哥来送心肝娘。

二送妹，出门边，
老妹行路爱小心，
阎王扒得咁唔好，
唔得老妹来团圆，
夜夜都在郎身边。

---

①暗：燃烧。
②紧汪：狗叫声。

三送妹，出大坪，
想起连妹也艰难，
亲哥就来吩咐妹，
再久唔见爱一般，
嘱妹心事莫丢滩。

四送妹，上路行，
叮嘱老妹爱上岭，
老妹爱来约日子，
倘若落雨爱天晴，
三叉路上爱插青。①

五送妹，大路中，
半夜起来吹夜风，
心肝老妹爱仔细，
行路唔敢踏咁重，
防备失脚会踏空。

六送妹，到茶亭，
今生咁好𠊎二人，
今生交甲二姊妹，
死到阴间莫断情，
牵稳老妹见阎君。

七送妹，过渡桥，
老妹就来劝𠊎郎，

妹子喊哥好去转，
哥有家室并爷娘，
惊怕屋下找亲郎。

八送妹，到树下，
今生二人命咁歪，
哥哥就来吩咐妹，
妹爱同郎做双鞋，
下次妹来吊畀𠊎。②

九送妹，送妹归，
妹子先行郎在尾，
𠊎今有事唔晓做，
问妹归来哪久来？
约定日子哥等你。

十送妹，到屋墙，
老妹难舍有情郎，
哥哥难舍有情妹，
二对目珠泪双双，
哥哥劝妹妹劝郎。

（蓝红英搜集）

————————————

①插青：做暗号、标记。
②吊畀𠊎：拿给我。

十难舍

（10 段）

一难舍，嫩娇娘，
倨哥唔全讨布娘，
一来屋下有钱讨，
一来有人洗衣裳，
想你妹子来成双。

二难舍，好人情，
打水洗面共一盆，
食茶同妹共个碗，
唔怕喉咙并茶心，
好比姊妹有咁亲。

三难舍，好哩倨，
一年做哩九双鞋，
衫裤会烂妹爱补，
年长月久来搭倨，
上岭唔使着草鞋。

四难舍，四四方，
夜夜搭妹共张床，
共下食哩共下聊，
有妹唔使讨布娘，①
比搭妻子较清香。

五难舍，笑连连，
老妹点火哥食烟，
夜夜有妹共下睡，
做寒做雪唔怕冷，
用力拖稳妹身边。

六难舍，笑呵呵，
妹个膝头准凳坐，
倨今同妹咁合适，②
交甲妹子二年多，
自从唔全得罪哥。

七难舍，笑洋洋，
细嫩妹子情意长，
总爱老妹听郎话，
再大事情哥担当，
唔怕名声出外扬。

八难舍，情爱长，
名声盖过几个乡，
二人好到八十岁，
爱同妹子起牌坊，
牌坊打字妹同郎。

①布娘：女人。
②咁合适：相爱，要好。

九难舍，九九长，

有事二人到官堂，

哥哥爱写妹爱讲，

打屁股来坐班房，

死哩二人见阎王。

十难舍，情爱长，

保护催妹得儿郎，

保护催妹生个子，

喊哥爷来喊妹娘，

老哩哥哥有搭帮。

（蓝红英搜集）

十想郎 （四）

（10段）

一想郎，好人才，

心中思想郎么来，

心想约郎屋下聊，

有事无事都爱来，

妹子时时挂心头。

二想郎，二更天，

二更约郎进妹间，

打开间门郎好入，

轻手轻脚入妹间，

惊怕旁人听得见。

三想郎，转绣房，

拿凳郎坐心莫慌，

呆夫日夜么归屋，

简大事情妹爱当，

爱死二人见阎王。

四想郎，四四方，

妹子想郎爱断肠，

日里想哥共下聊，

夜晡想哥来成双，

二人双双结鸳鸯。

五想郎，好人意，

妹想亲哥喊三句，

大喊三句郎唔晓，

细喊三句郎么来，

喊哥唔到么主意。

六想郎，六重重，

粉干煮蛋来拔葱，

十指尖尖奉郎食，

当得呆妹亲老公，

妹个膝头拿郎坐。

七想郎，七重门，

放下蚊帐等哥眠，

二头都有鸳鸯枕，

呆郎随意哪头睡，

同妹睡目爱乐心。

八想郎，八八开，

妹子高兴等哥来，

呆郎来到咁作紧，

同妹紧揽心花开，

二人当得上天台。

九想郎，九九长，

久久唔全见呆郎，

今生甲交嫩细妹，

共枕共席又同床，

郎惜妹子妹惜郎。

十想郎，天大光，

打开大门送呆郎，

妹子就来是郎出，

叮嘱呆郎心莫慌，

再大事情妹担当。

（蓝红英整理）

两人相思情难舍

（92 段）

半夜三更月正中，

妹在西来哥在东。

两人相思情难舍，

可惜路远信难通。

一张眠床阔野野，①

翻转翻去就自家。

睡到三更思想起，

目汁流落枕头下。

新买伞子过西河，

见到朋友就跟哥。②

盲跟𠊎郎生意好，

先跟𠊎郎人健么。

十五十六月光清，

日夜思想个条情。③

一夜睡么半夜目，

日里做么半工人。④

①阔野野：宽阔之意。

②跟：问，追问。

③个条：这个。

④半工人：半天。

金秋抒情

冷水洗脸凉凄凄，
月光晒谷枉心机。
半夜读书唔点火，
几多暗想郎唔知。

苎叶踏板糖爱多，
各村连妹系奔波。
三月二月聊一次，
交情过少忆过多。

牛郎织女各西东，
唔知何日正相逢？
咁久唔曾见妹面，
铁打心肝也会融。

兰盘石上种黄柑，

有情催妹哥就谈。
睡到三更汗透骨，
思想老妹一下行。

落雨洗衫冇好晾，^①
踏出踏入望天晴。
总爱阿妹有心想，
唔使媒人也会成。

昨晡睡目有咁癫，
做梦走入妹房间。
欢欢喜喜同妹聊，
醒来才知隔重天。

—————————————
①晾：晒。

妹莫作为冇相干，
行唔安来坐唔安。
自从同妹分了手，
心肝想烂肠想断。

黄竹篾子皮皮黄；
口唱山歌心想郎。
黄竹生来十八橡，
十橡八橡想情郎。

杨梅好食连核吞，
见妹唔到心里魂。
吃饭唔知夹菜送，
洗面唔知拿毛巾。

魂来魂去会发癫，
渺渺茫茫下阴间。
阿妹好比阴阳镜，
一照阿哥转阳间。

门前桂树开黄花，
日日顾妹唔顾家。
日里顾妹食唔得，
夜里顾妹睡唔下。①

1 睡

阿哥河东妹河西，
俩啥有事唔得知。
爱来架桥又咁远，
长日心肝多顾你。

上岗唔得半岗跂，
上到半岗肚又饥。
阿哥上岗因为妹，
朝晨行到日落西。

日也想来夜也魂，
路边瓦片懵到银。②
断尾厘秤拿来使，
一钱想妹十二分。

竹笋尖尖出泥皮，
妹子想哥谛唔谛。
日日等哥哥唔转，
哪有心思做新衣？

因为顾妹顾到哩，
死了七日丁丁企。③
听到心肝来坐聊，
又晓还魂来见你。

---

①睡唔下：睡不着。
②懵到：以为。
③丁丁企：站立之意。

想起佢郎正会癫，
石头瓦片当作钱。
笨篱懵到鸡笼闭，①
风吹懵到郎入间。

坐唔安来企唔安，
时时挂念佢心肝。
时时挂念妹身上，
画妹容颜床上安。

相思得病佢也谛，
唔得前来服侍你。
阿妹唔晓开方子，
若是爱肝割畀你。

塘里有水流下陂，
陂下有条红金鲤。
有日上山哥看到，
相思得病因为你。

哥系这边妹那边，
三日唔见像一年。
三日唔见妹子面，
好比天旱么水源。

日里想妹头低低，
夜里想妹到鸡啼。

出尽几多暗目汁，
枕头席子生乌霉。

上山唔得半山企，
只见旱禾表新穗。②
难得禾黄食新米，
难得同妹结夫妻。

日里看哥千打千，
夜晡么个妹身边。
睡到半夜思想起，
手摸心头雪咁冷。

风吹竹叶响梭梭，
阿妹唔系唔想哥。
夜里发梦共下睡，
枕上言语讲得多。

顾郎顾到发目乌，③
床上跌落床下步。④
月大想郎三十日，
月小想郎廿九晡。

────────────

① 笼闭：笼门。
② 表新穗：抽穗。
③ 目乌：眼发黑。
④ 床下步：蹲床下。

阿哥在西妹在东，
路头遥远信难通。
阿哥搭里三到信，①
好比孔明等东风。

南盘石上晒被尘，
昨晚发梦共买眠。
睡到三更扑扑醒，
又无魂魄又无人。

风吹竹叶满天飞，
唔得竹叶转竹尾。
妹今约郎二十外，
唔得月头到月尾。

日里看妹千打千，
夜晡无只郎身边。
四角城门出张帖，
寻转老妹到面前。

真正奇来实在奇，
芭子懵到青色梨。②
蕨干懵到长仁豆，
心肝界你碌生哩。

千思量来万思量，
思量阿妹路咁长。
食饭拿到单只筷，
手拿饭碗嘴忘张。③

肚饥肚渴莫思量，
睡目唔得莫揽床。④
紧食烧茶肚紧渴，⑤
紧想心肝夜紧长。

阴阴雨雨天唔开，
愁愁切切妹唔来。
阿哥好比梁山伯，
相思因为祝英台。

因为砍柴路上逢，
看见妹子好颜容。
好风吹在妹身上，
好妹挂在郎心中。

———————————

①三到：三次。
②芭子：芭乐。
③嘴忘张：不知道吃饭。
④揽床：抱床。
⑤烧茶：热茶。

阿哥么来妹就愁，

么人同妹共枕头。

杨梅蘸雪吞落肚，

几多寒酸在心头。

三步行来两步企，

时时刻刻想念你。

大石底下生竹笋，

几多暗橡你唔谛。

真正奇来实在奇，

昨晚发梦见到你。

睡在半夜毕扑醒，①

四只床角摸到哩。

真正魂来实在魂，

鸡栖当成灶公门。②

猫公作到抹桌帕，

猪兜作到铜面盆。③

隔远看到滟滟来，④

老妹心头花花开。⑤

行前看到又唔系，⑥

愁切两字又成堆。

真正魂来实在魂，

鹅卵石子当作卵。

一日三餐端起碗，

只会笑来唔会吞。

一想二想心唔开，

三想四想妹么来。

五想六想想唔化，

七想八想会割颏。⑦

挑担上岗气煎煎，⑧

么人同妹揩一肩。

搭信阿哥揩一驳，⑨

打酒割肉谢郎恩。⑩

阿妹嘱郎爱想开，

莫来愁切做一堆。

阿妹相比退冬树，⑪

一到交春叶又来。⑫

---

①毕扑醒：突然醒。

②鸡栖：鸡舍。

③猪兜：猪槽。

④滟滟来：慢慢来。

⑤花花开：心花开。

⑥行前：走近；又唔系：又
　不是。

⑦颏：颈两颊的下部。

⑧气煎煎：气喘之意。

⑨揩一驳：挑一段路程。

⑩打酒：买酒。

⑪退冬树：落叶乔木。

⑫交春：春天。

龙眼打子车打车，
只顾僙郎唔顾家。
日里顾郎食唔得，
夜里顾郎打目花。

真正魂来实在魂，
火烟上天作过云。
砻谷当作雷公响，
风吹懽到郎拍门。

绿竹想长望上天，
么好笋虫咬断圈。①
咁久唔曾见妹面，
唔得近前妹身边。

日想你来夜想你，
一心想妹妹唔知。
一月想你三十日，
年头想妹到年尾。

脚酸才知上了岗，
烦躁才知夜子长。
单身睡目唔落觉，②
一心想等有情郎。

月光肚里一朵云，
十回见哥九次魂。

十次见哥无回聊，
死了七日正还魂。

想你想你真想你，
请到画师来画你。
画来贴在墙头上，
朝晨暗晡看到你。

食饱夜哩聊月光。③
看等你今点火上，
一心也想留哥歇，④
浅屋狭舍么地方。

昼唔谛来夜唔谛，
久久记得郎言语。
门前种有相思竹，
撑等日头莫落西。

雪豆开花蝴蝶形，
僙看阿哥糇死人。
糇死僙来还过得，
莫来糇死一省人。

---

①圈：节。
②唔落觉：睡不着。
③食饱夜哩：吃过晚饭。
④歇：住。

五月禾苗花花开，
禾心肚里破禾胎。
四门六亲看个遍，
心肝偓肉唔曾来。

心肝肉来心肝心，
心肝归哩难舍情。
十日半月见一次，
隔河种竹难遮阴。

松光点火出乌烟。
一见阿妹开片天。
七番见妹七番笑，
恰似天上过神仙。

杉树剥皮肉上黄，
阿妹得病就上床。
百般药草医唔好，
专等阿哥开药方。

溪边石头生青苔，
思念阿妹唔得来。
七寸枕头留四寸，
留开四寸等妹来。

郎今得病系相思，

搭个口信话妹知。
阿妹唔来看郎病，
神仙妙药也难医。

一串锁匙响叮叮，
自家开门自家眠。
一夜想来无别事，
只想床头少个人。

九月九日系重阳，
韭菜落头九九长。
初九十九二十九，
九九心肝挂姑娘。

日日落雨刮大风，
唔得天晴见娇容。
久哩唔曾见妹面，
心肝愁碎目愁矇。①

番豆好食肚里酥，
一重壳来一重衣。
一心都想同妹好，
老蟹缚脚步难移。②

_____

①目：眼。矇：看不清。
②老蟹：螃蟹。

风吹竹叶响呵呵，
情歌想妹日数多。
情歌想妹日子久，
唔得团圆共凳坐。

郎就食斋妹食荤，
一盘黄豆一盘春。[①]
红糟拿来煮豆腐，
又红又白郎就魂。

想妹想哩又一年，
古井烧香暗出烟。
魂魄五更同妹聊，
醒来正知隔重天。

黄竹担竿节节黄，
朝朝上山见𠊎郎。
朝朝见郎朝朝好，
一朝唔见割心肠。

日夜想妹放唔下，
时时挂念有情侪。
寄信写上嘛个事，[②]
只写𠊎今冇成家。

云掩日头做乌阴，
去年想妹到如今。
水浸麦田冇见面，
白翼食禾妹死心。[③]

乌云遮天日夜阴，
梦里过海思想深。
扛锯架在灯草上，[④]
总想阿妹来开心。

紧懵紧真住差哩，[⑤]
阿哥情谊𠊎也知。
可惜心肝唔得脱，
心肝得脱肯畀你。

蝴蝶飞来停花心，
讲到摘花就精神。
榄核贴头睡唔得，
时时惦念有情人。

————————————

①一盘春：一盘蛋。
②嘛个事：其他事。
③白翼：蝗虫。
④扛锯：开树板用的大锯。
⑤紧懵：紧想。

敢讲实话无虚言，
敢做牛头同你牵。
出条诗对给你答，
笋虫蛀竹心想绵。

日头唔出云唔开，
大路唔行生溜苔。
阿哥唔到情唔切，
问妹何时到转来。

俩人相隔一重山，
爱来相见也艰难。
日里想来又唔敢，
夜里想来又无伴。

三更半夜月正中，
郎在西来妹在东。
郎隔阿妹路头远，
声音颜容妹心中。

初一十五庙门开，
想爱烧香神唔在。
护法观音风吹走，
因为寻妹到哩来。

风吹竹叶满天飞，
偓郎出门几时归？
赚钱多少么打紧，
莫年头去到年尾。

栀子开花六瓣头，
情郎约偓黄昏走。
日子遥遥唔得过，
双手攀窗看日头。

有咁古怪么咁奇，
有信去哩么信回。
甘蔗伸尾多一橡，
柑子上虫桔坏哩。①

兰盘石上种头烟，
浇水唔到全靠天。
咁久唔曾见郎面，
见到郎面开片天。

日头落山又一天，
老妹恰似七姑星。
一出一入看得到，
交心唔到也枉然。

————————————

①桔坏哩：急坏了。

月光唔出暗朦朦，
阿哥相比火萤虫。
三更飞来同妹聊，
五更飞去妹么双。

桅杆顶上种胡椒，
相思因为嫩阿娇。
俩人唔得共下聊，
好香唔得共炉烧。

日头一出红啾啾，
打把金钩挂日头。

日头挂在金钩上，
阿妹挂在哥心头。

日头落山暗朦朦，
阿哥好比火萤虫。
又出又入看得到，
等到天光走无踪。

杨梅好食口里酸，
一时唔见心唔安。
脱手唔得 催唔怪，^①
口信唔搭么心肝。

（田涛收集）

————————————

①脱手：走不开。

客家妹酿米酒

生活歌与劳动歌

　　生活山歌内容丰富，题材广泛，涉及日常生活的方方面面。山歌伴随武平客家人的劳动生活、民俗活动，在不同的历史时期，他们运用传统的山歌表达内心世界的情感，回应时代的风云变幻。山歌以诗意的方式表现了各个特定时代的社会状况，更表达了客家人的真情实感。本书仅选一些流传于本县各地的苦恨歌、苦情歌、世态歌等，其中有叙事的，也有抒情的，反映人们日常生活的各个方面。

　　劳动歌是描绘劳动场景，诉说劳动感受的。内容丰富多彩，有樵夫山歌、挑担山歌，有渔歌、牧歌、田头歌、采茶歌等。上山割烧斫樵，入坑种田劳动，都可能触景生情，歌随口出。人们在劳作期间，或劳作之余，为了消除寂寞，缓解疲劳，在群山沟壑间，吼一声粗犷、高亢、底气十足的"噢嗬……"，声震群山，山回谷应，内心郁积的感慨便随之而出。劳动中唱首山歌不仅可以抒发内心感受，还可协调动作，提高生产效率，鼓舞情绪，苦中作乐，让辛苦的劳作变得轻松而愉快。

生活歌与劳动歌/生活歌

渔家乐

（4 段）

【武平渔家乐调】

渔家事，春景好，

桃红柳绿傍小桥，

花艳水中流，

鸟鸣山上早，

敲竹节，砍竹筒，

唱一曲，春渔灯，

便是渔家乐。

渔家事，夏最长，

柳荫深处避暑凉，

松竹映纱窗，

芦花水面摇，

酒数瓢，醉樱桃，

唱一曲，夏渔灯，

便是渔家乐。

渔家事，秋最好，

秋风明月河上耀，

丹桂月中飘，

黄菊篱边摇，

沽美酒，上长街，

唱一曲，秋渔灯，

便是渔家乐。

渔家事，冬景好，

雪风飘冻鱼难逃，

身穿褂子衣，

蓑衣当棉袄，

把钓儿，渔船边，

唱一曲，冬渔灯，

便是渔家乐。

（选自《武平歌谣集成》内部版）

十二月守寡歌

（12 段）

【武平竹板歌调】

正月守寡是新年，

早死丈夫真可怜，

田中冇水冇人作，

牛栏牛拓冇人牵。

大家冇偓苦咁深。

犁地的农夫在倾听远山传来的山歌

二月守寡雨茫茫，

长命老妹对个短命郎，

十字街头算张命，

前世烧哩短头香，

半路夫妻害哩娘。

三月守寡是清明，

上家下屋祭祖坟，

幡纸烛炮篮里放，

丈夫面前哭二天。

么到转来同妹结团圆？

四月守寡日子长，

床上眠哩想亲郎，

带男带女唔得大，

半夜醒来等天光，

这个日子样般给妹当。

五月守寡是端阳，

点盏明灯入间房，

双手掀开红罗帐，

唔见鸳鸯唔见郎，

只见空被盖空床。

六月守寡热难当，

寡妇心头闷得慌，

天气咁热心唔热，

只因床上少鸳鸯，

想来想去冇春光。

七月守寡割早禾，

背驮斛斗手提箩，

叔婆伯娓话𠊎咁辛苦，[①]

目汁行行脸上流；

早死丈夫唔奈何。

八月守寡冷来哩，

上家下屋置寒衣，

别人被毯都置足，

寡妇无钱盖蓑衣，

日当衣着夜当被。

九月守寡是重阳，

冇哩丈夫痛心肠，

别人出来双双对，

𠊎今单只不成双

听到狗吠也惊慌。

十月守寡是立冬，

丈夫死别影无踪，

有时只在梦里见，

醒来才知一场空。

滚床蹭席痛心中。

十一月守寡正落霜，

冇哩丈夫苦难当，

出门三步跟"衰鬼"，[②]

想捡便宜捡"软章"，[③]

受人欺凌暗心伤。

十二月守寡又一年，

想起丈夫泪涟涟，

杯中有酒唔想食，

盘中有肉也冇甜，

扁担烧火炭（叹）冇圆（缘）。

（选自《武平歌谣集成》内部版）

寡妇歌

（6 段）

寡妇娘子苦难当，

相思得病面皮黄，

夜夜睡觉唔落点[④]，

目汁流来大半床。

寡妇娘子苦难挨，

男大女细冇钱花，

顾得油盐又冇米，

管得衣衫难管鞋。

---

①娓：方言，指叔叔的媳妇。

②衰鬼：这里指流氓、嫖客一类。

③软章：方言，是指便宜之意。

④唔落点：不入睡。

古意（风车和磨石）

寡妇娘子苦冬冬，
月月开花肚里空，
别人子女成双对，
歪命谁人来送终？

寡妇娘子真可怜，
恰似风吹破凉亭；
白天冇个同心伴，
夜晡冇个疼肠人。

寡妇娘子真凄凉，
夜夜睡的冷板床；
床上冇对鸳鸯枕，
难得金鸡配凤凰。

寡妇娘子苦头长，
日日起来当"小房"，[①]
房产田地被人占，
前门有虎后有狼。

（选自《武平歌谣集成》内部版）

十月怀胎（12 首）

【武平十月怀胎曲】

正月怀胎如露水，
桃李花开正逢春，
好比水上浮萍草，
未知生根不生根。

—————————————

① 当小房：喻受人欺凌。

二月怀胎雨水时，
手软脚软步难移，
发髻蓬松懒梳理，
跌落花针懒捡起。

三月怀胎三月三，
三餐茶饭吃二餐，
猪肉下饭无味道，
喜爱酸味口里含。

四月怀胎出杨梅，
杨梅树下结成胎，
口中只想杨梅食，
肚有孩儿口难开。

五月怀胎分男女，
七孔八窍变成人，
是男是女梦中雾，
未知何日得相逢？

六月怀胎三伏天，
起居饮食要检点，
茶饭不能食过饱，
过度劳累会伤身。

七月怀胎七月秋，
八幅罗裙挂金钩，
八幅罗裙安长带，
罗裙唔敢紧扎腰。

八月怀胎在娘身，
娘子想前步难行，
做点家务小心转，
生怕有害孩儿身。

九月怀胎菊花香，
怀胎娘子面皮黄，
老胎娘娘还较得，
初有身上苦难当。

十月怀胎期将满，
肚中孩儿叫开门，
咬牙切齿铁门断，
花鞋踏得地皮穿。

孩儿落地叫三声，
婆婆堂上舌盈盈，
洗起孩儿娘身抱，
十月怀胎唱完全。

十月怀胎唱完全，

天下后生记心间，

娘生儿女多辛苦，

成人莫忘养育恩。

（选自《武平歌谣集成》内部版）

百岁歌

（10 段）

为人君子一十三，

爷娘送佢书堂间；

三餐菜饭容易食，

读书容易背书难。

为人君子二十三，

手拎包袱去过番；

久闻番邦钱好赚，

去就容易归就难。

为人君子三十三，

手拿芙蓉对牡丹；

牡丹挂在书房里，

看花容易绣花难。

为人君子四十三，

生意好做担难担；

情愿回家耕田地，

半年辛苦半年闲。

为人君子五十三，

人上五十莫过番，

番邦虽然钱好赚，

飘洋过海十分难。

为人君子六十三，

六十花甲满了满，

六十花甲轮轮转，

轮来轮去一般般。

为人君子七十三，

眼花耳聋背又弯，

右手拿起龙杖棍，

平路易走上岗难。

为人君子八十三，

八十公公看花园。

初一看花花不开，

十五看花花团圆。

为人君子九十三，

阎王搭信心头淡；

日落西山还见面，

水流东海转潮难。

为人君子百零三，

人上百岁也还难；

山中虽有千年树，

世上难逢百岁人。

（选自《武平歌谣集成》内部版）

长工歌谣

（12 段）

正月里来是新年，

拿把伞子写长年；①

俚爱东家十二吊，②

东家还俚八吊钱。

二月里来雨涟涟，

东君带俚去踏田；③

东边察到西边转，

大丘小丘指到田。

三月里来做清明，

滑泥搪脚路难行；

东君带俚去祭墓，

挟张脚头铲地坪。④

四月里来做春社，

东君买肉又打叉；⑤

旁人问俚有无食？

骨头骨杂俚名下。

五月里来五月节，

东君话俚归唔得；

头节尾节俚去归下子，⑥

省得爷嬷出目汁。

六月里来热难当，

东君喊俚碓砻糠；⑦

三担砻糠碓掉了，

还要供猪煮汁汤。

七月里来是立秋，

一人割个大田丘；

又爱割禾又爱打，

头向转去又还有。

————————————

① 长年：写长年是与东家签订
做长工之字约。

② 吊：旧时钱币单位，一千个
铜钱为一吊。

③ 踏田：察田。

④ 脚头：锄头；地坪：墓之前坪。

⑤ 又打叉：意为东家买肉之多，
其实一吊又一吊。

⑥ 头节：为传统的五月节，尾
节为重阳九月节。

⑦ 砻糠：谷壳。

客家粄篮和竹篮

八月里来事较闲，
东君喊𠊎勾牛栏，
一日勾了三担牛栏粪，
还爱割草垫牛栏。

九月里来事较松，
东君喊𠊎去转冬；①
四个犁角锄到转，
东君话𠊎唔用工。

十月里来是立冬，
东君喊𠊎爱收冬；②
番薯豆子全收净，

东君还话磨洋工。

十一月来雪皑皑，
头上无帽脚无鞋；
有无那个叔婆伯姆嫂，
送双烂鞋拿𠊎拖一下。

十二月来讲过年，
辛辛苦苦累到年；
东君算盘算一算，
倒欠东君三百钱。

（郑选和收集整理）

---

① 转冬：冬翻土。
② 收冬：冬收农作物。

十二月做水长工歌

（12段）

正月做稿犁浸冬，①
朋友六亲未相逢；
兄弟梓叔来相见，
𠊎去出门做长工。

二月细细雨连连，
牵只牛子去犁田，
东边犁到西边去，
𠊎个脚踏别人田。

三月做水是清明，
保佑一年天爱晴；
天晴水子容易做，
滑泥滑草路难行。

四月做水过立夏，
杀只狗子骨叉叉；
块块好肉东君吃，
骨头骨筋𠊎名下。

五月做水𠊎唔做，
叫你东君去请过；

待𠊎长工不是人，
话你财主不是货。

六月做水月难当，
东君喊𠊎碓舂糠，
三担一箩碓到了，
夜晚睡觉荡天光。

七月做水打大禾，
哥哥田中生戽打；
老妹田中来割禾，
苦郎苦妹两相和。

八月做水较农闲，
东君喊𠊎勾牛栏；
早早归去也无闲，
还要割草担草篮。

九月做水是重阳，
重阳酒肉哥无食，
鱼叉肉吊哥无尝，
东君亏待长工郎。

_____

①做稿：做工，耕作。

十月做水是立冬，

东君喊偅去犁冬，

上丘犁到下丘转，

犁到脚踵开鞍公。

十一月做水雪飞飞，

放牛还要带柴归，

坑头弯转到坑尾，

可怜长工真可怜。

十二月做水到年尾，

长工师傅来去归，

还是烂笼装烂衣，

白手空空冇钱归。

（陈养秀口述，高天宝整理）

牧牛郎子真可怜

（7段）

牧牛郎子真可怜，

天子蒙蒙爱起身，

喊哩二次还唔起，

脚脯就是一个圈。

牧牛郎子真可怜，

戴顶笠麻又无边；

大雨一淋全身湿，

想哩买过又无钱。

牧牛郎子真吃亏，

戴顶笠麻风一吹，

捡得笠麻牛又走，

足得牛哩阵又归。①

牧牛郎子真可怜，

牛唔听话岔入田，

东君话偅只贪玩，

又打又骂扣工钱。

牧牛郎子真可怜，

冇过节日和过年，

爷娘在家出目汁，

亏偅老弟无团圆。

牧牛郎子真可怜，

好菜好肉偅冇份；

东君有酒又有肉，

骨头骨杂偅面前。

---

①足：赶。

排工唱着山歌，放运木排顺江而下至潮汕地区

十二月来讲过年，
催喊东君算铜钱，
手拿算盘算一算，
倒欠东君三百文。

（郑选和搜集）

童养媳苦情歌

（10 段）

童养媳，真可怜，
穷人妹子唔值钱；
一周三岁拿来卖，
爷娘也会脱心肝。

童养媳，真苦情，
像猪像狗不像人；
家娘家官常打骂，
做事再多唔领情。

童养媳，真吃亏，
三餐食饭在后尾；
三餐食饭跂桌角，
夜晡无被盖蓑衣。

童养媳，真可怜，
三餐食饭在后边，
好菜好肉催冇份，
藏茎芋荷催面前。①

童养媳，真可怜，
食哩饭子去磨镰；
一日割了三担草，
夜晡还爱垫牛栏。

①藏茎：用盐腌的青菜；芋荷：
芋苗腌的菜。

童养媳，真过难，

天晴落雨都爱行，

天晴上岭割柴草，

落雨不能空手还。

童养媳，可真怜，

每日担水在井边，

水桶较高 偃较矮，

担钩串桶溜上前。

童养媳，真吃亏，

不是灶头就灶尾；

每日起床开锅灶，

灶头较高 偃较低。

童养媳，真吃亏，

命歪就是无春尾；

细人爱做大人事，

唔昼唔夜唔敢归。

童养媳，真凄凉，

九冬十月天渐凉，

大家都有新衫做，

亏偃就着烂裳衣。

（危鸾凤、刘冬姑、郑选和搜集）

画眉跳过别只笼

（5段）

哥话嫂嫂情唔贞，

家有圹虱还惹腥；[①]

一壶只好装样酒，

装多一样味唔纯。

酒纯还靠酒瓮净，

妹连野蜂水有源；

只因爷娘包办媒婆牵，

嫁个木头半傻癫。

别人老公像老公，

偃个老公像猫公；

保佑猫公死呀掉，

画眉跳过别只笼。

嫂子唔讲唔得知，

一讲箈篮成簸箕；

偃也爷娘主事媒婆害，

讨个老婆土鲮鲤。

---

①圹虱：鲶鱼。

别人老婆像老婆，

𠊎个老婆像田螺；

保佑田螺死呀掉，

担竿好配别只箩。

（廖泉发收集）

无钱夫妻苦难当

（节选10段）

风吹桂花满村香，

哥妹婚姻正相当，

哥可当婚要娶妹，

老妹当婚爱嫁郎。

立春季节百花开，

二人树下祈愿来，

妹挖湖窖种花树，

草木发芽长出来。

雨水到来正溶田，

播种育秧等莳田。

夫妻两人忙做水，

得到禾熟笑连连。

二月到来雨涟涟，

百样树木又逢春。

人生为了生活好，

二人累哩也甘心。

三月里来雨濛濛，

惊蛰时节好落种。

一年之计在于春，

盼望有个好年成。

四月里来日子长，

么爷么娘苦难当。

男大女细身边哭，

目汁双双泪两行。

五月到来杨梅红，

二人想到日落空。

有钱夫妻日好过，

无钱夫妻苦难当。

夫劝贤妻莫去愁，

恩爱二人有劲头。

多流汗水多收入，

全靠俩人一双手。

妻劝夫君要坚心，

保护女子长成人。

把子把女教育好，

无钱当过有钱人。

严教子女定要抓，
贫苦孩子早当家。
子女进校老师教，
读书懂事当好家。

（邱铅发搜集）

黄连树上结苦瓜

（24段）

黄连树上结苦瓜，
世上最苦穷人家，
汗水洗身泪洗面，
穷人长年受煎榨。

地主恶霸黑心肝，
日想鱼肉夜想钱，
虎口喝干穷人血，
磨盘底下榨黄连。

壁上打钉挂算盘，
算来算去冇日闲，
一年三百六十日，
么个日子讲笑谈。

烦躁多来事头多，
烦躁家中欠账多，

手拿算盘打一打，
本钱少来息更多。

别人家穷三餐有，
偃家贫穷断烟火，
蜘蛛锅头结了网，
蛤蟆灶里咭咭歌。

偃个愁来冇妹愁，
昨晡冇米煮糠头，
别人问偃样般煮，
潽潽泮泮一锅头。①

偃个愁来冇妹愁，
着件衣衫补肩头，
日里洗衫冇衣换，
夜里补衫冇日头。

讲唱山歌偃好多，
冇米煮粥唔奈何，
大个饿来细个叫，
叫得爷娭唔奈何。

---

① 潽潽泮泮：汤汁漂浮外溢。

世道不平又不均，
做人婢女苦最深，
没吃没穿当战马，
挨打挨骂服侍人。

天光楷水压弯腰，
半夜做活累断筋，
东家还话偃偷懒，
磨碾盘子碎了心。

农民生活真艰难，
冇粮冇菜又冇盐，
三餐野菜苍子叶，①
饿着肚子去作田。②

上驳岭子岖又崎，
下驳岭子肚又饥
口燥难等挖新井，
肚饿难到禾黄哩。

日头落山西片黄，
想起苦情割心肠，
无田无地无耕种，
朝晨无米夜无粮。

目汁双双泪汪汪，
三餐冒米吃杂粮，
百样杂粮食毕哩，
园里蔬菜摘到光。

砍柴容易岭难上，
锁匙好带家难当，
日愁油盐夜愁米，
样般喊郎有风光。

先前苦死冇人知，
又冇蚊帐又冇被，
六月蚊多烧臭草，
十月寒冷盖蓑衣。

高山顶上种头兰，
做人童养媳真艰难，
一件事件唔晓做，
钻子来钻钉来参。③

---

① 苍子：一种绿色植物，叶可食，果实可榨油、药用。
② 作田：耕田。
③ 参：客家话，刺的意思。

放牛郎子真吃亏，

风吹笠麻半天飞，

捡得笠麻牛会走，

追得牛来肚又饥。

佢郎出门去广东，

出得门来心头痛，

家中老婆被拐走，

竹筒照火两头空。

阿哥跌薄运衰凶，

上家下屋借唔通，

人人做过苦日子

深山树叶会退冬。①

阿哥凄凉真凄凉，

日日睡个硬板床，

蓑衣拿来当被盖，

缩手缩脚到天光。

真够糟来真够糟，

有了砧板冇菜刀，

有了筷子又冇碗，

有了锅头冇米烧。②

天上鸟云堆打堆，

冇阵大风吹唔开，

冇阵大风吹唔散，

冇个穷人心头开。

咁苦唔该出世来，

白霜才落雪又来，

三个石头作个灶，

唔晓天光何日来？

（以上田心整理）

农民苦情歌

（12 段）

正月里来是新年，

农民耕田真可怜；

脱毕鞋袜做秧地，

又霜又雪又凌冰。

二月里来祭祖公，

穷人无谷又无钱；

左思右想无法子，

高利借债土豪门。

---

①树木到冬季落叶，翌年春天又
　新生长叶。意思是一个人不会
　一辈子穷，总有出头的一天。

②冇米烧：这里指没米煮。

村居与大山

三月里来是清明，
日里无食夜无眠；
天子一光做到暗，
暗晡作水到天光。

四月里来日子长，
穷人难过四月荒；
洗尽锅头无米煮，
男大女细真凄凉。

五月里来是端阳，
穷人无米泡粥汤；
粥汤里头照人影，
照见人瘦面皮黄。

六月里来禾已黄，
日头火烈日子长；
又收又种真辛苦，
一日要顶两日忙。

七月里来是立秋，
割别早禾种番薯；
土豪劣绅来收谷，
打得较少收较多。

八月里来桂花香，
穷人愁度八月荒；
薯姜芋菜过日子，
急等下季稻禾黄。

九月里来是重阳，
眼看天气渐渐凉；
愁得食来又无着，
日日夜夜心发慌。

十月里来是立冬，
天时转变起北风；
单衣遮身苦难受，
破屋四壁入冷风。

十一月来雪加霜，
催租逼债苦难当；
跌落深潭爬唔起，
卖儿卖女哭断肠。

十二月来讲过年，
家中无米又无钱；
油盐米豆无一样，
农民辛苦枉耕田。

（选自《武平歌谣集成》内部版）

十二月长工歌

（13段）

正月里来是新年，
拿把伞子当长年；[①]

催要东家十二块，
东家还催八块钱。

二月里来雨涟涟，
扛张犁子造麦田；
上丘造到下丘转，
肚饥口渴头又晕。

三月里来是清明，
脱秧莳田无时停；
三更起床半夜睡，
陪过月亮又伴星。

四月里来做村社，[②]
东家买肉又搭叉；
块块精肉催无份，
骨头骨杂催名下。

五月里来本农闲，
东家喊催勾牛栏；
三间牛栏勾干净，
还要割草好几担。

①长年：长工。
②做村社：过一种地方传统风俗节日。

六月里来热难当，
东家喊𠊂碓砻糠，^①
三担砻糠碓到了，
还要烧火煮滚汤。

七月里来割早秋，
一人割丘大田丘；
东家还话唔像样，
归来挨打领下揪。

八月里来小饥荒，
白米焖饭喷喷香，
大男细女都有吃，
亏𠊂长工肚无装。

九月里来秋风凉，
东家剪布做衣裳；
一家老少都做遍，
无条纱线𠊂身旁。

十月里来起寒风，
东家喊𠊂耙浸冬；
裂手裂脚落冰水，
无点脂油敷鞭空。

十一月来雪皑皑，
无件长衫无双鞋；
无件裤子贴身着，
无个火笼施舍𠊂。

十二月来讲过年，
一年辛苦无分文；
东家算盘算一算，
还话倒找三百钱。

一头箱子一头被，
"多谢"东家𠊂来归，
旁人见到都叹气，
老婆见到哭死哩。

（选自《武平歌谣集成》内部版）

昔日穷人苦难当

（5段）

昔日穷人苦难当，
冇田冇地痛心肠；
作白水田租税重，
禾刀放下空米㮇。

---

① 砻糠：言指谷壳。

昔日穷人苦难当，

冇食冇着冇春光；

衫打旗来裤打结，

三餐吃的稀粥汤。

昔日穷人苦难当，

无被无席床上光；

蓑衣拿来当被盖，

笠麻拿抵漏瓦霜。

昔日穷人苦难当，

房派斗争常遭殃；

有钱无理变有理，

无钱有理坐班房。

昔日穷人苦难当，

三座大山压脊梁；

压得几多逃荒寻短见，

压得几多造反举刀枪。

（选自《武平歌谣集成》内部版）

穷人苦难歌

（6段）

过了一年叠加年，

穷人生活苦难言；

若不设法来挽救，

难挨难过死黄泉。

三月莳田雨霏霏，

又冇笠麻冇蓑衣；

衫裤淋湿冇替换，

得到疾病冇钱医。

肚饥空腹难上岗，

穷人难过四月荒；

贱卖青苗换米煮，

并粮并谷泡粥汤。

三餐苦菜拌谷糠，

饿得面黄眼落眶；

猪肚煮着黄连水，

苦年苦月苦难当。

麻袋当被盖冇暖，

衫烂裤烂膝头穿；

锅头水滚冇米煮，

穷根熬到几时断？

水有源来树有根，

穷人贫苦莫怨天；

宝石被丢深潭泮，

豪绅害佢头难伸。

（选自《武平歌谣集成》内部版）

放牛童工歌

（13 段）

正月放牛雨霏霏，
马鞭竹子背蓑衣；
着件褂子肩头烂，
戴顶笠麻箬叶飞。

二月放牛雨涟涟，
牛儿误入秧苗田；
东君话𠊎贪玩耍，
又打又骂扣工钱。

三月放牛三月三，
放牛还要并割青；①
东君嫌𠊎青担小，
目瞪目视脸儿横。②

四月放牛四月四，
给人放牛灰心意；
牛儿咁肥𠊎没份，
待到出售得个屁。

五月放牛五月节，
手牵衫尾拭目汁；

东家年节有团圆，③
放牛郎子归唔得。

六月放牛六月六，
放牛包挑打禾谷。
挑了一转又一转，
挑断担竿磨破脚。

七月放牛七月七，
给人放牛冇出息；
放牛郎当长工用，
一年冇个闲时日。

八月放牛八月社，
东家酒肉满桌摆；
好酒好肉𠊎冇份，
残汤剩菜𠊎名下。

九月放牛九重阳，
东君宰猪又杀羊；
有好东君分点给𠊎吃，
冇好东君害𠊎馋断肠。

———————————

① 青：方言，读 qiān，指绿肥、青草之类。

② 目瞪目视：眼睛瞪视，含有怨意。

③ 东家：东君，这里是指东君家。

十月放牛是立冬，

放牛郎子帮收冬；

挖掘番薯运芋子，

少年要做成人工。

十一月放牛霜皑皑，

冇件寒衣冇双鞋；

偓话东君咁过当，①

东君话偓命咁歪（差）。

十二月放牛又一年，

偓要东君算工钱；

东君算盘拨一拨，

佢说倒找二吊钱。

倒找东君二吊钱，

回家过年泪涟涟；

旁人劝偓不要哭，

爷娘见偓脱心肝。

（选自《武平歌谣集成》内部版）

忆苦情来真苦情

（32段）

睡唔着，床上眠，

床上眠哩想世情。

百样世情想到过，

冇样世情当得人。

忆苦情来真苦情，

三餐粥饭要求人。

借人一石还三石，

样般穷人有翻身？！

（林永芳搜集）

绣花婆婆插竹叶，

做鞋嫂嫂着木屐，

泥水木匠冇屋住，

裁缝师傅披烂席。

脚踏衣车夜不停，

熨斗难熨世道平；

件件新衣手边出，

尽是打扮"大户"人。②

讲起挑担真可怜，

一步唔得一步前；

挑得重来人辛苦，

挑得轻来挣冇钱。

---

①过当：方言，当读 dàng，过当就是做得太过分，这里指财主过于刻薄。

②大户：富有人家。

伐木工人喊着号子搬运木材

讲起挑担真可怜，
一步唔得一步前，
早晨出门挑到夜，
挑到脊背变犁辕。

身穿蓑衣戴笠麻，
日日起来剥竹麻；
双脚跳落湖塘里，①
皲空痛得针扎俚。②

新搭草房四四方，
两下水浪纸一张；

低头好像牛吃水，
转身又像牛磨痒。

新砌焙窿四四方，
六下刷把刷一张；③
一光一亮转到暗，
转来转去冇春光。

————————————

①湖塘：用石灰浸渍竹麻的人
　造池塘。
②皲空：鼻子、皮肤上冻裂的
　口子。
③六下刷把：焙土纸时刷把刷六
　次为一张土纸粘焙墙上烤干。

柴刀一把饭一包，

清早上山斫柴烧；

头担斫来街上卖，

二担砍来自家烧。

食也愁，着也愁，

屋下还有半升冇谷头，^①

篓箕拿来当风车，

尽心一看空谷头。

（王大中搜集）

早晨冇米搅糖羹，

中午冇盐汤盐盎；

睡目冇被钻秆笓，^②

穷人苦水流成坑。

苦竹剖篾做畚箕，

讲起家中苦毕哩；^③

蛤蟆青蛙跳落井，

四处石壁冇咁岖。^④

风吹竹叶半天飞，

冇片竹叶粘竹尾；

别人话𠊎咁快乐，

心中愁闷冇人知。

钥匙好带家难当，

穷人月月有饥荒；

愁得油盐又冇米，

置得衣衫又冇房。

日头落山满山黄，

穷苦日子痛心肠，

早晨冇个喂鸡米，

夜晡冇颗老鼠粮。

朝晨野菜昼边糠，

夜晡鲜粥照月光。^⑤

日里冇粒供鸡米，

暗晡无颗老鼠粮。

穷人无食真凄凉，

树叶糠粄过饥荒，

食哩膨屎又泄肚，^⑥

爬爬跌跌到天光。

---

①冇谷头：未灌浆纳米的空
　壳谷。

②秆笓：稻草做出的窝。

③苦毕哩：苦很深。

④岖：陡。

⑤鲜粥：很稀极少饭粒的稀
　饭汤。

⑥膨屎：便秘。

砍柴容易岭难上，
钥匙好带家难当；
日愁油盐夜愁米，
一年四季冇春光。

昨日冇米到今朝，
肚子饿成对折腰，
假若哥哥唔相信，
饭甑打开臭白馊。

穷人最怕过冬天，
冻得鞋空开脚跟；
早晨起来落冷水，
血水流出痛心肝。

砍柴郎子真可怜，
柴刀杠子冇时停；
大担砍来换米煮，
细担砍来换油盐。

石灰脚夫真苦情，
未到半夜就出门；
百里路途当日返，
肚里冇饱打空行。

石灰脚夫真苦情，
雪白石灰送别人；
富家牛栏有粉刷，
穷人茅舍冇扇门。

讲起妇女真苦凄，
累生累死冇人谛；
天子一光做到暗，
田头归来转灶尾。

荷树叶子叶连连，
童养媳妇真可怜；
一周三岁拿来卖，
当猪当狗冇人怜。

童养媳来实可怜，
常常受骂换打鞭；
早晨起来累到夜，
三餐吃饭冇人跟。①

六月日子热难当，
家娘喊㑲碓砻糠，
三箩砻糠碓到了，
脚踏上床就天光。

---

①跟：找，招呼。

月头月尾冇月光，

妹子冇郎家难当；

管得油盐又冇米，

割得柴草田又荒。

风筝冇风放唔高，

阿哥冇妹睡唔烧，

月鸽带铃云下走，

因为无双打单雕。

草鞋烂掉唔敢翻，

家中贫苦唔敢懒；

日日起来勤奋做，

苦果也会变甜柑。

鸦片烟斗一个窝，

百万家财烧得"苟"，

百万家财销得了，

咁靓后生变猴哥。

（选自《武平歌谣集成》内部版）

酒色财气

（4首）

酒

酒是杜康造解流，

能和万事解千愁，

成败好坏都因酒，

洞宾醉倒岳阳楼，

李白贪酒江边丧，

刘伶大醉卧荒丘，

盘古至今流与世，

酒学真性不回头。

色

色是妇女八宝妆，

贪连妖娥不久长，

纣王贪色失江山，

周伐楚秦动刀枪，

董卓好色长安死，

吕布戏蝉下邱亡，

人若过分把色贪，

袖里藏刀暗损伤。

财

财是世间养命根，

白银买动黑心人，

朋友为财把仇结，

父子兄弟亦无情，

邓通为财铜山死，

石崇豪富花财贪，

堆金积玉如山厚，

死去不带半分钱。

气

气是心头一盆火，

为人莫把闲气生，

斗殴官司都因气，

卖尽产业不饶人，

霸王争气乌江死，

韩信死在未央宫，

劝君莫要生闲气，

争名夺利一场空。

（周占元、饶树堂收集）

忍字高

（26段）

引子：忍得一时之气，免得百日
之忧。

忍字高来忍字高，

忍字头上一把刀；

哪个不忍把难招，

唱段忍字供参考，

供参考。

催说这话你不信，

几笔古人对你说；

姜公能忍把鱼钓，

活到八十又保朝，

又保朝。

苏秦能忍锥刺骨，

六国成相他为高；

武训能忍要过饭，

挨门乞讨品玉消，

品玉消。

韩信能忍钻胯下，

登台拜将保汉朝；

张良能忍汉不保，

脚踏祥云任逍遥，

任逍遥。

朱臣能忍把柴打，

官居太守乐陶陶；

吕正能忍寒窑守，

头名状元被他夺，

被他夺。

几笔古人忍性大，

富贵都从忍上熬；

也有古人不能忍，

个个临死无下场，

无下场。

庞涓不忍招乱箭，
马陵道前被牛拉；
黄羊不忍摆阳阵，
千年道业命难逃，
命难逃。

霸王不忍乌江死，
盖世英雄一旦抛；
李白不忍贪美酒，
死在江心顺水漂，
顺水漂。

罗成不忍乱箭射，
临死马踏淤泥河，
吕布不忍貂蝉戏，
白门楼前人头割，
人头割。

周瑜不忍三口气，
死到八邱撇小乔，
石崇豪富不能忍，
万贯家财一笔销，
一笔销。

奉劝诸君想一想，
哪个不忍能常活？
当今皇上也要忍，

十万江山坐得牢，
坐得牢。

朝廷驸马也要忍，
金枝玉叶陪伴着；
文武大臣也要忍，
后来三台品级高，
品级高。

士农工商也要忍，
哪个不忍就出错；
学生能忍寒窗苦，
不愁金榜独占鳌，
独占鳌。

农民能忍勤劳动，
不愁丰收多打粮；
手艺能忍要和气，
不愁四海财气标，
财气标。

生意能忍要和气，
招财进宝利润超；
穷也忍来富也忍，
各行各业都忍着，
都忍着。

穷人能忍不愁富，
吃苦耐劳莫心焦；
富人能忍家业保，
高枕无忧睡得香，
睡得香。

父母能忍儿女孝，
儿女能忍孝名高；
兄宽弟忍双为贵，
莫听老婆胡挑唆，
胡挑唆。

夫妻能忍恩爱深，
句把言语莫认真；
子嫂能忍家不散，
免得丈夫把心操。
把心操。

当家能忍家和顺，
一年四季多干活；
亲戚能忍常来往，
婚丧嫁娶莫推托，
莫推托。

邻居街坊也要忍，
免得争吵不安宁；
结交朋友也要忍，

互帮互敬永往来，
永往来。

伙计买卖也要忍，
生意兴隆财源多；
出门在外也要忍，
免得生地惹祸殃，
惹祸殃。

酒色财气四个字，
哪个不忍就出错；
酒后无德会惹祸，
喝酒不如早睡觉，
早睡觉。

贪色多了损身体，
野花不采是正理；
不义之财取不得，
穷了不如苦熬着，
苦熬着。

闲事闲非少去管，
少生闲气身安乐；
装聋作哑不为傻，
得过且过寿星高，
寿星高。

刁奸滑溜不为好，　　　　只差来早与来迟；

人不知道天知道；　　　　忍字为高唱一段，

天也不亏好心人，　　　　敬请大家细思量。

行善积德尽你做，　　　　细思量。

尽你做。

　　　　　　　　　　（周占元、饶树堂搜集）

善恶到头终有报，

茶亭壁上，歌手们创作了许多山歌

生活歌与劳动歌/劳动歌

春耕

春光时节春耕忙,
田野犁耙辘轴响;
阿妹唱绿溪边柳,
阿哥热气溶田忙。

莳田

阿哥屁股朝上天,
面向水田秧苗青;
手捏秧花波浪起,
丘丘行行墨线牵。

割鱼草

一张磨镰挽只篮,
溪边割草担打担;
割来鱼草青又嫩,
圹里鱼跳争得欢。

绣花女

绣花女子亮眼睛,
针针线线连郎心;
真情绣进花一朵,
同枕共眠一生情。

剥竹麻

阿哥头戴竹笠麻,
起早摸黑剥竹麻;
弯腰背屈湖圹里,
手势好比捏虱嫲。

焙纸

新做焙笼四四方,
一面焙纸十五张,
焙的纸张白又韧,
亲哥辛苦妹来帮。

焙窿烧柴火力旺,
焙纸师傅手脚忙;
天子一光摸墙壁,
转到暗晡冇春光。

挑担

挑担苦来挑担苦，
一日唔挑冇米煮；
自家冇食还过得，
子女爹娘要饿肚。

天还冇光就起床，
日头落山也不顾；
落雨湿身冇衫换，
日日夜夜来赶路。

六月天气热难当，
汗大好比落鸡汤；
到了寒天脚冻裂，
咬紧牙关赶路忙。

（田心搜集）

采茶歌

春季采茶忙又忙，
一双巧手采春光；
头帮二批采来卖，
老叶粗茶自家尝。
一边采茶一边歌，
茶树满坡歌满坡；

片片茶叶片片青，
篮篮春光送阿哥。

（星星搜集）

榨油歌

榨油歌来唱一段，
油榨高台似山岗；
筐筐茶籽下锅炒，
日夜加班忙再忙。

炒得茶籽干又香，
再将茶籽上磨坊；
茶饼放入油榨里，
千斤大锤榨油忙。
茶饼越榨油越多，
一身汗水伴茶香；
桶桶茶油香喷喷，
榨油生意传四方。

（招荣搜集，流传于武平等地）

烤笋干山歌

劈　岭

八月劈岭进深山，
竹林深处劈山忙。
劈去杂草多长笋，
明年丰收喜洋洋。

烧　炭

九月入山烧柴炭，

砍柴锯木入窑场。

出窑柴炭像乌金，

收拾行李转回乡。

挖　笋

三月时节是清明，

雨后春笋日日长。

山上山下来回转，

起早摸黑挖笋忙。

烤笋十天一回乡，

东家酬谢挖笋郎。

大块猪肉配米饭，

客家米酒喷喷香。

（招荣搜集）

烤　笋

立夏之后烤笋忙，

取来烤笞做焙床。

前面装好小榨子，

里头引米落木坊。

开榨将笋桶中洗，

再放榨压绞一场。

次早搬笋入烤床，

掌握火候勤添炭。

午前午后笋翻面，

五更笋干分下床。

干笋烤出金灿灿，

师傅东家心欢畅。

（招荣搜集）

客家打糍粑

附　录

客家人的"信天游"
——我所知道的客家山歌

林善珂

儿时的记忆是特别珍贵的。虽然 20 世纪五、六十年代尚属衣不蔽体、食不果腹的年代，但饥饿的痛苦感觉已随着时间的流逝而慢慢淡去，留下的，如对当时某些运动的热情，如民风民俗的清纯，如传承古风的执著，如对美好生活的向往和追求，却至今仍时时浮现梦中。其中，关于山歌的记忆，弥足珍贵。

我的家乡，就在梁野山深处，山高皇帝远，因与外界隔绝，古风古俗传承得比较完整。记忆中，那盘入云天的山道上，那叠上山腰的梯田中，那巨伞般的榕树下，那深不可测的大山里，在炊烟袅袅的清晨，在归鸟啁啾的黄昏，不时就会飞出一两首高亢而悠扬的山歌。他们一唱一答，语义双关，有的悲壮，有的俚俗，有的滑稽，抒情笑骂，讽刺褒贬，丰富多彩，令人不禁驻足倾听。这些山歌的曲调也非常动听，有些往往还加上一种尾音，哀怨弥长而忧伤，使人们禁不住感泣；或者引起无限的遐思，因为它拨动了人们生活和感情的心弦。客家人或以歌为笑，或长歌当哭，他们用自编自唱的山歌，来减轻体力劳动的疲乏，抒发表达自己的悲欢离合和甘苦辛劳，咏叹对美好事物的追求向往和怅惘无奈。歌者当然是贩夫走卒，引车卖浆者流，如躬耕的农人，如采脂伐木的山民，如溪边的渔者，如樵归的村妇，如远行的负重者，如稳骑牛背的牧童……这些山歌歌咏的内容十分广泛，而且非常诙谐、幽默和风趣，即便是信口开河。这些山歌也处处合乎自然的音节，至于表现情感的方式，则非常的直率、大胆、哀艳和缠绵，没有一句不是从心灵深处流泻出来的。虽然有些山歌，特别是情歌，可能有些叙述难免不够含蓄，甚至有些太俚俗、太率真、太开放，但放在那个时代，也是对封建礼教的一种反抗、一种否定，从时代发展的角度看还是有进步意义和艺术价值的。因为真正的艺术来源于生活，是生活的真实写照，但它又对生活进行了提炼，已远远高于生活。

关于山歌的价值，"五四"时期的胡适曾经说过："黄公度之所以有'我手写我口，古岂能拘牵'的大胆主张，完全是得力在他故乡的山歌上面。"读黄遵宪的诗，处处都可以看出他学习、吸收客家山歌艺术的痕迹；黄遵宪就是在客家山歌的熏陶下成长起来的。黄遵宪在光绪十七年（1891）给兴宁胡晓岑的信中就曾这样称赞他的故乡梅县的山歌："……十五国风，妙绝古今，正以妇人女子矢口而成，使学士大夫操笔为之，反不能尔。以人籁易为，天籁难学也。余离家日久，乡音渐忘，辑录此歌，往往搜索枯肠，半日不成一字。因念彼岗头溪尾，肩挑一担，竞日往复，歌声不歇者，何其才之大也！"

山歌作为客家地区民间文学、民间艺术的一种主要表现形式，考其根源，我认为一是来源于客家先民的组成部分——当地土著古老畲族的一种文学文艺传统。客家酝酿地区闽粤赣边界，恰好是汉初南海国（介于闽越国和南越国之间）的辖区。据学者们考证，南海国封于汉高祖（南海王织，原为南武侯），灭于汉武帝，存在虽然只有短短的几十年，且后来还有灭国迁民之举，但当时北迁的主要还是贵族，分布于广袤山区丘陵地带的普通人民还是留了下来，这些人民，就是今天畲族的祖先。虽然畲族的语言和文学艺术形式没有被传承下来，但学者们认为，宋元时期形成的客家人，是南迁汉族与当地土著畲族融合的一个民系，客家人创造的歌唱山歌的文学艺术形式，很可能传承于畲族的民俗风情。

二是来源于南迁汉民从中原带来的文学艺术传统。考各地客家山歌，包括闽浙各地的畲族山歌，我们可以清楚地看到，这些山歌其实就是对中原古代七言诗或五言诗的传承。如黄遵宪所言，《诗经》中的十五国风，即为妇人女子等普通百姓的歌吟，汉民族这种民间文学艺术的传承，在西北地区便被演绎成信天游，在元末明初便被演绎成山歌咏叹，如成书于该时代的《水浒》第十五回"智取生辰纲"中白日鼠白胜唱的山歌："赤日炎炎似火烧，野田禾稻半枯焦。农夫心内如汤煮，公子王孙把扇摇。"这既是七言诗，也是当时典型的山歌。古代客家地区的交通要道上，一道十分重要的风景线便是茶亭，凡官道，必三里一亭；凡便道，也会五里左右一亭。这些茶亭，也是客家人创作、记载山歌的最佳场所。村夫野老们，肩挑手提，小憩于茶亭时，也会仿效学人士子，兴之所至，便在"壁上题诗一首"，即兴赋歌如"高山有好水，平川有好花。人家有好女，冇钱莫想她"，表达自己对美好事物的向往和无奈。这种用木炭或有色石头书写的题咏，既是对中原汉族传统的传承，也是客家山歌的另一种表达形式。

为什么畲民或客家人喜欢唱山歌呢？这可能与他们山地丘陵的居住环境有关。一个人进入深不可测的大山，难免会有一种对大自然的恐惧，对毒蛇猛兽的恐惧。于是，他们先是用"噢嗬"之类的长高音来呼唤同类，或吓跑兽类，或为自己壮胆，继而便发展到唱山歌。加之四面群山往往回应或放大这种声音或歌唱，犹如一个天然大音箱，使这种声音或歌唱音色更美、更具魅力，因而激励着人们对歌唱的爱好，这也是大江大海和平原上少有歌唱的原因。此外，山歌的盛行，还与古代客家人比较少礼教束缚（如妇女不缠足，男女比较平等）以及文化比较普及等有关。

方言集注表

笔画	方言（代字）	方言读音	释　义
1	一个对时		二十四小时
	一般般		一样样
2	七月节		指中元节、农历七月十四日
	八月节		中秋节
	九月节		重阳节
	几久		多少时间
3	个	gè	①量词；②的。例：偓个。
	子脚仔		指办事不老成的人
	勺麻		勺，舀水用的瓢。
4	日头（热头）		太阳
	日头雨		太阳光照着时下的雨
	月半		指农历当月十五日。例：正月半、七月半。
	月光		①月亮；②月亮的光。
	心肝		喻心上人
	五月节		端阳节
	火萤虫		萤火虫
	天光		①天亮；②明天。
	牛骨乔子		一种质地坚硬的乔木
	冇答刹		没意思，没味道，不好玩。
	冇	máo	没有
	冇相干		没关系
	长点目		一觉睡的时间长
5	矛子		指木棍上配有尖刀的一种武器
	布娘		女人
	外家		指婚后女人的娘家
	目汁		眼泪
	目珠		眼睛

（续表）

笔画	方言（代字）	方言读音	释　义
6	讨食		乞食
	打烂		打破
	打帮		①求人帮助；②多蒙关怀、帮助。
	皮		①指物体表面部分；②片。
	呙	déi	底，例：锅呙，锅底。
	交		交换的意思
	农历年（老年）		春节
	爷子		父亲
	毕		完成。做毕哩：做完了。
	先生		旧时对有知识有声望或有某种专门技术的人的尊称
	孙娓		儿媳妇
	有冇		有没有的意思
	企	qī	站、立
	过番		去异邦、出南洋一带
	芋荷		指芋艿叶
	爷娭	yáwei	父母
	夹心靓	giàxinjuāng	指近猪的心胸间的瘦肉
	齐（自）家		①自己；②咱们、咱俩。
	佢	jí 或 gí	他
7	花边		银元
	赤孩		婴儿
	系冇差		是不错
	连	lián	恋
	住夜添		多住一夜
	沙鳅		泥鳅
	声	shāng	①声音；②讲话，例：佢声哩：他讲了。

（续表）

笔画	方言（代字）	方言读音	释　义
	芭子	bàzi	芭乐
	沤	òu	①留置不用；②沤肚里：闷在心里。
	咁	gǎn	这样、这么
	芦萁		一种山草。蕨科，茎细长，呈棕褐色，里有芯，可抽出，叶呈三指状张开形，叶片细小。旧时客家人常割来当柴烧。
	陂（头）	bī	拦河坝
	驳	báo	①说出自己的理由，否定别人的意见，例：反驳；②段，例：一驳桥；③接，例：驳骨药。
8	话	wà	①告诉；②说。
	崠	dòng	山顶
	拗	āo	①诬赖；②折断。例：拗树枝：折断树枝。
	侪	sá	人，的人。
	佬		①者；②称呼人的词尾。
	宕	Tǎng	①拖延；②滑坡、滑跌。
	抵	dě	①遮盖；②抵挡。
	拐		骗。拐人：骗人。
	畀	bēn	给。畀佢：给他。
	狗爪豆		一种有毒的豆子，须用水把毒素漂净方可食用。
	狗麻蛇		四脚蛇，有点像蜥蜴。
	松光	qiónggāng	松树中呈赤色坚硬部分，过去农家常点燃作照明用。
	担竿		扁担
	担待		①担当；②包涵。
	金盎	jīngān	盛死婴或先祖遗骸的陶罐
	雨㳠	yǐdǒu	雨淋

（续表）

笔画	方言（代字）	方言读音	释　义
	夜晡	yábū	晚上
9	艮	gèn	山梁
	呑子	chánzǐ	旧时一种粳谷晚稻品种，有迟、早之分。
	歪	wāi	无理刁蛮，不近人情。
	斫	zhuó	砍
	牯	gǔ	称部分雄性动物。例：牛牯。
	挷	bāng	拔，拉扯，例：挷秧。
	绑	bǎng	捆绑，用绳索捆绑。
	食	séi	吃、喝
	昼	jìu	①午，称上午为上昼；②当午，例：昼边，即中午。
	洋翼子		蝴蝶
	姮	hēn	你
	洋布札		布伞
	蚁公		蚂蚁
	相好		指合意的人。对象，相恋的人。
10	唔		不。例：唔抹：不要。
	倒找		倒欠
	唔当		不如
	唔得		①巴不得、祈盼，例：豺狼唔得天亮；②形容时间长，难等到。例：要他的钱唔得有。
	唔系		不是
	粄（饼）	bān	泛指五谷、大米或其他副食品经加工（或加配料）制成的糕、粿类食品。
	哩	lí	了
	样、样般	yàng	怎，怎么

(续表)

笔画	方言（代字）	方言读音	释　义
	偓		我
	敧		偏、歪，敧个：歪的。
	衰		倒霉、倒运
	爱		①爱；②要。
	家官		家公、家翁，丈夫的父亲。
	紧		越，例：紧过好，越来越好。
	倒	dǎo	砍。例：倒树
	疾	qì	①病、痛；②疼爱。
	酒娘		娘酒，未加水的米酒。
	调羹	tiáogāng	汤匙
	浪浪空		空荡荡
	石示	zhà	水流落差高的地方
	捞箕	léjī	旧指苎线编结的小鱼网，或加竹片作支框的打鱼工具。
11	探	tàn	看、看望
	聊（嫽）	liǎo	玩
	盖	guì	高于、赛过。例：老妹人才盖一村。
	虫另	guà	蛙
	眼刮（拐）		眼线锋利，斜视，形容情人的视线。媚眼。
	麻衣		麻布做的衣。特指孝衣。
	做穑	zhuòshuǐ	干活
	笠麻	dǐmán	斗笠
	皲公	jiāngōng	手脚皮肤冻裂开的伤口
	谛	dī	知，知道。例：谛得么：知道吗？
	脚踭	jiǎo zhāng	脚跟

（续表）

笔画	方言（代字）	方言读音	释　义
	断真		当真
	黄蚕	wáng cài	蟑螂
	勘勘颤	kànkànzhēn	指人或动物因惊吓、寒冷而发抖
	着唔着		对不对
	着唔着	zhǎongcào	指穿起来不合适，衣服穿不进去。
	崟		坡陡的山路
12	靓	juáng	漂亮，美丽
	颏	guái	指人或动物脖子附近的食道部位
	窖	gào	①指地下埋藏的意外财宝，例：捡窖；②地窖。
	塅	tuān	指面积较大的平坦地段
	雁鹅		大雁
	割烧		割柴草
	落雨		下雨
	湖蜞	fú qí	蚂蟥
	婿郎	Shèi láng	女婿
	蛤蟆		蟾蜍
	魂、昏	fén	①迷恋；②灵魂；③晕。
	揩	kāi	挑。例：揩水：挑水。
	番豆		花生
13	煞	shà	①迷信人指凶神，例：出煞；②结束，停止，例：煞板。
	蒙纱		蒙雾，雾气蒙蒙。
	睡目		睡觉
	雷公	lígōng	①雷；②雷声
	滚水		热开水

（续表）

笔画	方言（代字）	方言读音	释　　义
	唿	Pàng	①空心，不精实，例：唿谷（瘪谷）；②说谎，例：讲唿话。
14	㸸刂	chí	宰杀，例：㸸刂鸡，杀鸡。
	嫲	má	泛指女性和已进入生育期的雌性动物
	嘛人		什么人，哪个人。
	嘛斯		什么
15	横排	wáng pái	山腰间的小路
	踏地方		了解察看地方。
	篖	Cháng	一种有耳的竹或木做的可挑或抬的盛器。
	辘轴		打田溶田的农具。
	瞢有	máng yōu	未有、没有
	猴（侯）	hóu	馋、垂涎、迷恋
16	糠羹		糠糊
	雕子		鸟儿
	簕头	lèi	棘刺
17	魈	Xiáo	卖弄风情，形态做作，媚态，多指女性。

附注：

①凡未另注读音的，按一般普通话读音。

②本表释义只注方言（代字）字词。

③客家方言中的韵母"eng""ing"多念成"ang"，如声 shēng，客家话念 shāng；生 shēng，客家话念 shāng；厅 ting，客家话念 tāng；轻 qing，客家话念 qiāng。

武平客家山歌曲调　曲谱

　　武平山歌有 20 多种曲子，大致可分为以下四种类型：

　　一为城关曲调式，分两种。一种是音较高亢绵长，第一乐句中间和结尾拉音，第二乐句结尾拉音，第三乐句末稍延长半拍，第四乐句中间和结尾拉音；另一种是音较短促、质朴，第一、二、三乐句拉尾音，第四乐句中间和结尾拉音。

　　二为下坝曲调式，当地又称为广东音调式。这种调式有音调悠扬、节奏自由的特点，唱时四个乐句中每两个语言音节及尾调皆延长，用优美的旋律起伏使之不觉平板。

　　三为岩前曲调式，声调柔和，演唱中有带衬字"子"的习惯。

　　四为综合曲调式，节奏、旋律基本与上面三类相似，略有变化。

　　五为武北曲调，为四乐句间每上半句和下半句末分别等时延音一拍，全曲只用 5、6、1、2 四个乐音，有回旋、缠绵的情感特征。

（一）山歌

客家妹子爱唱歌
（武平下坝山歌）

1=♭B 2/4 （自由地）

$\dot{3}$ $\dot{3}$ — $\underline{2\dot{3}}$ $\underline{2\dot{1}}$ $\overset{23}{\underline{2}}$ $\dot{2}$ · $\dot{3}$ $\underline{2\dot{3}}$ $\underline{2\dot{1}}$ 6 · $\dot{1}$ $\underline{2\dot{3}}$ $\overset{23}{\underline{2}}$ $\dot{2}$——— $\underline{2\dot{3}}$

客 家 山 歌 （什） 极 出 （哇） 名，（哎） 条

$\overset{3}{\underline{2}}$ · $\underline{\dot{1}}$ $\underline{6\dot{1}}$ 6 — $\dot{1}$ $\underline{2\dot{3}}$ $\overset{3}{\underline{2}}$ · $\underline{\dot{1}6\dot{1}}$ 6 $\overset{12}{\underline{1}}$ · $\dot{6}0$ $\underline{6\dot{1}}$ $\dot{6}$ $\underline{1\dot{2}}$ $\underline{3\dot{5}}$

条 山 歌 （什） 有 妹 （个） 名， （喏喂）， 条 条 山

$\overset{23}{\underline{2}}$ — $\underline{30}$ $\underline{5\dot{3}}$ $\underline{6\dot{5}}$ $\overset{35}{\underline{3}}$———$\underline{2\dot{6}}$ $\underline{\dot{1}·\dot{2}}$ $\underline{3\dot{5}}$ $\overset{5}{\underline{\dot{2}}}$ · $\dot{3}$ $\dot{2}$ · $\underline{\dot{1}6}$ $\dot{1}$

歌 有 妹 份 （呐）， 一 条 冇① 妹 唱 唔

$\underline{2\dot{1}}$ 6 $\dot{6}$ · （2/4 $\underline{2\dot{6}}$ $\underline{12\dot{3}\dot{5}}$ | $\dot{2}$ $\dot{2}$ $\dot{3}$ | $\underline{2\dot{6}}$ $\underline{1\dot{2}\dot{1}}$ | $\underline{6·6}$ $\dot{6}0$) |

成 （喏）。

$\dot{3}\dot{3}$ $\underline{\dot{6}\dot{6}}$ | $\underline{\dot{6}\dot{5}3}$ $\dot{5}$ $\dot{5}$ | $\dot{5}$— | $\underline{\dot{6}\dot{5}6}$ $\underline{5\dot{3}}$ | $\underline{5\dot{3}2}$ $\dot{3}\dot{3}$ | $\dot{3}$ — |

客 乡 溪 水 响 嘀 嘀 （啰） 大 家 听 偓② 唱 山 歌 （哎）

$\underline{5\dot{5}3}$ $\underline{5\dot{6}}$ | $\underline{\dot{1}6\dot{1}}$ $\underline{2\dot{3}}$ | $\overset{23}{\underline{2}}$ · $\dot{3}$ | $\underline{2\dot{6}}$ $\underline{12\dot{3}}$ | $\overset{56}{\underline{5}}$ · $\dot{3}$ | $\underline{2\dot{1}6}$ $\underline{1\dot{2}\dot{1}}$ |

客 家 妹 子 歌 声 亮 （哎）， 一 人 唱 歌 （哎） 万 人

$\overset{6}{\underline{6}}$ $\overset{P}{\searrow}$ ^{Vit} | $\underline{5\dot{6}5}$ $\underline{3\dot{5}}$ | $\dot{6}$ $\overset{67}{\underline{6}}$ $\dot{6}$ · $\searrow$ $\searrow$ ‖

和 （啰）， 万 人 和（咧）。

注：①冇—无 ②偓—我

勤俭持家好贤良
（武平武北店下山歌）

1=♭B（自由地）

```
i i   2 - - -   5 5   5 i   5 5   5   6   0   6 5   6 2   6 6   5 5
唉哟  喂，     店下  布娘① 好勤  劳（哟），   蔱全② 天光  就起  床(啰)
```

```
i i   2 - - -   6 5   6 2   6 5   6 6 0   6 5   6 2   6 1   6 5   5
唉哟  喂，     园头  田尾  家务  事(呀)  勤俭  持家  好   贤   良(喔)。
```

注：①布娘—妇女　　②蔱全—还没有

穷苦人家真可怜
（武平武北山歌）

1=♭B（自由地）

```
i i   6 5   6 i 6 i   2 · i   6 2   6 5   5   0   i i   2 i   6 2
穷苦  人家          （什）  真  可 怜，    正月  冇① 食 去
```

```
6 5   6   6 ·   5   5 3   5 6 2   6 1 2   6 5   6   6 ·   i i   6 1
挣  钱 (呐)   行  到  茶亭  肚又  饥  (什)  蔱知② 身
```

```
6 5   6 ·   5   6 1   6 5 6   5   5
上  (什)   冇个  刮痧  钱 (啰)。
```

注：①冇—无　　②蔱知—不知道

恋郎莫恋赌博郎
（武平城关山歌）

1=♭B（自由地）

$$\widehat{2\ 2}\quad \dot{2}\widehat{1\ 6}\quad \underline{5\ 6\dot{2}}\quad \dot{2}\quad \dot{2}\widehat{1\ 6}\quad 6\underline{5\ 5}\quad 5\cdot\dot{6\ 1}\quad \dot{2}\ \dot{2}\quad \dot{2}\widehat{1\ 6}\quad 5\ 6\dot{2}\dot{1}$$

恋郎　莫恋　　(呵)　　　　　　赌博　郎，　　半夜　三更　冇归

$$\widehat{6}^{P}-\underline{2\ 2\ 2}\quad \dot{2}\widehat{1\ 6}\quad \underline{6\ 5}\quad \underline{6\ 5}\quad \underline{5\ 6\dot{1}}\quad \dot{2}\dot{2}\dot{1}\quad \underline{5\ 6}\quad \dot{6\ 1}\quad \dot{1}\widehat{6\ 5}\quad 5--\ \|$$

房。赌到个　铜钱　见个　面(呵)，　　大吃　大喝　　销得　光。

留身褂子壁上挂
（武平山歌）

1=C（自由地）

$$6\quad \widehat{5\ 3}\quad 6\quad \widehat{1\ 6}\quad \overset{\dot{1}}{\dot{2}}\quad \dot{2}\cdot\dot{3}\quad \overset{\dot{3}}{\dot{2}}\cdot\dot{1}\quad 6\ 6\cdot-\dot{1}\dot{2}^{\vee}\quad \dot{1}\dot{2}$$

阿哥　出　　门　　　　去　瑞　金(呵)　三身①褂子

$$5\quad \widehat{6\ \dot{1}}\quad 6-6\cdot\dot{1}\quad 5\ 5\quad 5\ \dot{2}\quad 6\dot{2}\quad \dot{2}\dot{1}\quad \dot{2}\dot{2}\dot{1}\quad \underline{6\ 5}\quad 6\quad 6\quad \dot{1}$$

带　两　身　　留身　褂子　壁上　挂(哟)　让偓②　老　妹　(哟)

$$\dot{1}\widehat{6\ 5}\quad 5\quad \widehat{5}\ -\ ^{\vee}\overset{P}{\downarrow}\ \|$$

看开　心。

注：①身—件　　②偓—我

天长地久到白头

（武平山歌）

1=♭B（自由地）

5̂53　2̂23　5̂6 2̂ ·　1̂656　1̂26　62̇　2̇2̇　2̇6　1̂65

阿哥　阿妹　（噢）　　咁 勤 劳（呵）　风吹 日晒　唔低 头

6̂ - 53　52　2̂35　62̇　2̂16　11　165　5　6̂ 2̇

噢 噢哎，　勤俭　持家　情意　深，　有食　有着 （什）

1̂65　5 5　5 ·53　56　55　2̇ —　1̂656　2̂16　2̇12̇

唔系　愁（噢）　噢哎 有商　有量（噢）　过 日 子（哟）妹割

16　16　565　6̂ 6̂　53　55　522　56 65　2̂21　665

芦萁 哥斫 柴　　（噢哎）。　孝敬　长辈(是)人称 赞（哟）天长　地久

6̂ 6̂ 2̇ 1̂656　55 5̂ -　）0 c‖

（什）　到 白　头（噢）。　　呜—喂！

遮得日头遮得雨
（武平城关山歌）

1=C（自由地）

$\underline{2\ 2}$　$\underline{\dot2\underline{1}6}$　$\underline{1\ 5}$　$\underline{5\ 6}\underline{1}\ 1$ —— ↓ $\underline{2\ 2}$　$\underline{\dot2\underline{1}6}$　$\underline{1\ 5}\ 6$　$\overset{\frown}{6}\cdot$ ↓ $\underline{2\ 2\ 2}$

笠麻　顶上　绣石　榴（呵），　　　　送给　阿哥　遮日头①（呵），遮得个

$\underline{\dot2\underline{1}6}$　$\underline{5\ 6}$　$\underline{6\ 5}$　5——$\underline{5\ 6}\underline{1}$　$\underline{\dot2\ 2}\underline{1}$　$\underline{5\ 5\ 6}\ 6\cdot\underline{6}\underline{1}$　$\underline{1\ 6}\underline{5}\ 5$ —— ‖

日头　遮得　雨（呵），　　　　遮得　情意（呵）　水长　流。

注：①日头—太阳

爱唱山歌两人来
（武平下坝山歌）

1=A（自由地）

$\overset{\frown}{\dot3}$　$\dot3$　$\underline{2\ 3}$　$\underset{\underline{23}}{2}\cdot\ \dot3$　$\underline{\dot2\underline{1}}$　$6\cdot\dot1$　$\underline{\dot2\cdot\dot3}$　$\underline{\dot2\underline{1}}$　6　$\underline{6\underline{1}}$　$\overset{\frown}{6}$　$\underline{1\ 2\ 3}$

爱唱　山　歌　　两　人　来（噢），　两　人　搭起（呵）　山歌

$\underset{\frac{3}{2}}{\underline{2\cdot\underline{1}}}$　$\underline{6\underline{1}}$　1—— $\underset{\frac{6}{2}}{↓}$　$\underline{6\underline{1}6}$　6　$\underline{6\underline{1}6}$　$\underline{\dot2\cdot\dot3}$　$\underline{6\underline{1}}$　$6\cdot\dot2$

（个）　台（哟）。　（咳）　阿哥　爱唱　　梁山（呵）伯

$\underline{\dot1\cdot3}$　$\underline{\dot2\underline{1}}$　6　$\underline{1\underline{6}\underline{1}}$　$\underline{\dot2\cdot3}$　$\underline{6\underline{1}}$　6　6　$\overset{\curvearrowright}{6}$ p ‖

（哟），　老　妹　爱唱　（噢）　祝英　（呵）台（哟）。（呜-喂！）

羊角花开满岭红

（武平城关方言山歌）

1=♭B（自由地）

‖: 55　6165　᷄56　2 · 12　6　21　65　5 ·　᷄56　10 ∨　22　216

对面 老妹　（噢　介支）对 面 窝　　　　请𠊎 老妹
羊角 花 开　（噢　介支）满 岭 红　　　　爱嫁 老公

5621　᷄65　6 — 0　55　22　235　55　᷄5　62 ∨　212

转来 坐　　也有 烟筒　也有 火　也有
唔怕 穷　　年三 十日　冇米 煮　郎打

1665　᷄5　6 · 1 ∨　6　21　6　᷄56　5 — >P ↘ :‖　5　5

膝头①　（噢）　准② 凳　坐　　　岭 岗
夹板　（噢）　妹 挽 筒

6165　᷄56　2 · 12　6　21　65　5 ·　᷄56　10 ∨　22　216

崇 上　（噢　介支）一 头 葱　　　　风子 一吹

5621　᷄65　6 — 0　55　22　235　55　᷄5　62 ∨　212

漾漾 通　　阿哥 走了　半个 月　老妹(个)

1665　᷄5　6 · 1 ∨　6 21　6　᷄5　5 — >P ‖

叫③ 了（噢）　十 五 工（噢）呜荷一喂

注：①膝头—膝盖　②准—当　③叫—哭

（二）民间小调演唱歌曲

武平"长工歌"

1=C 2/4

55 65 | 5 — | 51 561 | i · 6 | 221 65 | 6 · i | 1665 |

正月 里来（吧）　是新　年（噢），　　拿把　伞子　（吧）　当长

5 — | i2 2i6 | i5 i66 | 6 · 5 | i6i | 561 | 56 5 5 ‖

年（喔），偓要　东家　十二　块（噢），　　东家　还偓　八块　钱。

十月怀胎
（武平民间小调）

1=C $\frac{2}{4}$　（中板）

过门：($\underline{56}$　$\underline{\dot{1}\dot{2}}$ | $\underline{65}$　$\underline{32}$ | 5　$\underline{6\dot{1}}$ | 5 —) |

$\underline{\dot{2}}$ $\dot{2}$ $\dot{3}$ | $\underline{\dot{2}\dot{1}}$ $\underline{6\dot{1}}$ | $\dot{2}\cdot\underline{\dot{1}}$ | $\dot{2}\cdot\underline{\dot{1}6}$ | 5 $\underline{56}$ | $\underline{\dot{2}\dot{1}}$ $\underline{65}$ | $\dot{1}\cdot\underline{6}$ | $\dot{1}$ — |

1.怀 胎	正 月	正，		奴家	有 了	身，
2.怀 胎	二 月	二，		奴家	不 敢	言，
3.怀 胎	三 月	三，		奴家	去 上	香，
4.怀 胎	四 月	四，		奴家	去 敬	香，
5.怀 胎	五 月	五，		心想	吃 杨	梅，
6.怀 胎	六 月	六，		真是	火 热	天，
7.怀 胎	七 月	七，		奴家	屈 指	算，
8.怀 胎	八 月	八，		奴家	要 回	家，
9.怀 胎	九 月	九，		奴家	太 难	过，
10.怀 胎	十 月	满，		丈夫	你 过	来，

$\underline{\dot{1}\cdot\dot{2}}$ $\underline{3\dot{2}3}$ | $\dot{2}\cdot\underline{\dot{1}6}$ | $\underline{56}$ $\underline{\dot{2}\dot{1}}$ | $6\cdot\underline{5}$ | 6 $\underline{6\dot{1}}$ | $\underline{65}$ $\underline{32}$ | 5 - | $\underline{62}$ $\underline{\dot{1}6}$ | $5\cdot\underline{6}$ | 5 - ‖

1.青	春 哎	年 少	呀，	说出	脸 皮	红，	哎咳哎咳 哟。
2.心	想 哎	红 罗	呀，	要去	帐 里	眠，	哎咳哎咳 哟。
3.双	手 哎	拿 起	呀，	烧香	去 拜	神，	哎咳哎咳 哟。
4.求	神 哎	保 佑	呀，	生个	状 元	郎，	哎咳哎咳 哟。
5.肚	中 哎	孩 子	呀，	好比	滚 油	煎，	哎咳哎咳 哟。
6.算	来 哎	算 去	呀，	去了	一 大	半，	哎咳哎咳 哟。
7.丈	夫 哎	叫 我	呀，	快快	好 回	家，	哎咳哎咳 哟。
8.肚	中 哎	孩 儿	呀，	快呀	快 出	世，	哎咳哎咳 哟。
9.快	到 哎	村 里	呀，	喊个	接 生	婆，	哎咳哎咳 哟。
10.时	辰 哎	八 字	呀，	快快	写 下	来。	哎咳哎咳 哟。

十劝郎

（武平方言五句板小调）

1=D 2/4 （中速）

$5 \quad \widehat{65} \mid \overset{5}{\overset{}{\underset{}{3}}} - \mid 5 \cdot \overset{}{\underset{}{1}}5 \mid \overset{56}{\overset{}{\underset{}{1}}} - \mid 2 \quad \widehat{21} \mid 6 \quad \widehat{65} \mid 6 \cdot \overset{}{\underset{}{1}} \mid 6 \quad \widehat{65} \mid$

1. 一 劝　郎，　莫 乱 花，　挣 到 铜 钱　（吔）　爱 做
2. 二 劝　郎，　爱 积 钱，　天 晴 爱 防　（吔）　落 雨
3. 三 劝　郎，　莫 咁 懒，　有 钱 也 爱　（吔）　赚 些
4. 四 劝　郎，　四 四 方，　劝 郎 莫 进　（吔）　赌 博
5. 五 劝　郎，　莫 咁 疯，　莫 被 野 花　（吔）　把 眼
6. 六 劝　郎，　莫 去 嫖，　嫖 赌 两 字　（吔）　多 污
7. 七 劝　郎，　爱 耕 田，　辛 苦 总 系　（吔）　大 半
8. 八 劝　郎，　莫 咁 癫，　话 生 话 死　（吔）　话 唔
9. 九 劝　郎，　九 九 长，　劝 郎 回 家　（吔）　讨 布
10. 十 劝　郎，　劝 得 多，　句 句 言 语　（吔）　爱 情

$5 - \mid \underline{565} \quad \underline{553} \mid \underline{565} \quad \overset{5}{3} \mid \underline{556} \quad \underline{1\overset{}{2}1} \mid 6 \cdot \overset{}{\underset{}{1}}5 \mid \overset{6}{\underset{}{1}} - \mid \underline{2\overset{}{2}1} \quad \underline{65} \mid$

1. 家；　年 嫩 时 期　依 靠 妹，　老 哩 靠 妹　总 较 差，　人 情 一 断
2. 天；　落 雨 爱 防　做 大 雪，　做 雪 爱 防　结 凌 冰，　身 边 有 钱
3. 添；　人 雄 力 健　唔 去 做，　爷 娘 看 到　心 也 淡，　人 人 心 肝
4. 场；　看 过 几 多　大 户 子，　一 份 家 产　赌 到 光，　过 后 偷 摸
5. 蒙；　男 人 听 得　女 人 拐，　丝 线 牵 得　石 牛 动，　瘾 谷 诱 得
6. 糟；　倘 若 风 流　人 捉 到，　惹 是 惹 非　来 打 跤①，　害 死 几 多②
7. 年；　二 个 米 谷　唔 要 籴，　唔 怕 米 贵　饥 荒 天，　自 家 唔 要②
8. 听；　任 得 嘴 来　会 食 穷，　牛 瘦 岭 岗　鸭 瘦 田，　百 万 家 财
9. 娘；　有 钱 讨 个　人 家 女③，　鼓 钹 喇 叭　花 轿 扛，　哥 哥 名 声
10. 哥；　好 在 老 妹　是 肉 嘴，　假 若 树 嘴　早 磨 秃，　望 哥 切 切

$6 \cdot \overset{}{\underset{}{1}} \mid \widehat{16} \quad \widehat{56} \mid \overset{6}{\underset{}{5}} - \parallel$

1. （吔）　就 嘪 邪④。
2. （吔）　有 烧 暖。
3. （吔）　一 般 般。
4. （吔）　当 流 氓。
5. （吔）　鸡 入 笼。
6. （吔）　嫩 娇 娇。
7. （吔）　掘 出 钱。
8. （吔）　会 食 崩。
9. （吔）　儿 清 香。
10. （吔）　记 心 窝。

注：①打跤—打架　②唔要—不要　③人家女—闺女　④嘪邪—拉倒。嘪，方音：pàng。

拜 血 盆 歌
（武平拜血盆歌调）

1=D $\frac{2}{4}$　（意重心长地）

$\underset{\cdot}{2}\underset{\cdot}{1}$ $\underset{\cdot}{2}$ | $\underline{1\underset{\cdot}{2}\underset{\cdot}{1}}$ 6 | $\underline{1\underset{\cdot}{2}}$ $\underline{2\underset{\cdot}{1}}$ | 6 $\overset{\frown}{6}$ (5 | $\underline{6\,5}$ $\underline{3\,5}$ | 6 $\underline{7\underset{\cdot}{2}}$ | $\underline{6\,6\,5}$ $\underline{3\,5}$

1.十月(吧)　怀胎(呀)　娘　辛　苦(噢)，
2.十月(吧)　怀孕(呀)　在　娘　胎(噢)，
3.父母(吧)　不亲(呀)　谁　是　亲(噢)？
4.娘眠(吧)　尿迹(呀)　子　眠　干(噢)，
5.手冷(吧)　缩入(呀)　袖　中　藏(噢)，
6.点点(吧)　食娘(呀)　身　乳　浆(噢)，
7.父母(吧)　为儿(呀)　来　思　量(噢)，
8.不信(吧)　且看(呀)　檐　前　水(噢)，
9.生男(吧)　不知(呀)　娘　辛　苦(噢)，
10.不信(吧)　且看(呀)　桃　李　树(噢)，
11.目莲(吧)　救母(呀)　寻　千　里(噢)，
12.若得(吧)　母子(呀)　重　相　会(噢)，

6 一) | $\underline{1\,2}$ $\underset{\cdot}{2}$ | $\underline{1\underset{\cdot}{2}\underset{\cdot}{1}}$ 6 | $\underline{6\underset{\cdot}{1}}$ $\underline{6\,6}$ | 5 · (6 | $\underline{5\,6}$ $\underline{2\,3}$ | 5 $\underline{4\,6}$

1.三年(吧)　哺乳　在胸　　前，
2.食娘(吧)　血液　养大　　来，
3.不敬(吧)　父母　敬谁　　人？
4.洗衣(吧)　换服　多麻　　烦，
5.十个(吧)　脚趾　都冻　　僵，
6.娘今(吧)　老来　面皮　　黄，
7.好比(吧)　杨子　江水　　长，
8.点点(吧)　落来　无差　　池，
9.生女(吧)　才知　苦哩　　娘；
10.花开(吧)　能有　几时　　红。
11.不知(吧)　流落　在何　　方？
12.恩情(吧)　代代　不敢　　忘。

$$\underline{56}\ \underline{23}\ |\ 5\text{-)}\ |\ \dot{2}\dot{1}\ \dot{2}\ |\ \overset{\frown}{\dot{1}\dot{2}\dot{1}}\ 6\ |\ \overset{\frown}{62}\ \overset{\frown}{\dot{1}\dot{2}\dot{1}}\ |\ \dot{6}\cdot(5\ |\ \underline{65}\ \underline{35}\ |\ 6\ \underline{7\dot{2}}\ |$$

1. 娘眠　　湿迹　　恩难　　报，
2. 父母　　还生　　恩不　　报，
3. 父母　　就是　　生身　　佛，
4. 九冬　　十月　　霜雪　　大，
5. 十指　　尖尖　　怀中　　插，
6. 娘乳　　不是　　长江　　水，
7. 子女　　思量　　母恩　　德，
8. 孝顺　　生来　　孝顺　　子，
9. 男人　　长大　　须行　　孝，
10. 灵鸡　　听得　　三更　　鼓，
11. 迢迢　　腾空　　游地　　府，
12. 拜罢　　血盆　　尽忠　　孝，

$$\underline{665}\ \underline{35}\ |\ 6\text{-)}\ |\ \overset{\frown}{62}\ 6\ |\ \overset{\frown}{65}\ 5\ |\ \overset{\frown}{6\dot{1}}\ 66\ |\ \overset{\frown}{5}\cdot(6\ |\ \underline{56}\ \underline{23}\ |\ 5\ \underline{16}$$

1. 诚心　　斋戒　　拜血　　盆。
2. 问你　　身从　　何处　　来？
3. 何必　　灵山　　拜世　　尊。
4. 为儿　　受尽　　刺骨　　寒。
5. 一日　　食娘　　九次　　浆。
6. 乃是　　娘身　　血液　　浆。
7. 算来　　只有　　担竿　　长。
8. 忤逆　　生来　　忤逆　　儿。
9. 女人　　长大　　拜血　　盆。
10. 翻身　　不觉　　五更　　钟；
11. 寻娘　　不见　　转家　　乡，
12. 骨肉　　情深　　万年　　长，

$$\underline{56}\ \underline{23}\ |\ 5\ \text{—}\ )\ \|$$

武平方言山歌戏选段

（一）树上雕子叽叽喳

（客家山歌"浏阳调"）

1=C 4/4

（衣大 大12｜3·2 35｜2321 661｜5·1 2561 656｜55 50）35 35｜

（小锣）ＸＸ ＸＸ 0Ｘ 0Ｘ Ｘ0 Ｘ0 ＸＸ 0Ｘ ＸＸ Ｘ0 树上（里格）

616 5｜116 123｜23 2·｜63 5·6｜161 216｜56 5·(｜6165 3523｜

雕子 叫喳 喳（哎）明天有客到 屋 下（罗） Ｘ·Ｘ 0Ｘ

561 5)｜531 615｜6·1｜223 2·7｜6 (5356)｜61 61｜23 5｜

0Ｘ 0Ｘ 你要打 扮 靓点 子 梳好辫子，

225 32｜1 16｜25 1656｜55 ·｜(256 1656｜52 5)｜6 65｜

插（呀幺）插朵 花呀 插（呀）插朵 花（罗） ＸＸ 0 Ｘ 0Ｘ Ｘ0（山妹）嫲 哩

6 1｜223 61｜2· 16｜55 6｜6 65｜3 5｜2 165｜

讲话 唔呀 唔分 详 （哎）（沙罗溜） 屋下 来客有 何

6 6·｜(22 165｜66 60)｜2 23｜5·6 1｜2·3 2·7｜6 6 53｜

妨（哎） ＸＸ 0 Ｘ 0Ｘ Ｘ0 粗茶 淡饭有 他 食（呀）

63 5·6｜1 1 2｜3 1656｜55 ·｜63 22｜3 61｜2 21｜

做麻爱 偃（呀） 打扮 靓（喑）（钱娓）你今长成 大姑 娘（哟）

2·6｜55 56｜212 32｜1 16｜1· 6｜32 35｜23 23｜

女大 当嫁 理 应 当 （哟） 有人 为 你 （罗）

56 121｜6-｜66 61｜65 323｜5-｜62 16｜5 63｜

来 牵 线 介绍一个 有 钱 郎 （哎嗟哎嗟）（哟）有钱

5- | (5·6 1̲2̲ | 65̲ 3̲2 | 5̲6 1̇ | 5-) 2̇2̇1̇ | 6̇1̇6 5 |
郎　　　Ｘ Ｏ　Ｘ Ｏ　ＸＯ　ＸＯ　Ｘ Ｘ　ＯＸ Ｘ（山妹）娘哩　　做　事

1̇·6 1̲2̲3̇ | 2̲3̲2̇ | 6̲3̇ 5·6 | 1̇ 2̲1̲6 | 5 5̇↘ | (6̲6̲5 3̲5̲2̲3 | 5̲6̲1̇ 5) |
唔照　　常（哎）女儿婚姻自主　张（罗）　Ｘ Ｘ　Ｏ Ｘ　ＯＸ　ＸＯ

6̲6̲5 | 3 5 | 2·3 2̲7 | 66 5̲3 | 2̇ 2̲3̲ | 5·6 1̇ | 2̇7 6̲5̲6̲1̇ |
今日　唔比　旧　社会（呀）包办　婚　姻害双

5̲5- | (6̲1̲6̲5 3̲5̲2̲3 | 5̲6̲1̇ 5̲0) | 3̲3̲2 1̲1̲6 | 1̲2̲3̇ 2̇2̇ | 1̲1̲ 2̇5 | 6̇1̇6 5 |
方（喑）Ｘ Ｘ　Ｘ Ｘ　ＯＸ（钱妮）倔今给你　讲分详（哎）哩爱你水流长

1̇2̇1̇ 35 | 66 5̲3 | 5̲5 3̲2̲3̲5 | 2·3 1̲2̲1̲6 | 5 - | 56 6̲3 |
听说 男家 实在好 远近闻 名 有钱郎 娘哩 爱你

5̲6̲5 5̲3 | 6̲5̲6 1̲2̲1̇ | 6̇1̇5̲6 1̇ | 6̲5 35 | 6̇1̇5 66 | 1̲2̲1̇ 6̇5 | 6̇1̇ 3̲5̲6 |
好心肠 指望嫁个 好婿 郎 有食有着 有钱用（哎）比上 比 下 都春

5̇↘1̇ | 1̇·1̇ | 1̲6̇5 | 3 | 2̲3 | 6̇1̇ | 2̇3̇2̇ | 0̲1̇ |
光叔　婆伯　娓　都　赞　扬（哎）。（山妹）有

6̇1̇ | 35 | 6̇1̇ | 6̲5 | 3̲5̲3 | 35 | 0̲3̇ |
钱　人　家　也　平　常　女

3̲1̇ | 3̲5 | 6 | 1̇ | 5̲6 | 2̇7 | 6 |
儿　不　是　贪　财　女　（呀）

0̲3̇ | 2̲3̲ | 1̲0̲6 | 1̲2 | 5̲5̲ 5·3 | 2̲1̲6 1̲5̲3 | 2̇3̇ 2-‖
渐慢……
金　钱婚　　　姻　唔提　倡

2̇- | (2̇5 | 6̲5̲ 6̇1̇↘ | 2̇3̇ 2̇>ₚ) ‖
（哎）

《提起往事好心酸》

1=♭B 4/4

（钱娓唱"吟叹调"），稍慢。伤心地，

(各的 的 | 656 1253 23 21 | 656 2161 5-‖: 6165 561 2·1 | 62 2165 5·3 |

提起　往　事(哎)好心　　酸，
山妹　九　岁(哎)那一　　年，
丢下　母　女(哎)真可　　怜，

55 61 2 12 65 | 6 - 565 3 | 5 5 6 1 212 16 | 555 161

时常 冇食 断　火　烟（吔倨个哥）家中　么个　隔夜　来(呀)身上　难
年终 岁到 大　寒　天（吔倨个哥）她爹　上山　去砍　树(呀)被大树　压
食冇 饱来 着　冇　暖（吔倨个哥）年年　借债　来度　日(呀)苦水　还

23 21 | 656 2165 5-‖ 各大 大 |（慢）22 21 2·76 | 55 71 2- |

藏(哎)　半　分　钱　钱娓(白)
死(哎)　把　气　咽(过门)
爱(哎)　泡　黄　莲

5 5 3 3 | 23 321 2 — | 66 62 21 676 | 5 654 5 — |

22 55 32 321 | 2 231 2 —) |

《山青青来水清清》

1=♭B 2/4　热烈，欢快地(加唢呐)　　　　　　　　　　　　　(女声合唱)

(依大 大 1 2 | 3 2 3 5 2 3 2 1 | 1 2 7 6 5 | 1 1 6 1 2 3 | 2 2 1 2 0 |

2 3 2 1 2 | 5 6 6 5 3 | 2 5 3 2 1 | 2 3 2 (3 5 | 2 3 2 1 6 1 2 |

山青　　青来　水　清　清(呐)

2 2 2 3 | 5 3 5 6 1 | 6 1 5 6 2 1 6 | 5 6 5 (6 1 | 5 6 5 3 2 3 5) |

客家(里格)风　貌客　家　情　(嘿)

2 2 7 2 | 3 2 3 5 2 | 2 3 5 3 2 7 | 7 6 (7 2 | 6 7 6 5 3 5 6) |

一曲　山　歌颂　美　德

2 2 1 2 3 | 5 3 5 6 1 | 6 1 5 6 2 1 6 | 5 5 · | 4 · 4 4 2 | 4 5 6 |

世间 百态 任君 评任 君　评(呐) 世间 百态 任君

| 5 - | 5 5 5 3 | 2 · 3 2 1 | 5 5 6 1 2 6 | 5 - | 5 0 0 ‖

评(呐)

后 记

  《武平客家山歌选集》在武平县客家联谊会会长王民发先生、常务副会长林善珂先生的策划下，由县客家联谊会组织，客家山歌爱好者及各乡镇文化站站长会议，并向各乡镇退管站、文化站发出征稿启事，向全县山歌爱好者和民间山歌手广泛征集、搜集山歌。

  文化大发展大繁荣的春天已经到来，在文化百花园中的雨露滋润下，非物质文化遗产的挖掘、搜集、整理，使民间文学中的客家山歌有机会重放光辉，更加千姿百态，绚丽多彩。

  我们从搜集的一万多首山歌中选用了二千多首。从内容上大致分唱山歌的歌（引歌），情歌中的恋歌、怨歌、悲歌、劝歌、对歌、长歌等栏目。同时酌情收录了部分长篇叙事歌或竹板歌。另外还选用了一些关于生活与劳动的山歌。志在比较全面反映我们客家的风土人情。

  在编选该书的过程中，我们采用来稿先后选录，以免重复，并对山歌中个别地方作了修改整理。同时选录一些内部版《武平歌谣集成》的部分山歌，在此特向原歌手、收录者、编者致谢。该书从搜集资料到整理成书，花费了很长时间，现在终于与歌手、读者见面了。它可以使我们走进如歌的岁月，领略客家山歌的源远流长、博大精深，感受到汉族客家民系强大的凝聚力。

  编者水平有限，深知书中偏颇与差错在所难免，祈望客家山歌爱好者、专家、学者、山歌手见谅，如蒙赐教，不胜感谢。

编 者

2014 年 9 月

图书在版编目（CIP）数据

武平客家山歌选集 / 王民发主编 . —北京：社会科学文献出版社，
2015.1

ISBN 978 - 7 - 5097 - 6928 - 7

Ⅰ.①武…　Ⅱ.①王…　Ⅲ.①客家人 - 山歌 - 作品集 - 武平县
Ⅳ.①I277.257.4

中国版本图书馆 CIP 数据核字（2014）第 297193 号

武平客家山歌选集

主　　编 / 王民发
执行主编 / 林善珂

出 版 人 / 谢寿光
项目统筹 / 谢　炜　张倩郢
责任编辑 / 张倩郢

出　　版 / 社会科学文献出版社·人文分社（010）59367215
　　　　　地址：北京市北三环中路甲 29 号院华龙大厦　邮编：100029
　　　　　网址：www. ssap. com. cn
发　　行 / 市场营销中心（010）59367081　　59367090
　　　　　读者服务中心（010）59367028
印　　装 / 北京盛通印刷股份有限公司

规　　格 / 开 本：787mm × 1092mm　1/16
　　　　　印 张：23.75　字 数：164 千字
版　　次 / 2015 年 1 月第 1 版　2015 年 1 月第 1 次印刷
书　　号 / ISBN 978 - 7 - 5097 - 6928 - 7
定　　价 / 168.00 元